LaJouanie

Direction artistique : Caroline Lainé
Relecture : Françoise Depitre ; Charles Caye
Photos de couverture :
iStock : Vladimir Zapletin ; Undefined /
Adobe Stock : PremiumGraphicDesign /
Cosmo/D.R.

Dépôt légal : avril 2023
N° Éditeur : 978-2-37047
N° Imprimeur : 23060376
Imprimé en France par Corlet Imprimeur

Édition originale janvier 2021 / Éditions Lajouanie

www.editionslajouanie.com

Jean-François Pasques est capitaine de police à Nantes. Il est également conseiller technique sur de nombreux films policiers. Il a remporté le très prestigieux Prix du Quai des Orfèvres en 2023 avec *Fils de personne* (Fayard). *Le seul témoin* est son deuxième roman publié aux Éditions Lajouanie, après *Mortelle canicule*. Il a également participé à *22 v'là les flics* (Lajouanie), recueil de nouvelles préfacé par Olivier Marchal.

Jean-François Pasques

LE SEUL TÉMOIN

LaJouanie

Celui qui veut restaurer le communisme n'a pas de tête. Celui qui ne le regrette pas n'a pas de cœur.

Vladimir Poutine

1

Deux déflagrations concomitantes déchirèrent le silence d'un jour nouveau.

Pierre Morland se retrouva seul, éberlué par ce qui venait de se produire devant ses yeux, au petit matin, sur l'île d'Olkhon, émergeant sur la rive ouest du lac Baïkal. Le vert des mélèzes miroitait dans l'eau immobile et finissait par se perdre au loin dans les brumes du néant. Le choc fut si violent qu'il ne comprenait plus ce qu'il faisait là. Ce n'était pas lui, ce devait être un autre, tel un témoin de l'indicible.

Les deux corps s'étaient affaissés en même temps, avaient heurté le sol dans un lourd fracas avant de s'étendre de tout leur long, figés dans la mort. Le cauchemar sanglant de la réalité avait souillé une nouvelle fois la terre. Devant ses yeux. Le Mal était revenu. Pourquoi lui ? Qu'avait-il fait pour mériter cela ? La fatalité ne pouvait pas tout justifier même si elle rôdait toujours, silencieusement.

L'éternelle question russe s'imposait désormais à ce médecin légiste français, exilé en Sibérie : Que faire ?

Il demeura sans réaction, comme un boxeur plongé dans le vertige du K-O. Le souffle coupé, il sentit ses jambes vaciller. Ses mains se mirent à trembler. Une peur panique s'empara de lui. Il ne parvenait pas à réfléchir. Il subissait.

C'est par instinct qu'il se dirigea vers le premier corps, situé à une dizaine de mètres sur sa droite. Il gisait sur le flanc, les jambes légèrement recroquevillées. Un épais liquide rouge s'écoulait de la boîte crânienne perforée par un projectile. Le visage avait explosé sous la violence de l'impact. Du sang avait recouvert les galets de la grève, s'infiltrait entre les pierres. Coagulant en surface, il perdait progressivement sa teinte rouge vif pour former un raisiné sombre. À un mètre du corps, un pistolet avait ricoché dans sa chute sur un gros caillou pour s'immobiliser dans un interstice, canon vers le ciel. Pierre Morland se baissa : il n'y avait plus rien à faire pour cet homme.

Une vingtaine de mètres le séparait de l'autre corps. Il s'y dirigea dans un équilibre instable, manquant à deux reprises de glisser sur les galets luisant d'humidité. L'homme était jeune, allongé sur le dos. Un trou béant lui ouvrait la poitrine en laissant échapper de la sève humaine. La balle l'avait foudroyé en plein cœur. Curieusement, il tenait encore son pistolet, la main crispée autour de la crosse.

Deux hommes étaient morts, devant Pierre Morland, impuissant. Pourquoi s'étaient-ils entretués ? D'où sortaient-ils ? Le docteur était le seul témoin de cette singulière rencontre, un témoin peut-être gênant ? Les duellistes l'avaient contraint à assister à leur folie meurtrière. Pourquoi ici et maintenant, devant ses yeux ? Pris dans le piège d'une histoire qui ne lui appartenait pas, peut-être aurait-il mieux valu, ce jour-là, mourir avec eux ?

*

Les deux hommes avaient débarqué au lever du jour. Empoignant fermement Morland, ils l'avaient extrait de son lit, lui avaient masqué le visage en recouvrant sa tête avec le bas de son tee-shirt. Ils l'avaient traîné dehors et fait asseoir sur un rondin de bois, devant sa cabane, sans aucune explication, lui intimant de se tenir tranquille. Les mots cinglants l'avaient dissuadé de résister. *Tishina, yesli niet, smert ! Ponimayesh' ? (Silence, sinon, la mort ! Compris ?)*. Il aurait pu hurler, personne ne l'aurait entendu dans cet endroit reculé du monde.

Il avait tout de suite compris qu'ils n'étaient pas venus pour le détrousser et qu'ils n'étaient pas du service de l'immigration. Bien renseignés, ses agresseurs s'étaient assurés qu'il comprenait leur langue. *Ty ponimayesh' ? (Tu comprends ?)*. Il avait opiné en guise de réponse. Ils lui avaient annoncé qu'il serait le *svidetel (témoin)*, puis avaient rajouté qu'il ne fallait pas chercher à comprendre. *Ty molchish. Ty ne dvigayesh'sya. Ty delayesh' to, chto tebe govoryat (Tu te tais. Tu ne bouges pas. Tu fais ce qu'on te dit)*, avait dit le plus jeune avant d'ajouter : *My prosto prosim tebya byt tam, eto vse. I otkroy glaza. Otkroy glaza ! (On te demande juste d'être là, c'est tout. Et d'ouvrir les yeux. Ouvrir les yeux !)*.

Sur le petit établi de bois servant de table, chacun avait rédigé une lettre de quelques lignes. Après avoir apposé leur signature, ils se les étaient échangées en lisant ce que l'autre avait écrit. Convaincus, ils s'étaient serré la main sèchement en se défiant du regard. Les missives rangées dans leurs poches de pantalon, ils avaient sorti des verres et une bouteille de vodka d'un sac de sport. Les deux hommes paraissaient déterminés. L'instant fut solennel. Trois verres furent remplis à ras bord. Le plus jeune prononça deux mots d'une voix grave : *Do smerti (Jusqu'à la mort)*. Ils obligèrent Morland à boire d'un trait, puis remplirent à nouveau les verres !

Après cette deuxième tournée, le plus âgé prononça une sentence définitive : *Nadezhda umirayet posledney (l'espoir meurt en dernier).* D'une tape sur l'épaule, on invita le témoin à remplir une dernière fois les verres. Il y eut un long silence, les deux hommes s'attendant à ce qu'il prononce quelques mots. Morland était un peu étourdi par la quantité d'alcool ingurgitée. Le jeune lui serra le bras pour le faire réagir : *Davay ! (Allez !*). Le dos au mur, il leva son verre et déclama en français : *Solitaire et solidaire*. Puis il but, en même temps que les deux autres qui n'avaient rien compris à ce qu'il venait de dire. Cette étrange cérémonie achevée, deux armes furent sorties du sac de sport et déposées sur la table. Les Russes garnirent chacun un chargeur avec une seule balle et actionnèrent la culasse à l'arrière après avoir déverrouillé la sûreté externe. Une cartouche était donc chambrée dans chaque arme, prête à l'usage. Pierre Morland comprit instantanément et se replongea quelques secondes dans *Eugène Onéguine*.[1] Mais il n'était pas dans une forêt de Saint-Pétersbourg en 1837 mais cent soixante-huit ans plus tard sur le bord du lac Baïkal et il n'y avait cette fois qu'un seul témoin, lui.

---

[1] *Pouchkine, dans ce roman, met superbement en œuvre le duel mortel auquel il se livrera quelques années plus tard.*

Tout s'accéléra. Il fut contraint de se lever pour rejoindre la grève. Les duellistes l'encadraient, arme à la main. Après quelques mètres, ils s'immobilisèrent, se fixèrent une dernière fois droit dans les yeux puis se mirent dos à dos. L'un des hommes exigea que Morland compte lentement jusqu'à dix, à haute voix. Il tenta d'échapper au mortel décompte mais on lui fit comprendre que s'il refusait, il serait le premier à mourir.

Morland entama sa sinistre besogne. Les deux hommes s'éloignèrent l'un de l'autre. À chaque chiffre prononcé, Morland se demandait s'il allait pouvoir émettre le suivant tellement la fin de ce rendez-vous lui paraissait, monstrueuse, inéluctablement mortifère. Plus les combattants s'éloignaient, plus il se sentait seul. Une vingtaine de mètres les séparait quand par un effort surhumain il parvint à énoncer le chiffre huit, *vosem*. Il ferma les yeux et se mit à trembler. Lorsque le neuf, *devyat*, s'échappa de ses lèvres, il y eut deux déflagrations quasi synchrones. C'était insensé et pourtant c'était la réalité.

Pierre Morland prit conscience des risques qu'il encourait désormais. Cela faisait plus d'un an qu'il avait trouvé refuge ici, à l'écart du monde. Le lac Baïkal avait remplacé le sourire d'une femme qui avait décidé d'en finir, d'une autre façon, mais tout aussi brutalement.*[2] Il était parvenu à devenir un autre en se perdant dans l'immensité du paysage sans attirer l'attention des autorités russes. Il avait

---

[2] *Les astérisques (*) renvoient à la lecture de* Mortelle canicule.

volontairement disparu après un long voyage pour vivre en ermite. Tout allait être remis en cause.

Quelques villageois connaissaient son existence. Ils étaient venus s'abriter dans sa cabane, pris dans la tempête, pour y passer la nuit au chaud près du poêle. Ils avaient été accueillis comme il se devait avec une tasse de thé brûlant et de la vodka, cadeaux laissés par d'anciens visiteurs en remerciement. Ils étaient restés parfois plusieurs nuits mais n'avaient jamais posé de questions. On n'avait pas cherché à savoir d'où il venait. Pour ces gens-là, le seul ennemi, celui qui pouvait tuer, c'était le froid extrême d'un climat inhumain. En cet endroit du monde, on était trop occupé à survivre pour se méfier de celui qu'on ne connaissait pas mais qui vous réchauffait quand même. Ils n'avaient donc jamais rien dit, surtout pas aux autorités. Après tout, c'était plutôt rassurant de savoir qu'il y avait un étranger, un fou, vivant dans une cabane de garde-chasse qui pouvait servir de refuge en cas de problème.

Le monde silencieux de Pierre Morland venait de s'effondrer avec ces deux détonations. De type européen, les morts ne ressemblaient en rien aux villageois aux yeux fendus, habitant dans le coin. On aurait dit deux citadins. Pourtant, quelque chose les avait fait se retrouver ici pour en découdre en hommes d'honneur. L'instinct de survie avait toutefois pris le dessus sur le sens de l'honneur, puisqu'au dernier moment, aucun d'eux n'avait respecté la règle, tentant d'abattre l'adversaire avant le dix. Des hommes au sang froid, de la même espèce, des tueurs !

De nouveau, l'éternelle question : que faire ? Rentrer chez lui dans sa cabane comme s'il ne s'était rien passé ? ou donner l'alerte en sachant qu'il allait de ce fait tout perdre ? C'était bien plus qu'un problème de conscience. Être maître de son destin ou prisonnier de son instinct ? Une autre question insoluble, plus universelle.

Il avait eu beau la fuir, manifestement la fatalité s'acharnait. S'il avait eu une cigarette, il aurait aimé fumer, pour l'aider à prendre une décision. Que faire ? Laisser les carcasses aux ours qui ne manqueraient pas de tout nettoyer, avides à cette époque de faire des réserves avant leur longue hibernation ? Faire disparaître les corps en leur offrant une sépulture sans le moindre risque d'exhumation ? Malgré la tentation, Morland ne put s'y résoudre. Il y avait en lui quelque chose qui l'en empêchait, une force irrépressible. Il s'en voulait car il savait qu'il allait tout perdre. Ces deux hommes devaient avoir une histoire, une famille, des parents ou des enfants à leur recherche. On pouvait disparaître sans laisser de trace, il en savait quelque chose, mais dans ce cas, on faisait en sorte de le faire tout seul, sans témoin !

Pris de panique, il se mit à courir sur la grève puis s'arrêta brutalement après une centaine de mètres. Il hurla à se déchirer la gorge avec pour seul écho celui des montagnes environnantes. Le regard porté au loin, sur l'autre rive dissimulée dans le brouillard, il s'affaissa, foudroyé par un violent frisson. Il crut devenir fou. Il demeura un long moment figé dans cet état de sidération, puis se redressa. Il ressentit la brûlure du froid envahir ses poumons. Un nuage de vapeur sortait de sa bouche. Pierre Morland respirait encore.

Il se retourna vers les corps inanimés. Le flou se dissipa. Il y avait quelque chose à faire. Il prit sa décision, guidé non par l'intérêt personnel mais par un enjeu supérieur. Et peu lui importait que cette décision puisse le mener, peut-être, jusqu'au sacrifice. C'était bien là le mystère de l'âme russe : le triomphe du sentiment sur la raison.

2

Pierre Morland retourna vers les cadavres. Quelque chose d'enfoui surgissait en lui. Ce fut une impression étrange. Des images diffuses revenaient, des corps sans visage et cette odeur si particulière de la chair fraîche. C'était une autre époque, celle où il exerçait la médecine légale à Paris. Il intervenait sur les scènes de crime, pratiquait des autopsies. La technique permettait de mettre de la distance avec la charge émotionnelle. Il le savait.

Il évalua l'homme le plus jeune : une trentaine d'années, 1 m 85, corps athlétique, 80 kilos environ. Cheveux courts et blonds, yeux bleus, visage anguleux. Sur le sommet du crâne, il remarqua une cicatrice de quelques centimètres, une ancienne entaille, profonde, vraisemblablement causée par une arme tranchante. Au niveau de l'arcade sourcilière droite, une autre plaie ancienne, plus diffuse, devait correspondre aux stigmates d'une rixe au cours de laquelle l'homme avait dû recevoir un coup de poing. Cette étude succincte achevée, il s'intéressa à l'arme, toujours dans la main droite du mort. Un détail technique le dérangea : il n'avait pas de gant, comme jadis dans son labo. Il retrouva toutefois ses automatismes. Le geste sûr, il ôta l'index de la queue de détente puis écarta délicatement les phalanges enroulées autour de la crosse pour se saisir de l'arme, un Makarov semi-automatique 9 mm. Il vérifia l'intérieur de la chambre, elle était vide. Il positionna la sûreté externe au niveau de la glissière et désengagea le chargeur.

Morland poursuivit ses constatations. L'homme ne portait pas d'alliance, sa main ne présentait pas de cal ou de déformation caractéristique propres aux travailleurs manuels ou aux ouvriers. Il reposa le pistolet, s'écarta du corps et rechercha la douille que l'arme avait éjectée. Il lui fallut moins d'une minute pour découvrir l'étui cuivré coincé entre deux pierres.

Il n'était pas question de poursuivre son examen externe, comme il le pratiquait autrefois, par un déshabillage complet mais il voulut s'assurer d'une chose : son identité. Il fouilla ses vêtements. Dans une poche du pantalon, il retrouva la lettre manuscrite. La lecture fut difficile, il maîtrisait mal l'écriture cursive et ses pattes de mouche. Mais c'était limpide : l'auteur, Nikolaï Protenko, reconnaissait avoir volontairement défié en duel le nommé Evgueni Smertine, le 4 septembre 2005, sur les bords du lac Baïkal à une vingtaine de kilomètres de la ville d'Uzur sur l'île d'Olkhon.

Morland replia la missive. Le blouson était gorgé de sang au niveau de la poitrine. Avec d'infinies précautions, il parvint à abaisser la fermeture éclair et à extraire de la poche intérieure un portefeuille. Il eut une sensation étrange, le cuir était encore tiède. L'examen du contenu lui permit d'apprendre des choses plus intéressantes. Tout d'abord, outre une carte de crédit et la photo d'une jeune femme, figurait un permis de conduire au nom d'Evgueni Smertine, né le 17 mai 1971 à Saint-Pétersbourg, ville dans laquelle il résidait. La photographie du document correspondait bien à l'homme qu'il avait devant lui. Mais, et ce fut un choc, le porte-documents contenait également une carte professionnelle, l'homme était un membre du FSB, le Service Fédéral de Sécurité, anciennement KGB.

En France, un jour, un policier avait montré à Morland les photos de ses deux enfants cachées derrière sa carte professionnelle. Se souvenant de l'anecdote, le médecin sortit la carte de son film plastique protecteur. Un petit papier s'en détacha et tomba au sol en tourbillonnant. Il le ramassa, lut ce qui était écrit : *Король, (Carol)*, et une suite de chiffre pouvant correspondre à un numéro de téléphone. Il n'y avait rien d'autre. *Король* était un prénom masculin d'origine germanique signifiant « fort » et « vigoureux ». En russe, il voulait surtout dire « le roi ».

Étonnamment, l'homme n'avait pas de portable, de clé de voiture, de briquet ou de cigarettes. Morland remit le portefeuille dans le blouson et remonta la fermeture éclair. Malgré ses précautions, il s'était mis du sang sur les doigts. Avant de procéder à l'examen de l'autre corps, il se dirigea vers le lac et se lava les mains en brisant le film de glace. Un filet sanguinolent se diffusa dans cette eau si particulière, considérée comme la plus pure qu'on puisse trouver sur terre. Le rouge disparut dans l'immensité et l'étendue retrouva son vernis protecteur.

Morland se releva trop vite. Le monde se mit à tourner autour de lui comme dans un manège. Par ce vertige, son cerveau, sensible aux variations de pression artérielle, lui faisait savoir qu'il n'avait pas apprécié sa remontée brutale. Il dut attendre quelques secondes que tout se stabilise pour poursuivre ses investigations.

L'autre corps était salement amoché. On ne le reconnaissait plus. Ses yeux noirs étaient fixés définitivement dans l'absence. À l'impact, la mâchoire avait explosé puis la charge propulsive avait creusé un trou béant en forme de cône, fendant le visage en deux. Il était vraisemblable que le projectile soit ressorti à l'arrière du crâne pour aller se perdre plus loin. Des morceaux de cervelle avaient giclé au sol, ainsi que des éclats d'os pariétal supportant encore quelques touffes de cheveux. Dans la bouche déchiquetée, au milieu des chairs ensanglantées, brillait un morceau de métal doré. C'était une couronne, une molaire, peut-être en position 27. Il en faudrait davantage pour parvenir à identifier le corps. Le toubib fouilla les poches de son cadavre. Il y trouva deux clés – de cadenas, sans aucun doute – et la seconde lettre. Evgueni Smertine reconnaissait avoir provoqué en duel son homologue, *Pour l'honneur* avait-il ajouté au-dessus de la signature. L'honneur de quoi ? Cela paraissait bien galvaudé pour un homme qui n'avait pas attendu le signal convenu pour se retourner et faire feu sur celui avec qui il voulait en découdre. Morland trouva également un portefeuille avec une carte d'identité au nom de Nikolaï Protenko, né le 22 mai 1947 à Moscou, un téléphone portable et surtout, ce qui le réjouit, un briquet et des cigarettes. Il ne se posa même pas la question, éprouvant un besoin irrépressible, et en alluma une. Il tira une longue bouffée qui lui monta à la tête, provoquant un second vertige. Ce ne fut pas agréable mais il eut une sensation de soulagement. Il porta sa main à sa bouche de façon régulière en réfléchissant. Vingt-trois années séparaient les deux hommes, une génération. Pour l'honneur… Quelle pouvait être l'histoire de ces deux hommes ? Chez les Russes, l'honneur était toujours teinté par l'orgueil de la suprématie. Il fallait supprimer celui qui pouvait prendre votre place ou celui qui en savait trop.

Morland dérogea à ses principes, il conserva le paquet de cigarettes et manipula le téléphone portable. Le journal des appels était vide. En faisant défiler le répertoire, il bloqua sur un nom : *Король*. Le numéro de téléphone était identique. Les deux hommes avaient le même « roi », un interlocuteur en commun. Était-ce un ami, un contact ou une simple connaissance ? L'un était membre du FSB mais rien n'indiquait que l'autre l'était également. Morland n'avait rien trouvé sur lui qui puisse le laisser supposer. Nikolaï Protenko, le plus vieux, était svelte et plus élancé, il n'avait pas le physique habituel, compact et tranchant, des hommes de main du pouvoir.

Il remit tout en place, manipula l'arme pour s'assurer qu'elle ne contenait pas d'autres munitions, chercha en vain la douille. De toute façon, cela n'avait aucune importance. Elle était là, quelque part, ils la trouveraient par la suite, si besoin avec un détecteur de métal.

Et maintenant ? Il avait encore le choix… On a toujours le choix. Mais à quel prix ? Celui de sa survie ou de sa liberté ? Il alluma une nouvelle cigarette, maigre consolation. Le doute s'installa, le temps de la réflexion. Morland était un homme cohérent. Il avait commencé, il ne pouvait plus s'arrêter et fermer les yeux. De toute façon, il ne pouvait plus vivre ici. On avait souillé son paradis, il lui fallait partir, mais pour aller où ? Il n'aurait pas la force de tout recommencer ailleurs.

Pourquoi lui, ici et maintenant ? La fatalité pouvait parfois se teinter de paranoïa.

Les responsables de ce chaos étaient morts, il ne pouvait même pas leur en vouloir. Il aurait fallu si peu de choses pour que tout en soit autrement, si peu de choses pour qu'il puisse continuer à vivre à l'écart de ce monde insensé, dans son petit royaume mélancolique. Au moment où il ne s'y attendait plus, ça l'avait rattrapé. Malchance, destin, fatalité ; même les mots ne pouvaient plus rien pour lui.

Et si l'un avait survécu, que se serait-il passé ? La même chose… On l'avait découvert, il était grillé !

Il rejoignit sa cabane pour y mettre de l'ordre. Sur la table trônait la bouteille de vodka apportée par les deux hommes. Il en restait encore un peu, suffisamment. Il se servit un verre qu'il ingurgita d'un trait, se laissant dévorer par la brûlure du liquide. C'était une boisson à toute épreuve, cette *patate brûlante*, comme disaient les autochtones. Il rangea quelques effets, son stock de bougies, des ustensiles de cuisine, déposa sa hache au pied du tas de bois. Par contre, il ne savait que faire de ses cahiers d'écriture, cette chère écriture qui lui tenait compagnie. Les emporter ? Les laisser pour le prochain visiteur ? Qui pourrait lire le français dans cet endroit perdu du monde ? Il remplit un nouveau verre de

« petite eau[3] », le but cette fois par petites gorgées en tournant brièvement les pages de ses écrits.

Ayant pris sa décision, il se dirigea vers le poêle, ouvrit la porte et enfourna les pages qui s'enflammèrent instantanément. Une jolie flamme jaune orangé illumina son visage pendant quelques minutes. Il en apprécia la douce chaleur. Les mots se consumaient progressivement en libérant, à divers endroits, plusieurs petites lueurs bleues léchant le papier carbonisé. Il referma la porte pour laisser le feu mourir de lui-même.

Il se dirigea vers l'entrée, décrocha du clou la clochette que lui avait donnée son ami Grichkof. C'était un cadeau d'adieu pour se prémunir des ours, lui avait-il dit, à l'aéroport de Moscou deux années plus tôt lorsqu'il s'apprêtait à rejoindre Magadan pour sa folle aventure. Manifestement, elle avait fait son effet puisqu'il était toujours en vie après avoir parcouru la Route des os[4] et rejoint le Baïkal à travers la taïga, comme certains évadés du Goulag à l'époque de Staline. Il repensa à Grichkof, celui qui l'avait accueilli et aidé. Il ne l'avait pas oublié. Peut-être devait-il le contacter en premier ? Un des deux hommes était du FSB tout comme lui, il pourrait peut-être… Peut-être quoi ? Il savait que Grichkof ne se contenterait pas d'un conseil, il interviendrait, comme il l'avait déjà fait par le passé en le faisant venir dans son pays, et donc se mettrait automati-

---

[3] *Petite eau : traduction littérale de vodka.*

[4] *Route de Russie orientale qui relie Magadan et Yakutsk, longue de 2 032 km. Elle fut construite sous Staline par les prisonniers du Goulag et tire son nom du fait que les os des milliers de prisonniers morts durant sa construction y furent incorporés.*

quement en danger. Faire encore appel à lui, ce serait l'exposer à nouveau, avec le risque de révéler cette histoire.

Morland décida qu'il devait se débrouiller seul. Pour l'instant, il allait laisser Grichkof en dehors de tout cela. Si sa clochette l'avait préservé des ours, visiblement, elle ne l'avait pas préservé de la folie des hommes ! Il la raccrocha au clou.

Morland sortit, ferma la porte, fit quelques pas et se retourna une dernière fois sur sa cabane avec une impression étrange. Il n'y reviendrait plus. C'était une certitude. Il allait la quitter comme un forçat partant pour les camps de la mort, innocent de tout, et coupable de rien, si ce n'est d'avoir été là, au mauvais moment.

Il lui restait encore une chose à faire avant de se mettre en marche : faire en sorte que les ours ne viennent pas tout nettoyer. Les cadavres n'avaient pas la possibilité d'agiter une clochette. Il lui fallait trouver autre chose pour garantir la conservation des lieux pendant une durée qu'il évalua à environ cinq ou six heures, le temps de rejoindre le village à pied et de revenir sur place, accompagné des autorités.

Morland rassembla quelques troncs de sapin de façon à former une imposante pyramide, remplit l'intérieur de bûches stockées pour affronter l'hiver. Il combla le vide avec des pignes et des branchages de sapin qu'il utilisait pour fumer l'omoul.[5] Cela lui prit du temps, il fallait que le bûcher soit suffisamment alimenté pour faire son effet pendant quelques

---

[5] *Poisson pélagique de la famille des salmonidés, considéré comme le pain du Baïkal.*

heures. Il mit le feu à des écorces de bouleau, les glissa à la base du monticule de bois et attendit que les flammes se propagent. Rapidement, le dispositif s'embrasa en libérant de puissantes essences citronnées sous le crépitement des flammes. Morland se recula pour se protéger des projections incandescentes. Le temps d'une cigarette, il observa les flammes s'intensifier. Elles léchaient l'écorce vert-de-gris puis s'entortillaient autour des branches, s'infiltraient dans le moindre interstice dans un courant ascendant pour gagner le ciel. La magie du feu, du grand incendie. Le bûcher rougissait de l'intérieur comme un cœur qui bat expirant son souffle grésillant. Morland ressentit une vague de chaleur l'envahir. Il avait retrouvé cette capacité à se laisser émouvoir et pourtant, il fallait partir. C'était trop beau.

3

Morland passa devant les corps allongés sur la berge sans même les regarder. Les flammes ardentes du foyer qu'il avait allumé les protégeaient d'une mauvaise rencontre à titre posthume. Il prit la direction du village en longeant le lac sur le ruban ténu de la grève séparant deux mondes, le vert et le bleu. Désormais, le tintement métallique de sa clochette ne rythmait plus chacun de ses pas. Tout était calme. Les collines s'étaient colorées du jaune orangé du feuillage des mélèzes. Les rayons du soleil venaient caresser la surface satinée du lac. Par endroits, des omouls mouchaient, faisant naître des ourlets circulaires s'estompant progressivement en s'élargissant. Sur les berges, les dracocéphales[6] délivraient leur parfum captivant. Leurs corolles en forme de tête de dragon violet foncé pigmentaient les grandes herbes sauvages. Le jour s'était installé, un des derniers avant le long sommeil de l'hiver où tout serait plongé dans la glace pour plusieurs mois.

Pierre Morland se sentait comme un gamin injustement puni.

La berge s'était rétrécie. Le relief plus accidenté fit apparaître des blocs de roches imposants, libérés

---

[6] *Fleurs rouges ou violacées dont la corolle a la forme d'une tête de dragon.*

par l'érosion d'un flanc de colline plus pentue. Il connaissait bien l'endroit, venant souvent y pêcher. Une des nombreuses rivières alimentant le lac venait déverser ses alluvions. Un cône de déjection formé de sable et de graviers offrait un habitacle propice au développement d'une faune microbienne foisonnante, premier maillon d'une chaîne alimentaire abondante. C'était un concentré de vie bien connu des ours qui venaient se gaver de saumons, stoppant leur remontée insensée vers la source de leur survie. Il avait observé les plantigrades à plusieurs reprises, ébahi par ce spectacle saisissant d'une nature retrouvant sa sauvagerie dans un combat inégal et sanglant. À l'approche de l'embouchure, il se méfia davantage. Dans l'obscurité de la forêt, il pourrait susciter l'envie d'un ursidé affamé. Mais ce qu'il vit apparaître derrière un rocher le ramena subitement parmi les hommes. Une petite embarcation de pêcheur était arrimée à un tronc d'arbre. Ses visiteurs avaient dû l'utiliser pour arriver jusqu'à lui. Ils l'avaient laissée suffisamment éloignée de sa cabane pour ne pas attirer son attention par le bruit du moteur, puis avaient effectué la dernière demi-verste[7] à pied.

Morland enjamba le bastingage, manqua de glisser sur une toile cirée humide. La nourrice contenait suffisamment de carburant pour alimenter le moteur, un hors-bord chinois de 120 chevaux. Une aubaine dont il allait profiter. Il regagna la berge pour libérer l'amarre, mit l'embarcation dans le sens du

---

[7] *Ancienne mesure de longueur utilisée en Russie valant 1 066 mètres.*

courant et la propulsa en prenant un dernier appui sur un rocher. Il mit le moteur à flot. À l'arrière du capot, il manipula ce qui lui semblait être un levier de sélection. Il le positionna en position centrale, et tira sur le câble de démarrage. Sa première tentative fut vaine. Le moteur fit un bruit sourd, vrombissant sans s'élancer. Il recommença. Le moteur démarra, s'essouffla et finit par caler en libérant une épaisse fumée bleuâtre. En insistant, il y parviendrait. Il fallait insister pour exister. Après une dizaine de tentatives, le moteur semblait ne plus vouloir s'arrêter. C'était gagné ! Il s'assit sur un caisson, tourna la poignée des gaz, l'embarcation se mit en mouvement. Il ne lui fallut que quelques minutes pour maîtriser son cap et sa vitesse. Au début, il s'était dirigé perpendiculairement à la berge pour s'en écarter d'une centaine de mètres, puis il avait viré et pointé le village d'Uzur dont il devinait les boursouflures à l'horizon.

Le brouhaha du moteur couvrait la somnolence du lac. La vague d'étrave ourlait deux faisceaux cristallins déclinant avec indolence. Dans le sillage, une longue traînée blanchâtre scintillait, s'effilochait et disparaissait dans le néant. Au loin, près de sa cabane, qu'il devinait encore, il distingua les flammes de son bûcher et une épaisse fumée. Ce fut sa seule certitude : le feu durerait suffisamment longtemps pour préserver les dépouilles des charognards, qu'ils soient à plumes ou à poils.

Le film du rivage alternait les plages de graviers, les avancées de roches recouvertes de mousse et les encaissements d'où surgissait un ruisseau. Çà et là, des arbres morts s'entremêlaient, du bois flotté, écorcé et poli comme des os par l'alternance cruelle du climat extrême.

Il fallut une vingtaine de minutes à Morland pour rejoindre le village de pêcheurs. Durant ce laps de temps, devant ce paysage édénique, il pensa à ce qu'il aurait pu faire en cette sublime journée : ramasser les pommes de terre, les choux et les fèves dans son potager. Un voisin lointain lui avait fourni les graines et les outils nécessaires en remerciement d'une épaule luxée et remise en place. Il aurait pu partir à la recherche de miel et de baies en forêt, sécher les omouls pêchés la veille pour faire face à l'hiver interminable, remettre en état ses pièges lui garantissant de la viande fraîche et de la fourrure. Mais son rêve d'exilé à la Robinson Crusoé venait de se transformer en cauchemar. Une fois de plus, il éprouvait la violence absurde de la confrontation entre ce qui est et ce qui aurait dû être.

La première chose qui attira son attention fut un ponton en bois vers lequel il se dirigea. Autour, une cinquantaine de maisons en bois formaient comme un essaim. On devinait des constructions rustiques mais solides, bâties avec de larges rondins de bois et du matériel de récupération. Des toits en tôle aux couleurs lessivées émergeaient de larges cheminées dont aucune fumée ne s'échappait. À l'écart, deux grands hangars devaient servir d'entrepôts et d'ateliers pour le conditionnement du poisson. Sur une dalle en béton grande comme un terrain de football était installé un bataillon ordonné de séchoirs en bois. L'écheveau faisait miroiter au soleil une myriade de poissons raidis à la chair rétractée.

Le reste était un village russe comme tant d'autres, un terrain vague d'herbes hautes avec ses carcasses rouillées dont on ne pouvait plus se débarrasser, des chiens tirant sur des cordes élimées, du linge étendu, des empilements de fûts métalliques et de bidons en plastique, des gouttières démembrées. Un chemin de terre traversait le village.

Ce fut pour Morland une bien curieuse façon de reprendre corps avec la civilisation.

Il vit apparaître une silhouette sur le débarcadère, affublée de vêtements rapiécés. Il amarra sa barque, grimpa à l'échelle en bois pour accéder au ponton. Le vieux pêcheur s'était rapproché en claudiquant. Il avait le visage ciselé par la rigueur du climat. Ses yeux noirs légèrement bridés laissaient entrevoir une lueur espiègle. C'était difficile de lui donner un âge ; peut-être entre soixante-dix et quatre-vingts ans.

— Tu l'as retrouvé ! mâchonna-t-il dans un russe que Morland eut du mal à comprendre.

— Retrouvé quoi ?

— Ah ! Tu es le Français ! J'ai entendu parler de toi par Sacha et Igor.

L'accent de Morland avait trahi son origine.

— Oui, c'est moi.

— Bienvenue à Uzur. Féodor Dimitrievitch Pavlenko. Enchanté.

Le vieux lui tendit la main. Morland s'en empara.

— Moi, on m'appelle Pierre Morland.

C'était ainsi qu'on se présentait ici : en mode datif.

— Où tu l'as retrouvé le bateau ?

— Sur une berge, près de ma cabane, à une vingtaine de kilomètres au nord.

— Bizarre. Leonid va être content. Il n'a pas l'air abîmé.

— Non, tout fonctionne.

— Pourtant, moteur chinois et pas russe. Mais bon marché. Les Chinois, ils vont faire ce que ton Napoléon n'a pas réussi à faire, nous envahir !

Le vieux cracha et reprit :

— Si on retrouve le voleur, on va lui faire ce qu'ils ont fait à l'autre charogne.

Morland ne comprenait pas.

— Tu peux dire à Leonid que j'ai ramené son bateau et m'indiquer où je peux trouver le chef du village ? Il faut que je prévienne les autorités.

— Pourquoi ? Tu l'as…

Le vieux passa son pouce sous sa gorge.

— … le voleur ?

Morland ne savait pas quoi répondre. Le voleur… Il devait y en avoir deux et ils étaient effectivement morts mais comment lui raconter tout cela, comme ça.

— Il faut absolument que je parle aux autorités, c'est important. Pour le voleur, on verra ça après.

— Les autorités, elles sont déjà là.

— Comment ça ?

— Ben oui, la milice d'Irkoutsk a débarqué hier avec trois 4x4. Ils sont installés à la capitainerie. Il paraît qu'ils attendent ceux de Moscou…

Morland écarquilla les yeux, stupéfait. Dans quoi était-il embarqué ? Un duel entre deux hommes dont l'un est membre du FSB, la milice d'Irkoutsk qui débarque et Moscou qui vient en renfort… Il se prit la tête entre les mains, se frotta le visage puis le crâne pendant un moment. La lueur du regard du petit vieux s'était ternie, pressentant quelque chose de grave.

— Mais que se passe-t-il ? lâcha le Français décontenancé.

— Ça, on aimerait bien le savoir et fais-moi confiance, ils vont le savoir, parce que là…

— Parce que là, quoi ?

— C'est vrai que toi, tu ne peux pas être au courant. Tu vois là-bas, sur le promontoire au bord du lac – le vieux lui désignait une superbe datcha qui avait complètement échappé à son regard – on a retrouvé son propriétaire exécuté sur la plage privée qu'il s'était fait aménager en faisant venir du sable fin par hélicoptère, ce fumier. C'est pour ça qu'ils sont là ! Ils ne l'ont pas loupé et c'est bien fait pour sa gueule à cette charogne. Deux balles qu'il a prises. Une dans les intestins pour qu'il crève lentement et une autre dans la nuque. Du 7,65, comme dans l'ancien temps ! Retour à l'envoyeur !

Le vieux balança un énorme glaviot. Il l'avait fait remonter du plus profond de ses entrailles pour signifier toute la haine qu'il vouait à *cette charogne*. Morland l'écoutait, tétanisé. De la peur s'exprimait sur son visage, une peur terrifiante, comme s'il en savait trop. Le vieux poursuivit ses explications, non sans une certaine jubilation :

— Ça doit être des pros, du sacré bon boulot ! Depuis le temps… Ses deux gardes du corps n'ont pas suffi pour le protéger. Zigouillés aussi, au couteau, pour pas faire de bruit. Aucun témoin ! Vraiment du bon boulot ! Faudrait leur ériger une statue à ceux qui ont fait ça. Moi, je leur paierais bien une barrique de vodka, parce que le bon Dieu ne trouvera rien d'assez bien pour les remercier.

C'était beaucoup trop d'un seul coup pour Morland. Tout se mélangeait dans sa tête. 7,65, 9 mm, couteaux, gardes du corps, riche propriétaire, milice, FSB, vengeance, règlement de compte, duel… Forcément tout était lié. Et il était le seul témoin !

— C'était qui le propriétaire ?

— Tu poses la bonne question, Français ! *Vory v zakone*,[8] ça te dit ?

— *Voleurs dans la loi*, commenta Morland, le regard sombre marquant son malaise à l'évocation de cette confrérie. Oui je connais. Explosif ! Tu le connaissais bien ?

— Moi oui, mais lui, il m'avait oublié. On était du même village, Listvianka, à l'embouchure de la rivière Angara. Son père était militaire. Un jour, il n'est pas rentré. C'était en 37, on devait avoir 9 ans. 37,[9] terrible année, l'année de tous les orphelins. C'est sa mère qui l'a élevé, seule avec ses trois frères et sœurs, ils sont tous morts. Gamins, on allait à la pêche ensemble et puis, il est parti dans le Nord, pour travailler dans les mines. Enfin, ça, c'est ce qu'il disait…

— Il a fait fortune ?

— Au début non, mais après il faut croire que oui.

— C'est étrange…

---

[8] *Voir les notes en fin d'ouvrage.*

[9] *Le vieux fait référence aux grandes purges de 1937, période de répressions politiques massives sous l'ère Stalinienne, 725 000 exécutions entre 1936 et 1938.*

— Et tu ne sais pas tout, Français. Mais le reste, ça regarde que les Russes. C'est notre histoire, pas la tienne. Je vais prévenir Leonid pour son bateau, il saura te remercier. Les autres, tu les trouveras tous dans la maison commune, au centre du village. Tu verras, il y a trois gros 4x4 devant. Il paraît que la veuve vient d'arriver. C'te saloperie n'a même pas respecté l'engagement de son couronnement. Il s'est trouvé une femme il y a quelques années, juste avant qu'il ne puisse plus bander ; et le pire, c'est qu'elle lui a donné un héritier à ce fils de pute !

— Et c'était quoi son domaine ?

— Tu poses trop de questions, Français ! Fais attention ! Le sous-sol de Sibérie ne regorge pas uniquement de ressources minières intarissables, c'est aussi un immense cimetière. N'y rajoute pas ta tombe !

Morland lui tendit la main. Le vieux la prit sans la relâcher en soutenant son regard.

4

Vory v zakone. Cette expression, surtout quand elle était prononcée du bout des lèvres, produisait chez les Russes un silence mêlant peur et résignation. Pour un étranger comme Morland, cette confrérie avait nourri son appétence pour le mystère. C'était Grichkof qui lui en avait parlé, lors de son premier voyage en Russie dans les années quatre-vingt-dix. À cette époque, le capitaine du FSB avait démantelé un vaste trafic d'organes dans son pays. Des médecins légistes rémunérés par des *vory v zakone* prélevaient des reins à des indigents prêts à tout pour survivre. Les organes étaient ensuite revendus en Europe à des cliniques peu scrupuleuses. En cette période de perestroïka le trafic s'était montré très lucratif. Des hommes s'étaient enrichis illégalement tandis que d'autres, les plus faibles une fois de plus, étaient morts sous les coups de scalpels de médecins transformés en bouchers par l'appât du gain. Heureusement, il y avait encore quelques fonctionnaires intègres comme Grichkof. Des hommes animés par le sens du devoir qui mirent fin au trafic et arrêtèrent les toubibs véreux.

La France, n'ayant pas été impliquée dans ce trafic, se décida à aider le pays. Pierre Morland partit en Russie pour former de futurs légistes. C'est à cette occasion qu'il avait rencontré Grichkof. Une amitié solide s'était nouée. Elle avait conduit le Français à apprendre le russe pour se rapprocher davantage de son ami. Ils s'étaient revus à plusieurs occasions. Morland s'était lancé avec frénésie dans l'apprentissage de la culture russe. Langue, histoire, économie, géographie : tout y était passé. La Russie était devenue une obsession influençant ses choix, un véritable poison nourrissant une conduite ordalique.[10] Elle l'avait isolé du monde au point d'y trouver refuge lorsque, dans un coup de folie, il avait tout quitté.

Quand le vieux rencontré sur le ponton avait prononcé *vory v zakone*, il savait ce que cela sous-entendait. L'homme exécuté n'était pas un simple truand. Le pêcheur avait parlé de couronnement : c'était donc un parrain reconnu par ses pairs. À la différence de la Mafia sicilienne organisée en structure verticale, les *vory v zakone* étaient divisés en plusieurs groupes sur des bases locales et ethniques. Dans un si vaste territoire, la géographie imposait sa loi aux hommes, même aux criminels.

Pierre Morland connaissait bien la confrérie des *vory v zakone*, toute son histoire depuis son apparition dans les prisons soviétiques en 1920, son organisation structurée, son idéologie : le crime comme un moyen de vivre, son code d'honneur et ses tatouages spécifiques, ses relations ambiguës avec les différents pouvoirs en place depuis Staline jusqu'à Poutine, en passant par les années Brejnev et Gorbatchev, ses domaines d'activité et ses évolutions, depuis la criminalité organisée classique ultra-

---

[10] *Comportement à haut risque, motivé par un besoin de jouer avec la mort ou de revitaliser son existence en la risquant.*

violente pour tendre vers la finance et le domaine bancaire en mettant la main sur des grandes sociétés d'état.

Il avait beaucoup lu, écouté, s'était renseigné. Grichkof lui avait également fait des confidences. Vu de l'extérieur, le monstre l'avait fasciné. Bouleversé par cet incroyable destin, il avait laissé le poison de cette histoire se propager en lui, comme une drogue apportant une obscure délivrance, un très lointain écho à sa petite histoire. Il avait voulu comprendre. Comment pouvait-on vivre ainsi, dans des restes glorieux ensanglantés ? Il avait fini par découvrir l'essentiel : les Russes ne pouvaient se résoudre à condamner leur passé sinon il ne leur restait plus rien.

Et lui, replongeant subitement dans cet incroyable passé, que lui restait-il à défendre en allant voir les autorités ? Sa liberté ?

Il avait été témoin d'un duel entre deux hommes dont l'un faisait partie du FSB. Ces deux hommes avaient une connaissance commune, « un roi » prénommé *Король*. Peu de temps auparavant, une tête couronnée Sibérienne avait été exécutée, peut-être par l'un de ces deux hommes. Dans ses souvenirs, la communauté Sibérienne *des vory v zakone* était la plus structurée, traditionnellement rebelle à toute autorité, avec des règles extrêmement rigides et ultra-violentes. Visiblement, le roi décapité à la russe s'était arrangé de son vivant avec le code d'honneur : il avait une famille et même un descendant.

Tout se mélangea dans sa tête. Le vieux pêcheur avait disparu. Il était seul sur le ponton. Le lac offrait tout son silence à respirer. Il ne pouvait plus faire marche arrière. Bien qu'innocent, il en savait beaucoup. Peut-être en savait-il déjà trop ? Les Russes avaient toujours besoin d'un coupable comme la mort d'un cadavre. *N'y rajoute pas ta tombe !* Les dernières paroles du vieux lui revinrent à l'esprit.

5

Morland traversa le village sans croiser personne. Dans la ruelle aux maisons basses, rien ne bougeait. Pourtant, il lui sembla être observé, des ombres glissantes derrière des fenêtres embuées, des ondulations de voilage, des craquements derrière le lambris noirci des façades. C'était étrange, on aurait dit que dans chaque abri, un occupant invisible retenait son souffle sur son passage. De la poussière se soulevait à chacun de ses pas, puis retombait en étalant son nuage transpercé par la lumière rasante. Il déboucha sur une place où étaient stationnés trois véhicules noirs, des Lada Tsarina. Les plaques d'immatriculation indiquaient qu'ils venaient d'Irkoutsk. Les 4x4 faisaient face à une imposante bâtisse traditionnelle en rondins, montée sur pilotis pour éviter l'enfoncement dans le sol au moment du dégel. Cette datcha faisant office de maison commune bénéficiait d'un entretien régulier comparé aux autres constructions bafouées par le climat. Un vernis satiné donnait une coloration orangée aux épais troncs d'épicéas parfaitement imbriqués. Les montants des fenêtres de la façade principale étaient ornés de bas-reliefs sculptés avec des moulures et des corniches revêtues de peinture verte et blanche. Au sommet du double toit fortement incliné, favorisant l'évacuation des couches de neige, trônait une sculpture en bois, une tête de cheval. Morland se dirigea vers le préau précédant l'entrée. Dans la partie latérale, il remarqua des silhouettes s'agiter dans une vaste pièce. Il y avait du monde.

Le Français gravit trois marches, ouvrit la porte sans frapper et entra. Il faisait sombre. Une femme était assise sur un banc, face à un imposant poêle en brique au repos. Elle portait une cape en velours noir ourlée d'un ruban rouge brodé qui effleurait le plancher, juste au-dessus de ses petits souliers de cuir. C'était une femme Bouriate[11] aux longs cheveux noirs soyeux, lissés et attachés par une broche en ivoire. Elle ne réagit pas à l'apparition de Morland, se contentant de détourner le regard. Elle était d'une beauté difficile à exprimer, l'ombre d'un mystère teinté de mélancolie. Dans le coin opposé, une lampe décorée de motifs religieux diffusait une lumière tamisée sur deux icônes ornant le mur en argile. Morland hésita un instant. Il eut un léger mouvement de recul, comme s'il voulait se retirer, puis il se lança en modérant sa voix :

— Bonjour, Madame.

— Bonjour, Monsieur, répondit-elle d'une voix exprimant sa surprise.

Elle fronça légèrement les sourcils et se redressa, semblant attendre quelque chose. Le Français enchaîna :

— Je cherche… ispravnik.[12]

---

[11] *Groupe ethnique minoritaire de Sibérie, d'origine mongole.*

[12] *Chef de la police du district au temps de la Russie des Tsars, créé en 1755 par Catherine II.*

Ce mot oublié déstabilisa la femme. De la méfiance se lut sur son visage. Elle ne répondit pas immédiatement. Morland se demanda s'il s'était bien fait comprendre. Il ne savait pas comment dire *chef du village* en russe courant, seul un souvenir d'un mot de Pouchkine lui était revenu.

— Je cherche un responsable, une autorité parce que…

Elle ne lui laissa pas le temps de terminer :

— Les hommes sont à côté.

La Bouriate sortit un bras de sa cape et indiqua le fond de la pièce. Elle ne lui avait posé aucune question, habituée, par son éducation, à ne pas se mêler des histoires des hommes. Morland traversa la pièce et ouvrit l'unique porte. Un couloir desservait deux pièces. De l'une d'elles, des voix s'échappaient. Il marqua une pause, tendit l'oreille, tenta de saisir quelques bribes de la conversation. Des hommes faisaient le point sur l'assassinat du *vory*. Morland parvint à comprendre que le corps avait été transporté à Irkoutsk comme ceux des deux gardes du corps et qu'ils n'attendaient rien des autopsies. Un des hommes, se mit à parler très fort :

— Il faut absolument trouver ces fils de putes ! Des tueurs qui débarquent dans ce bled paumé et agissent en plein jour, ça ne peut pas passer inaperçu. Les villageois savent forcément quelque chose. Il va falloir les travailler.

Une voix plus posée, répondit :

— Vous savez qui était Vassili Tchiornik, commandant Federovitch. C'est un règlement de compte. Voilà, c'est tout !

— Mais ça, je m'en fous, Camarade ! Dans ton village de merde, il y a quelqu'un qui sait quelque chose et tu vas nous aider à le trouver, Grigory Vassilievitch. Moscou veut savoir. Dans ton village, des gens ont forcément vu quelque chose et ils ont intérêt à nous dire quoi !

— Tu sais comment c'est, Grigory Vassilievitch. Quand le chef tombe, ceux qui veulent prendre sa place s'entre-tuent. Ça va être le bordel dans la région. On n'a pas envie qu'à Irkoutsk les affaires reprennent.

— J'entends bien, Camarade. Nous, ici, tout ce qu'on veut, c'est vivre en paix.

— Justement, si tu veux continuer à pêcher dans ton lac sans qu'on vienne te surveiller, tu as intérêt à ce qu'on les trouve vite, ces fils de putes. Je vais t'expliquer un truc Grigory Vassilievitch : Tu vois, le vieux contrôlait toute la Sibérie centrale, le pétrole, le gaz et le minerai. Ça se passait plutôt bien. Il en sortait un peu ; on le savait, forcément. Mais là, ceux qui veulent prendre sa place vont être plus gourmands. À Moscou, ils ne vont pas le tolérer. S'il faut faire la guerre, on la fera, parce que c'est fini l'époque du grand pillage ! Donc, tu vas nous donner la liste de tous tes habitants et on va les interroger un par un.

— La liste, vous la voulez pour quand, commandant Federovitch ?

— Immédiatement ! hurla l'officier.

— Bien, Commandant. Par contre, il y a la veuve du *vory* à côté. On en fait quoi ?

— On va s'en occuper. Le camarade Filiponov va l'interroger et ensuite elle pourra repartir dans sa datcha dorée. Elle ne risque plus rien. Ça m'étonnerait qu'elle nous apprenne des trucs, la génitrice ! Elle a eu de la chance, parce que si elle avait été avec lui hier, elle y serait passée avec son fils.

Morland était terrorisé. Il eut envie de fuir. Les hommes derrière la porte n'étaient, à l'évidence, pas des enfants de chœur. Combien étaient-ils ? Au moins quatre, dont trois miliciens. Il allait se mettre dans un sacré bourbier. Devoir tout expliquer, remonter si loin dans son passé simplement pour avoir été témoin d'un duel, il ne s'en sentait pas la force. Il était comme le chef du village, il aurait voulu continuer à vivre en paix, loin du monde et de toute cette sombre histoire. Il pressentait les risques encourus, non pas pour les faits proprement dits mais en raison du traitement qui allait lui être réservé. En face, ils étaient excessifs et paranoïaques par nature. Ils pouvaient devenir fous ! Mais Morland n'était pas venu jusque-là pour faire demi-tour, même si la raison, encore une fois, aurait commandé de le faire.

Il frappa. Les voix se turent instantanément. On vint lui ouvrir. Dans l'ouverture, il vit quatre hommes en uniforme. Celui qu'il supposa être le chef du village lui demanda :

— Qu'est-ce que tu veux, toi ?

— Je suis français et j'ai des choses importantes à vous dire.

L'homme sortit et referma la porte derrière lui. Il tira Morland par le bras pour s'écarter de l'encadrement et chuchota :

— Qu'est-ce que tu fais là ? Tu es complètement fou de venir là !

Comme tout le monde au village, le chef connaissait son existence. Sa présence en cet instant allait le compromettre auprès des miliciens. Il allait avoir des ennuis. Il le questionna une nouvelle fois :

— Qu'est-ce que tu veux ? Faut que tu dégages d'ici !

— Je ne peux pas. J'ai des choses importantes à vous dire. J'ai été témoin ce matin d'un duel entre deux hommes et ils sont morts tous les deux.

— Mais qu'est-ce que tu me racontes ?

Morland lui expliqua ce qu'il avait vu. Stupéfait, l'homme l'écouta sans rien dire. Son regard se chargea de peur. Les faits rapportés semblaient le dépasser. Il lui demanda de ne pas parler trop fort, le fit répéter pour être sûr d'avoir bien compris, puis il se résigna.

Un homme ouvrit la porte :

— Un problème, camarade Grigory Vassilievitch ?

C'était une voix grave. Morland vit apparaître un homme en uniforme gris avec des épaulettes supportant trois étoiles rouges. Il s'était adressé au chef du village en défiant Morland d'un regard méprisant.

— Oui, commandant Federovitch, cet homme est français et il affirme avoir été témoin d'un duel entre deux inconnus ce matin à côté de la cabane qu'il occupe, à vingt kilomètres au nord. Il dit qu'ils sont morts tous les deux, l'un est du FSB.

L'homme maintenait un regard dédaigneux sur Morland pendant l'explication du chef du village. Ses mâchoires, serrées, creusaient ses joues. On distinguait la vague des trois muscles maxillaires onduler sous la pression exercée. La peau laiteuse de son visage affichait de vieilles cicatrices, des séquelles diffuses d'une lointaine, mais certainement violente, poussée d'acné. Le chef du village tenta d'accrocher son regard sans y parvenir.

— Faut que je vous explique, commandant Federovitch. Le Français…

Embarrassé, Grigory Vassilievitch bredouillait, cherchait ses mots.

— … cet homme est un ermite. Il… il est arrivé là, il y a plus d'un an. On ne sait pas d'où mais…

— Tais-toi, Grigory Vassilievitch ! On verra ça plus tard. Laisse cet homme parler. Comment tu t'appelles, Français ?

— Pierre Morland.

— Tu parles russe ?

— Oui, commandant Federovitch, il parle très bien russe.

— Je t'ai dit de te taire, toi ! Laisse-le parler.

— Oui, Commandant, je parle russe, je l'écris également. Je ne pense pas avoir besoin d'interprète.

— Ça, on verra plus tard. Puisque tu as des choses à dire, entre !

Federovitch ouvrit la porte et d'un geste ample, il désigna une chaise à Morland. Il congédia le chef du village en lui intimant d'aller surveiller la veuve.

Le Français se retrouva assis face á un bureau austère derrière lequel avait pris place Federovitch. Deux hommes en uniforme l'entouraient, un troisième était adossé contre la porte. Sans qu'on l'interrompe, Morland avait raconté ce qu'il avait vu, ce qu'il avait découvert et ce qu'il avait fait pour tenter de maintenir les lieux en état. Sur une carte, il avait localisé l'endroit du drame. Le commandant l'avait fixé avec un mépris semble-t-il naturel. Il n'eut aucune réaction à l'énoncé des faits rapportés.

À la fin de son récit, l'officier afficha un air faussement satisfait, trahissant toute sa méfiance. Le Français en savait manifestement beaucoup mais il n'avait sûrement pas tout dit. Après un long silence, faisant l'effort d'articuler et de détacher chaque mot, il reprit la main :

— Vous parlez effectivement très bien le russe, monsieur Morland.

— Merci beaucoup, Commandant.

— Mais vous ne nous avez pas tout dit…

— Comment ça ?

— D'où vous venez par exemple…

C'était ce que Morland redoutait le plus, raconter son histoire. Cela n'était d'aucune utilité mais les Russes voulaient toujours tout savoir pour exercer leur suprématie. Chez eux, les à-côtés de la vie d'un homme faisaient partie de son histoire. Ils pouvaient même s'en servir lorsqu'ils y découvraient une petite fragilité. Alors Morland se lança dans une nouvelle salve d'explications. Il était médecin légiste, avait travaillé pendant une quinzaine d'années à l'institut médico-légal de Paris. Au cours de son travail, il avait collaboré avec les autorités russes, suite au démantèlement d'un vaste réseau international de trafic d'organes où des confrères russes étaient impliqués. Il avait fallu former de nouveaux médecins. C'est au cours de cette expérience professionnelle qu'il avait découvert la Russie, sa culture et qu'il avait fini par apprendre la langue en étant tombé sous le charme de ce grand pays et de son peuple. Les mots choisis, *grand* et *peuple*, avaient une réelle signification pour les Russes, on le prendrait au sérieux.

Morland continuait son histoire, personne ne l'interrompit. Il raconta tout. La Russie le fascinait. Il avait voulu comprendre comment le peuple russe était parvenu à surmonter les tragédies de son Histoire. Curieusement, il s'était senti proche de cette immense inconnue, avait tenté de l'apprivoiser. La Russie était devenue une obsession, une maîtresse, une porte ouverte pour s'enfuir. Plongé dans l'ennui d'une vie sans réelle surprise, un jour, suite à la perte d'un être cher, une femme, il avait tout plaqué pour faire un grand voyage en Russie, un voyage sans retour possible. Il avait décidé de cheminer sur la Route des os, un pèlerinage insensé dans l'endroit le plus hostile de la terre pour obliger le destin à choisir à sa place : mourir ou survivre. Oui, il avait voulu provoquer la mort et il avait survécu. Après être arrivé, non sans d'énormes difficultés, au bout du chemin à Yakutsk, il avait décidé de rejoindre les bords du lac Baïkal par la Léna gelée sur deux mille kilomètres pour y vivre définitivement, à l'écart du monde.

Il lui était difficile d'exprimer en russe certaines choses mais il était parvenu à leur faire comprendre que dans sa cabane, sur les rives du lac, il avait trouvé une sorte de paix intérieure. *Enfin... jusqu'à ce matin*, conclut-il.

Son récit était émouvant de sincérité. Mais Federovitch ne se laissa pas séduire par cette propension des Français à faire dans le lyrisme et les minauderies psychologiques. Il y avait chez lui une telle suspicion envers tout ce qui était étranger, qu'une carapace institutionnelle l'empêchait de se laisser émouvoir. Son regard froid, distant bien que pénétrant, ne permettait pas de savoir ce qu'il pensait. Il jeta un coup d'œil à ses subordonnés, puis focalisa à nouveau son regard sur le Français en marquant son scepticisme.

— Très jolie, votre petite histoire, docteur Morland. C'est très flatteur pour nous, les Russes, d'avoir suscité un tel intérêt chez vous. Mais vous qui nous connaissez si bien, vous savez qu'on ne peut pas se contenter de cette romance. Qui vous a délivré l'invitation pour obtenir votre visa, au départ ? Parce que si vous vivez chez nous dans l'illégalité, pour y rentrer au départ, vous étiez en règle…

Morland s'y attendait. Le moment qu'il craignait était arrivé.

— Commandant, j'ai eu un visa pour trois mois et ensuite, c'est vrai que je me suis maintenu sur votre territoire de façon illégale.

— Ce n'est pas la question que je vous ai posée docteur Morland. Je sais que vous êtes un clandestin. Qui vous a délivré l'invitation privée ?

Clandestin, le mot avait claqué. Un clandestin dans une zone autrefois interdite aux étrangers était forcément suspect. Il masquait d'autres mots plus explicites : subversif, agitateur, activiste. Morland soutenait le regard du commandant avec l'affliction d'un innocent pris au piège. À quoi bon leur cacher la vérité ? De toute façon, ils sauront. Peut-être le savaient-ils déjà. Ce n'était pas pour lui, c'était pour son ami qu'il était préoccupé. Forcément, ils allaient lui demander des comptes. C'était le mettre dans une situation délicate, lui faire courir des risques aux conséquences désastreuses mais Morland n'avait pas le choix. Une dénonciation contrainte et forcée.

— C'est un de vos collègues qui m'a invité. Le colonel Grichkof, il travaille à la Sécurité Intérieure à Moscou. C'est avec lui que j'ai travaillé sur le trafic d'organes. Un homme extraordinaire, dévoué à la cause de son peuple et de son pays. C'est lui qui m'a permis d'obtenir mon visa.

— Intéressant, Docteur. Mais encore ?

— Encore quoi ? J'ai répondu à votre question, il me semble !

Morland avait haussé le ton.

— Très bien, on verra ça par la suite. Revenons à ce dont vous avez été témoin ce matin. Vous ne nous avez pas dit, ces deux hommes, vous les connaissiez ?

— Non je ne les ai jamais vus. Je vous ai dit qu'ils avaient débarqué au petit matin. Qu'est-ce que vous croyez, Commandant ? Je vous assure que je ne suis pour rien dans cette affaire, je suis un témoin, rien de plus. C'est pour cela que je suis venu vous voir. Si j'avais quelque chose à cacher, je ne serais pas venu, je ne suis pas fou !

— Vous savez comment ils s'appelaient ?

— Oui, je les ai fouillés et je sais comment ils s'appelaient. Le jeune, celui du FSB, c'était Evgueni Smertine et l'autre, le vieux, Nikolaï Protenko.

— Evgueni Smertine et Nikolaï Protenko, vous dites.

— C'est exact.

— Comment savez-vous que Smertine était du FSB ?

— Il avait sa carte professionnelle avec lui.

Morland vit le commandant Federovitch inscrire ces deux noms sur une feuille de papier auxquels il rajouta celui du Grichkof.

6

Federovitch se leva brusquement. Il devait rendre compte à son supérieur. Juste avant de sortir, il ordonna à ses collègues de rester avec Morland. Il y avait dans sa voix sèche et directive bien plus qu'un ordre.

Avant de décrocher le combiné du téléphone dans le bureau annexe, Federovitch se gratta le creux des joues, le temps de réfléchir. Puis il composa le numéro. La secrétaire lui passa immédiatement Valery Jelezni, le chef de la police d'Irkoutsk. L'affaire avait pris une autre tournure avec ces deux morts supplémentaires et la présence du Français. Il allait lui falloir du renfort. Jelezni lui assura le détachement de huit hommes. Ils seraient sur place dans deux heures, viendraient en hélicoptère pour gagner du temps. Jelezni donna ses instructions : il fallait transférer le Français à Irkoutsk le plus rapidement possible pour l'interroger. Mais avant cela, faire les prélèvements nécessaires pour d'éventuels résidus de tirs sur ses mains. S'agissant des noms communiqués par le Français, Jelezni allait tout de suite lancer les recherches dans les fichiers. Pour le colonel Grichkof, c'était plus gênant. Il occupait un poste important à Moscou, dirigeait le quatrième bureau chargé de la protection du patrimoine industriel. Ce ne pouvait pas être une coïncidence que

Morland le connaisse, surtout avec la mort du *vory* qui avait la main sur le minerai Sibérien. Pourquoi avait-il subitement débarqué dans le village ? Les deux hommes tombèrent d'accord : il fallait se méfier de lui. S'ils n'avaient aucun doute sur la véracité de son témoignage, il restait certainement à découvrir la face immergée d'un iceberg dont il ne mesurait pas la taille. Ils convinrent de faire le point dans l'après-midi, un téléphone satellitaire serait à bord de l'hélicoptère pour permettre la communication depuis l'endroit où devaient se trouver les deux corps : 53° 15'35 Nord, 107° 47'35 Est.

Morland avait patienté dans la pièce sous la surveillance des trois hommes restés silencieux. Il vit revenir Federovitch, plus déterminé que jamais.

— Docteur Morland, sur instruction de ma hiérarchie, on va vous transférer à Irkoutsk pour vous interroger.

Morland ne fut pas surpris par l'emploi du verbe *interroger*. Il se doutait qu'on ne se contenterait pas de prendre ses déclarations.

— Vous ne voulez pas que je vienne avec vous pour vous montrer où sont les corps ?

— Non, je n'ai pas besoin de vous. On les trouvera. Le capitaine Bielkov va effectuer des prélèvements sur vos mains. On a besoin de faire des petites vérifications. Je suppose que vous savez de quoi il retourne ?

— Oui. Je comprends. Vous pouvez. Vous ne trouverez pas de traces de… Ah, comment dire… Je ne connais pas la traduction en russe. Les numéros 56 et 51 dans le tableau périodique des éléments chimiques de votre illustre ancêtre Dimitri Mendeleïev.

Le commandant esquissa un léger sourire, d'abord de fierté à l'évocation du chimiste, puis de dédain pour l'arrogance du Français qui étalait ses connaissances.

— Baryum et antimoine, Docteur ! Vous avez oublié le plomb également, le numéro 82.

— Oui, effectivement. Moins significatif cependant, le plomb.

Federovitch le fixa droit dans les yeux, l'obligeant à baisser son regard. Une façon d'imposer sa domination. Morland se soumettait, il n'avait pas le choix.

Le commandant s'écarta, fit un signe à Bielkov qui s'approcha, une mallette à la main. Il la déposa sur le bureau, l'ouvrit et revêtit des gants de caoutchouc. Morland présenta spontanément ses mains. Avec application, Bielkov effectua les prélèvements, à l'aide de tamponnoirs déposés par la suite dans des tubes en plastique. Il les rangea avec d'autres prélèvements déjà effectués dans un compartiment. Il referma la mallette, adressa un mouvement de tête à son supérieur, en signe d'accomplissement.

— Lève-toi ! Tu vas aller attendre à côté avec le camarade Filiponov.

Morland se leva, prit la direction de la sortie, escorté par Filiponov. Ne pouvant être vu par Morland, Federovitch tapota son index sous son œil à l'intention de Filiponov. La consigne était claire.

Une fois seul, Federovitch appela Vassilievitch qui se trouvait avec la veuve. L'homme accourut, pénétra dans la pièce, l'air anxieux. Il demeura quelques instants immobile, hésitant, puis se rapprocha du bureau. Redoublant d'inquiétude, il dut affronter sans bouger le silence de Federovitch.

Il le toisait, le regard fielleux.

— Camarade, tu connaissais l'existence du Français ?

— Oui, Commandant, bredouilla Vassilievitch.

— Pourquoi tu n'as pas prévenu les autorités de sa présence ?

Si avec Morland, Federovitch s'était montré froid et distant, le considérant comme un adversaire, avec le chef du village, il exagérait grossièrement pour lui faire peur.

— Je ne sais pas. Il m'a semblé que ce n'était pas important. Il ne faisait rien de mal.

— Pas important ? Mais qu'est-ce que tu en sais, toi, de ce qui est important et de ce qui ne l'est pas ? Grigory Vassilievitch, c'est un manquement grave à tes obligations. Il y a un étranger en situation irrégulière à côté de ton village et tu ne le dénonces pas. Tu pourrais être poursuivi pour cela, accusé de complicité.

Le chef du village ne comprenait pas pourquoi l'officier le tourmentait ainsi. Cela lui paraissait complètement disproportionné. Il se tenait debout, les mains agrippées à son pantalon retroussant légèrement le tissu sous ses poches.

— Mais enfin, Commandant… Il vivait seul dans sa cabane, il ne faisait pas de mal. C'est un ermite, il ne voyait personne. Je ne comprends pas ce que vous me reprochez.

— Ça suffit ! On ne te demande pas de comprendre, Grigory Vassilievitch ! On te demande de faire ce que la loi t'impose. Tu aurais dû le dénoncer. Et tu le sais !

— Ce que je sais, Commandant, c'est que cet homme a aidé des pêcheurs du village et ce, à plusieurs reprises. Il les a accueillis, les a soignés.

— Comment ça, je croyais qu'il ne voyait personne ?

Le chef du village accusa le coup.

— Voyez-vous, Commandant, il paraît que ce type était médecin et à trois reprises au moins, il a secouru des villageois. La première fois, un pêcheur s'était déboîté une épaule en chutant sur la glace. Il avait trouvé refuge dans la cabane du Français. Il ne savait pas qu'elle était occupée. De temps en temps, on voyait au loin de la fumée s'échapper de la cheminée mais on pensait que c'était un des nôtres. Le docteur l'a recueilli, lui a remis l'épaule immédiatement en place. La deuxième fois, un villageois s'était tailladé l'aine avec son couteau en coupant un cordage. Sans l'intervention du docteur, il se serait vidé de son sang et serait mort. On peut dire qu'il lui a sauvé la vie. Une autre fois, c'était un hameçon qui avait transpercé un pouce. Alors vous comprenez… Pourquoi voulez-vous que j'aille dénoncer cet homme ? Pour nous, pauvres pêcheurs, c'était plutôt rassurant de le savoir à cet endroit, c'était comme un poste de secours avancé.

— Donc, il avait des relations avec des villageois ?

— Pas vraiment, c'était uniquement en cas de problème.

— Mais certains d'entre vous allaient quand même le voir quand il n'y avait pas de problème…

— Commandant, un homme qui vous soigne, qui vous sauve la vie, il faut être bien avec lui. Il faut savoir le remercier, on n'est pas des chiens quand même !

— Et alors, qu'est-ce que vous avez fait ?

— Ce qu'on sait faire depuis toujours dans notre grande Russie : on a rassemblé des outils, des semences, du matériel de pêche et on lui a donné pour qu'il puisse vivre de la terre et du lac, comme nous. On a récupéré du petit matériel médical également pour les urgences.

— Vous l'avez donc aidé ?

— Oui, si vous voulez. Mais lui, il n'a rien demandé. C'était en remerciement, tout simplement. C'était la moindre des choses. Et pour nous, encore une fois, c'était important de savoir qu'on pouvait compter sur lui en cas de problème.

— Et il y a eu d'autres problèmes ?

— Non, mis à part ceux dont je vous ai parlé.

— Depuis combien de temps était-il là ?

— Je ne sais pas, je pense qu'il est arrivé, il y a environ un an, peut-être un peu plus.

— Et ça ne vous a pas paru étrange qu'un Français débarque comme ça, de nulle part, et s'installe ici ?

— Si, bien sûr, mais, encore une fois, il ne faisait rien de mal.

— Justement, cela aurait dû vous alerter. Et toi, Grigory Vassilievitch, tu aurais dû le dénoncer aux autorités. Je veux savoir qui il a vu dans le village, les noms des trois pêcheurs qu'il a soignés. Je veux la liste des noms de tous les gens qui l'ont approché.

— Commandant, vous croyez vraiment que ce Français a à voir avec les meurtres ?

— Grigory Vassilievitch, tu crois aux coïncidences ?

— Oui, parfois.

— Hé bien sache que nous, jamais ! Si on croyait aux coïncidences, l'ennemi nous aurait envahis et exterminés depuis longtemps. Heureusement qu'on ne croit pas aux coïncidences, parce que vois-tu, la grande Russie aurait disparu, et toi avec !

Le commandant avait retrouvé son air grave et menaçant.

— Mais Commandant, un homme qui vous sauve la vie ne peut pas être un ennemi…

— Tais-toi, Vassilievitch ! Tu ne sais pas ce qu'il se passe ici. Tu ne sais rien de tes ennemis. Tu ne sais même pas qui ils sont ! Alors je te conseille de coopérer. Je veux la liste. Et tu vas commencer par mettre à notre disposition un bateau, le plus gros avec le plein d'essence pour qu'on aille sur place.

— À vos ordres, Commandant.

En partant, le chef du village ajouta :

— Et pour la veuve, on fait quoi ?

— Tu la renvoies chez elle. Tu la raccompagnes et tu lui dis que je passerai la voir plus tard. Allez dégage, vermine, et n'oublie pas : un bateau et la liste.

Morland avait attendu sagement dans une pièce annexe chauffée par un poêle en fonte au conduit cabossé. Pas de mobilier, ni de décoration au mur, un seau rouillé faisait office de poubelle. L'homme qui le gardait ne lui avait pas adressé la parole. Le Français avait du mal à lui donner un âge. Il avait le visage boursouflé par l'alcool, des yeux sournois et le cheveu gras. Son uniforme était crasseux et ses épaulettes parsemées de pellicules. Comme il fumait, Morland avait lui aussi allumé une cigarette.

Le soldat avait rapproché le cendrier pour le dissuader de se lever. Il avait les ongles noircis et l'index jauni par la nicotine. Il était adossé au mur, face à Morland, qu'il épiait de son regard torve.

Rivé à sa chaise, le Français patientait en observant, à travers la fenêtre, le bâti d'une maison en bois. Il fixa son attention sur les planches de mélèze assombries par la rudesse du climat. Cela allait durer longtemps. Il repensa à sa cabane, à ce qu'il avait laissé là-bas, un certain idéal de vie, un endroit où on faisait corps avec la nature. Son rêve fou avait pris fin définitivement ; il le savait. Il ne reverrait plus ce paysage sauvage et sublime. Qu'allaient-ils faire de lui ? L'expulser ? Morland se rassura. Il devait bien y avoir un autre endroit dans le monde similaire à celui-ci. Il recommencerait ailleurs. Et cette fois, il ne laisserait personne le détourner du destin qu'il s'était choisi.

Une chose toutefois accablait le médecin : les conséquences de son récit sur la vie et la carrière de son ami Grichkof. Ils allaient sans aucun doute s'en prendre à lui. *En France, les choses se passeraient bien différemment,* se surprit-il à murmurer. C'était la première fois qu'il repensait à son pays. Ce n'était pas un regret, mais un constat.

7

Bielkov et Filiponov s'étaient relayés toutes les trente minutes sans échanger le moindre mot. Ils maintenaient leur surveillance à distance, dans la même position, adossés au mur de l'entrée, les mains croisées dans le dos, une jambe légèrement fléchie. De temps à autre, ils opéraient un changement d'appui, en profitaient pour consulter leur montre, laissant supposer qu'ils attendaient quelque chose. Le temps s'étirait en imposant son silence. Morland, pourtant libre de ses mouvements, n'osait pas bouger. Il sentait peser sur lui une pression qui l'immobilisait physiquement mais pas intellectuellement. Que faisait Federovitch pendant tout ce temps ? Était-il parti sur les lieux du drame ? Il l'avait identifié comme étant le chef, le plus pugnace, celui qui n'hésiterait pas à basculer dans la brutalité pour obtenir ce qu'il souhaitait. Les autres n'étaient que des exécutants, pas franchement méchants, on pouvait deviner ce qu'ils pensaient. Le commandant avait en lui l'expression des bêtes sauvages qui redoutent le piège. Morland évacua la peur latente que lui inspirait l'officier en repensant à son paradis perdu. Il revoyait le lac tapissé de sa vapeur d'eau au petit matin, le soleil apparaître entre les mélèzes des collines voisines, le jour s'imposer dans une nature luxuriante où chaque espèce profitait de l'accalmie pour s'exprimer pleinement. La beauté brute du monde sauvage s'offrait en spectacle à un homme parvenu à trouver sa place dans un environnement préservé. Morland faisait défiler dans ses pensées une multitude d'images colorées, des moments privilégiés pleinement éprouvés à l'abri du monde. Il s'y accrochait avec l'envie de pouvoir un jour revivre ces instants en totale liberté lorsqu'un vrombissement, encore lointain, se fit entendre. Au même instant, il vit son garde se redresser, soulagé par la fin de cette longue attente. L'homme leva les yeux au plafond. Le bruit émis par le brassage de l'air s'intensifia, un hélicoptère était à l'approche. Progressivement, tout sembla s'agiter. Lorsque le bruit assourdissant fut à son comble, Morland vit apparaître un nuage de poussière à travers la fenêtre. Il devina l'appareil se posant à proximité, sans doute à côté des séchoirs à poissons. La turbine rugit encore quelques instants, puis expulsa un long souffle strident à l'issue duquel la mécanique se tut.

Morland entendit d'autres hommes arriver. Combien pouvaient-ils être ? Des nouvelles voix se mélangeaient aux précédentes, des chaises étaient déplacées. C'était confus, on s'agitait. Puis la voix de Federovitch imposa le calme à l'assemblée, des ordres devaient être donnés. Morland tendit l'oreille mais rien de compréhensible ne lui parvenait. Il entendit quelqu'un quitter la pièce voisine. Il ne fut donc pas surpris de voir apparaître Federovitch, l'air plus déterminé que jamais. Le commandant s'approcha de Morland resté assis sur sa chaise. Il le jaugea de toute sa hauteur avec toujours dans le regard ce mépris assurant sa supériorité. Morland savait que ce n'était que le début. Ce n'était pas encore de la méchanceté, simplement de l'intimidation.

— Docteur, vous allez devoir nous accompagner à Irkoutsk. Il nous faut vous interroger. Vous devrez nous relater, précisément, ce dont vous avez été témoin. Nous dire ce que vous savez. Vous m'avez compris ?

Que fallait-il comprendre ? Le ton comminatoire signifiait bien plus que les mots choisis.

— Je suppose que je n'ai pas le choix ?

— Vous supposez bien, Docteur.

Morland voulut ajouter : *je suppose que je suis en état d'arrestation.* Mais il s'abstint.

— Vous ne voulez vraiment pas que je vous accompagne sur les lieux du drame ?

— Je vous l'ai dit, je n'ai aucunement besoin de vous là-bas, Docteur. Faites ce que je vous dis ; c'est tout ce que je vous demande.

Le ton était cinglant.

— En attendant ce prochain interrogatoire, Docteur, on va vous offrir une petite balade dans les airs. Vous verrez, vu du ciel, le Baïkal vous révélera toute la beauté de son immensité. Le camarade Filiponov va vous accompagner. Levez-vous et suivez-moi. J'ai fait venir un hélicoptère pour vous.

— Dois-je vous en remercier ? ne put s'empêcher de maugréer Morland.

Encadré par deux hommes, Morland sortit de la maison commune, le commandant fermait la marche. La lumière était douce. Le jour avait dissipé les brumes matinales. L'astre solaire poursuivrait son ascension sans agressivité. Le groupe se dirigea vers le ponton puis bifurqua en direction des séchoirs à poisson. Au sommet d'un monticule recouvert d'herbes vertes aplanies, Morland vit un hélicoptère semblable à une grosse libellule bleu clair. Un appareil militaire. Arrivé au bas de la butte, Federovitch fit un signe avec son index. Le pilote donna l'impulsion nécessaire au déclenchement du moteur. Sous l'accélération progressive du rotor, un tourbillon d'air se dessina soulevant des nuages de poussière. Le bruit se fit assourdissant. On invita Morland à prendre place dans une cabine pouvant transporter huit passagers. Il compta trois hommes coiffés de casque à visières opaques dans le poste de pilotage. L'un d'entre eux rejoignit le compartiment arrière. On installa Morland au centre de la banquette dans le sens du vol. Pour sa sécurité, il fut ceinturé, puis on lui apposa un casque antibruit sur les oreilles. Filiponov vint s'asseoir à côté de lui. Le copilote lui tendit un casque similaire au sien, il serait en liaison radio avec les trois membres d'équipage. Federovitch monta à bord et s'approcha du Français. Il décala le casque de son hôte et se rapprocha au plus proche de l'oreille libérée :

— Je vous souhaite un bon voyage, Docteur. On se revoit bientôt à Irkoutsk. Profitez bien de ce petit répit. C'est cadeau.

L'officier descendit de l'appareil, referma la porte et tapa sur celle du pilote pour lui donner le signal.

Le moteur était maintenant à plein régime et transmettait ses vibrations à tous ses occupants. Coupé du monde, Morland sentit son cœur se soulever durant la phase ascensionnelle. Progressivement, il vit disparaître Federovitch dont le pantalon vibrait au vent. Lorsque l'homme ne fut qu'un minuscule point sur la verdure, Morland vit sur sa gauche toute l'immensité du lac. On ne pouvait même pas distinguer sa rive opposée. Le Baïkal se perdait dans l'infini. Le médecin crut apercevoir un panache de fumée, sans doute le feu autour de sa cabane, mais il n'eut pas le loisir de s'y attarder, l'hélicoptère bascula vers l'avant et se dirigea plein nord, retrouvant progressivement son assiette horizontale. Il voulut en profiter jusqu'au bout. Les casques de ses voisins impassibles lui masquaient la vue. Il pencha la tête pour élargir son champ de vision. Il voyait encore le bleu profond du lac. De là-haut, c'était encore plus beau.

L'appareil survolait maintenant la terre ferme, il lui fallait aller chercher de plus en plus loin à l'horizon le bleu dont l'étendue rapetissait inéluctablement, gagné par la verdure de la taïga. Et puis vint le moment où il ne vit que le vert molletonné épousant le relief. C'était terminé. Morland plaqua la tête contre le dossier de son fauteuil, et ferma les yeux.

Lorsqu'il les rouvrit quelques instants plus tard, un autre paysage était apparu : une corolle d'habitations de plus en plus dense laissait deviner Irkoutsk. Le gris du béton s'imposa avec son réseau veineux de voies de circulation de plus en plus resserré. L'appareil amorça sa descente et se posa au sommet d'un bâtiment massif sur les bords de l'Angara, une des innombrables rivières prenant sa source dans le Baïkal, à quelque soixante-dix kilomètres. L'édifice avait conservé l'expression du processus totalitaire dans son dépouillement ultime, ne retenant que l'essentiel de l'idéologie révolutionnaire : l'imposant. En vis-à-vis de cet immense bloc de béton, un pont suspendu et sa ligne de tramway enjambaient le fleuve. Deux gardes se tenaient immobiles sur la plate-forme. Dès que les roues touchèrent le sol, ils se dirigèrent vers l'appareil afin d'en extraire Morland. Les gardes le dirigèrent vers une porte métallique donnant accès à un couloir tortueux aux murs épais. Filiponov marchait dans ses pas. D'imposants conduits métalliques à la peinture lacérée parcouraient le plafond réduisant considérablement l'espace. Il y avait des fuites, des flaques d'un liquide bilieux jonchaient le sol. Sur ordre de son escorte, Morland dut baisser la tête au niveau des rétrécissements pour continuer à cheminer. Puis ils descendirent quelques étages par un escalier tout aussi réduit que le boyau qu'ils venaient de parcourir. Morland eut cette impression étrange d'être comme une sonde pénétrant dans l'estomac d'un monstre. On aurait dit que le jour avait honte d'éclairer ce terrible endroit.

Les soldats ôtèrent le cadenas d'une lourde porte en bois et le convoi déboucha au milieu d'un large couloir rectiligne. Le lino grinçait sous les pas. On installa le prisonnier dans une pièce sobrement équipée d'une table et de deux chaises. Un garde alluma la lumière de la lampe surplombant la table. Morland entendit le verrou métallique de la porte se refermer lorsque les hommes se retirèrent. Morland fit le tour de la pièce en longeant les murs par endroits souillés de traces de sang mal nettoyées. Il s'arrêta devant l'encadrement d'un miroir, qu'il imagina sans tain. Il regarda son visage dans le reflet sans la moindre émotion. Une barbe naissante le vieillissait un peu. Il fit demi-tour et rejoignit le centre de la pièce. Sous la chape éclairante de l'ampoule, il posa sa main sur la table en bois. Bien sûr, on l'observait de l'autre côté. Alors il prit une chaise, se dirigea vers l'interrupteur en prenant une dernière fois la pleine mesure de l'espace et éteignit la lumière. À l'aveugle, il se rapprocha de la table. Lorsque ses doigts effleurèrent le bois, il posa la chaise et s'assit. Déterminé à ne rien leur donner, il patienta, dans le noir.

Morland n'eut pas à attendre longtemps, quelques minutes tout au plus. Un tour de clé libéra le verrou. La lumière s'alluma l'obligeant à fermer les yeux le temps que ses yeux s'adaptent. Un homme vêtu d'un costume sombre fit irruption. La démarche tranquille, il vint s'asseoir face à lui. Il libéra les boutons de sa veste pour faciliter son assise, sortit un dictaphone de sa poche et le posa bien en évidence sur la table. L'attention de Morland fut attirée par les mains de ce quinquagénaire. Elles étaient fines et se terminaient par des ongles bien coupés, d'une propreté impeccable. Un anneau brillait à l'annulaire gauche. À son poignet, une montre argentée de marque Raketa. L'homme posa son regard sur Morland, inclina légèrement la tête. Une lueur malicieuse émergeait du fond de ses yeux clairs. Il enclencha son enregistreur, attendit quelques secondes, puis se rapprocha de la table.

— Bonjour, Docteur. Je me présente : je suis le colonel Jelezni, le chef de la police d'Irkoutsk. Je me suis laissé dire que vous parliez magnifiquement bien notre langue. Je vous en félicite. Je vous souhaite la bienvenue dans mon service. J'espère que vous avez fait bon voyage.

Morland ne se laissa pas duper par l'amorce bienveillante de la conversation. Il resta coi.

— … nous avons beaucoup de questions à vous poser, Docteur. Vous vous en doutez…

Ses mains s'entrecroisèrent devant lui et le regard se fit plus pénétrant.

— … bien entendu, il y a cette fâcheuse histoire dont vous avez été témoin ce matin. Vous croyez au hasard, docteur Morland ?

— Non, mon Colonel.

— Cela tombe bien, moi non plus. De ce fait, nous allons pouvoir nous entendre.

— Je vous écoute.

— Ce qui nous préoccupe, davantage que la mort de ces deux hommes, dont l'un était des nôtres, c'est de savoir ce que vous faisiez là. Voyez-vous, nous, les Russes, nous sommes des gens très accueillants. Mais pour cela, il y a des règles à respecter. Et vous, Docteur, il semble que vous ayez enfreint ces règles. Vous vous êtes maintenu sur notre territoire bien longtemps après l'expiration de votre visa de trois mois. Nous aurons l'occasion de revenir sur les modalités de l'obtention de ce visa. Nous savons qu'il vous a été délivré à notre ambassade de Prague par l'intercession du colonel Grichkof avec lequel vous avez travaillé en étroite collaboration à l'issue du démantèlement d'un vaste trafic d'organes. Je me suis renseigné, vous vous en doutez. Je n'ai pas envie de revenir sur cette sombre histoire au cours de laquelle nos deux pays ont collaboré. Moi, ce qui m'intéresse, c'est la suite… Ce que vous comptiez faire ? Quel était le but de votre maintien sur le territoire russe ? Avec qui étiez-vous en contact ? Vous voyez, Docteur, nous avons de nombreuses questions à vous poser. Cela va prendre du temps. Et nous avons tout notre temps…

Morland accusa le coup devant autant de sous-entendus, tout droit sortis de la grande paranoïa soviétique. Il avait envie d'envoyer balader cet homme à l'air faussement cordial. Il bouillait mais tentait de se contenir en contrôlant sa respiration.

— Avec tout le respect que je vous dois, vous faites fausse route. Je suis totalement étranger à la mort de ces hommes. N'allez pas vous imaginer ce qui n'a pas lieu d'être. Si vous saviez…

— Si je savais quoi, docteur Morland ?

— Mais tout, colonel Jelezni ! Tout ! Épargnez-moi toutes vos histoires, cela relève du fantasme ! Arrêtez ! Moi, je suis venu en Russie pour qu'on me foute la paix ! C'est tout ! La paix, vous entendez ! Ça paraît paradoxal de venir chercher la paix en Russie mais moi, je l'avais trouvée jusqu'à ce que ces hommes viennent à moi pour être le témoin de leur règlement de compte !

— Calmez-vous, Docteur.

— Comment voulez-vous que je me calme ? Vous m'accusez de quoi au juste ? Ça commence à bien faire !

— Pour un homme qui a fui son pays et qui est recherché par la police française, et oui, nous nous sommes renseignés, je vous trouve bien présomptueux, Docteur.

— Mais ça n'a rien à voir !

— Ça, c'est vous qui le dites.

— Mais vous cherchez quoi au juste ?

— Comme tout le monde, docteur Morland : la vérité !

— La vérité ? Savoir la vérité n'est pas une preuve de culpabilité. Et je vous l'ai déjà dit, je n'ai rien à voir avec tout ça !

— C'est une affirmation, ce n'est pas une preuve, !

— Des preuves ? Mais allez-y clairement, dites ce que vous pensez.

— Les ordres, ici, c'est moi qui les donne ! Surtout face à un clandestin !

— Clandestin ? Et pourquoi pas espion pendant que vous y êtes ?

— Et pourquoi pas, effectivement !

— Vous êtes sérieux, colonel Jelezni ?

— J'ai l'air de plaisanter ? Vous pensez que je vous aurais fait venir jusqu'à moi, simplement pour rigoler ?

— Mais vous êtes complètement parano, ma parole ! Vous voyez le mal partout !

— Docteur, vous avez la mémoire courte... Si nous, les Russes, il y a soixante ans, nous n'avions pas vu le mal en train de vous exterminer, aujourd'hui vous parleriez allemand !

— Dois-je vous en être redevable, colonel Jelezni ?

— Non, juste vous en souvenir. Dans votre beau pays des Droits de l'Homme, il semble qu'on ait oublié le sacrifice de mes compatriotes pour que vous puissiez vivre selon votre liberté.

— Arrêtez avec ces histoires ! Vous mélangez tout !

— Bon, ça suffit ! Je vais vous faire apporter un repas chaud et en début d'après-midi, deux de mes hommes vous interrogeront. Vous aurez intérêt à coopérer. Je vous rappelle que vous êtes un clandestin, donc sans défense. Je vous conseille d'y réfléchir ! Je vous souhaite un bon appétit, Docteur !

Le colonel empoigna son dictaphone et quitta la pièce en éteignant la lumière. Deux tours de clés isolèrent à nouveau Morland dans la pièce, la tête baissée vers le sol, les mains arrimées aux pieds de la table, déterminé à ne pas lâcher prise. Son hurlement résonna longtemps entre les murs.

8

Le vent s'était levé, obligeant Federovitch à rehausser le col de sa veste. Le jour déclinait. Il fallait se dépêcher. Dans deux heures, la nuit commencerait à tomber. Le Français avait bien fait les choses. Le feu, en train de mourir, avait tenu éloigné des corps les charognards.

L'officier ordonna qu'on évacue les cadavres, puis retourna vers la cabane. Les premières constatations confirmèrent les déclarations du Français : les deux hommes étaient morts. Mais s'étaient-ils vraiment entre-tués comme il le déclarait ? Plusieurs détails embarrassaient Federovitch. Il alluma une cigarette, laissa échapper la première bouffée puis tira à nouveau sur le filtre avec désappointement. Sans la présence de ce témoin, les choses auraient été plus simples.

Il mit une heure à fouiller la cabane, inspectant méticuleusement chaque recoin. Il ne trouva rien, pas de document d'identité, pas d'arme. Le Français n'avait pas beaucoup d'effets personnels, quelques vêtements, des outils, des pièges, deux cannes à pêche et du matériel médical bien rangé dans une sacoche de l'Armée rouge. Il y avait aussi des stocks de pommes de terre, de fèves et de haricots et des bocaux de champignons et de baies.

En ouvrant le poêle, il avait trouvé quelques bouts de papiers calcinés, sur lesquels on pouvait encore distinguer quelques mots. Il les fourra dans une de ses poches.

Il avait été surpris de trouver, sur une étagère au-dessus du lit, une cinquantaine de livres. Il les avait feuilletés un par un, puis en avait fait un tas au centre de la pièce. Figuraient des classiques, des ouvrages historiques et quelques autres, d'auteurs inconnus, plus subversifs. Le Français était manifestement intéressé par l'époque stalinienne et les récits sur le Goulag. Il avait dû se les procurer auprès des villageois. *Les traîtres*, pensa Federovitch. Ils avaient équipé la *rodinka*, la taupe. Que cherchait-il dans ces livres ? Le commandant n'aimait pas les curieux, surtout lorsqu'ils étaient étrangers. Ça l'avait contrarié. Du coup, il était descendu au fond de la cavité creusée dans le sol faisant office de congélateur où le Français conservait son poisson et sa viande. Irrité, il avait fait comme avec les livres : un gros tas et il avait uriné dessus.

Soulagé, il était retourné auprès de ses hommes, ressassant la question qui le taraudait : Pourquoi le camarade Smertine portait-il sur lui sa carte du FSB ? En de telles circonstances, il aurait dû être prudent et s'en débarrasser. Pour laisser une trace ? On saurait bientôt dans quel service il travaillait, cela permettrait peut-être de comprendre ce qu'il faisait là. Il devait être en mission, forcément. Mais ce n'était pas cela qui dérangeait Federovitch, ni même le tatouage que portait Protenko à l'intérieur du biceps droit, une petite étoile à huit branches signifiant son allégeance aux *vory*. Non, ce qui le tracassait, c'était bien entendu ce fameux Karol que ces deux hommes avaient en commun. C'était incompréhensible. Et que le Français le sache, une source d'emmerdements. D'ailleurs, il n'avait rien dit à ce sujet. C'était d'autant plus suspect.

Federovitch écrasa sa cigarette avec amertume. Son instinct l'alertait d'un réel danger. Il faudrait se méfier. Il consulta sa montre, dix-sept heures. Il sortit le téléphone satellitaire de sa poche, déploya l'antenne et composa le numéro de son chef à Irkoutsk.

Moscou n'avait pas encore fait parvenir au colonel Jelezni les informations sur Protenko et Smertine, ni même celles concernant le docteur Morland.

Le Français était en cours d'interrogatoire dans une salle du commissariat central. Les deux hommes étaient d'accord ; il savait beaucoup de choses, peut-être trop pour qu'on puisse se permettre de le laisser filer. Il ne fallait prendre aucun risque. En attendant, on le garderait au chaud. Federovitch donna à son chef le numéro de téléphone du fameux Karol. *Ça peut être quelqu'un de chez nous*, précisa-t-il. Jelezni acquiesça sans en dire davantage. Il lancerait les recherches sitôt raccroché. Il lui faudrait agir prudemment, on ne savait pas à quel niveau de la hiérarchie pouvait appartenir ce Karol. Il fallait à tout prix éviter de mettre d'autres personnes dans la boucle, donc frapper à la bonne porte, au plus proche. Jelezni ferait jouer son réseau.

Federovitch allait faire transporter les corps en soirée à Irkoutsk, Jelezni se chargerait de prévenir le légiste pour les autopsies. Le commandant et ses hommes resteraient sur place au moins une journée pour interroger les villageois. Protenko et Smertine n'avaient pas pu débarquer dans ce trou sans attirer l'attention. Il y eut un long silence, comme si les deux hommes s'empêchaient d'émettre des suppositions bien qu'ils aient confiance l'un envers l'autre. Chez les Russes, la confiance était toujours relative, surtout lorsqu'il existait un lien hiérarchique. Cette suspicion permanente expliquait cette retenue permanente, proche de la pudeur, façon de ne pas se livrer entièrement pour se préserver.

Ils finirent par raccrocher en convenant de faire le point le lendemain en début d'après-midi.

Federovitch retrouva ses hommes dans l'embarcation. Les sacs à cadavres avaient été déposés à même le plancher. On n'attendait plus que lui pour appareiller. Mais il en décida subitement autrement. Il prit la nourrice et versa quelques litres d'essence dans un seau récupéré sur le pont et se dirigea vers l'antre du Français. Il pénétra dans la cabane, posa le récipient devant le tas de livres et fit une dernière inspection. Une clochette était accrochée à un clou sur le montant de la porte. Sans savoir pourquoi, il la décrocha, l'agita pour entendre son tintement. Il regarda l'objet un instant, il lui rappelait des souvenirs d'enfance. La partie métallique était joliment incurvée. Douce au toucher, elle était reliée par un anneau à un petit morceau de cuir orné de quelques brins de laine aux couleurs de la Russie et d'une tête d'aigle bicéphale. C'était une clochette comme on en produisait autrefois par centaine de milliers pour donner aux enfants à Noël afin qu'ils s'amusent en toute sécurité dans les lisières de l'immense taïga.

Federovitch fut pris soudain d'un élan de mélancolie. Il fit disparaître la clochette dans la poche de son pantalon puis répandit l'essence aux quatre coins de la pièce et arrosa également le tas de livres. Il craqua une allumette, observa un instant la flamme grandir en inclinant le morceau de bois devant ses yeux. Lorsqu'elle fut suffisamment grande, il lâcha l'allumette. Il observa un instant l'embrasement puis se dirigea vers ses hommes. À aucun moment il ne s'était retourné. Ce ne fut qu'après s'être éloigné de la berge d'une centaine de mètres qu'il porta un dernier regard satisfait sur la cabane en flammes.

Au village, Federovitch était attendu. Sur le ponton, Grigory Vassilievitch avait retrouvé de l'assurance. Il se rapprocha de l'échelle où avait accosté l'équipage, vit les deux sacs alignés dans le fond de l'embarcation. Il tendit la main à Federovitch pour l'aider à gravir les derniers barreaux. Ce dernier la refusa par principe mais s'enquit de la précipitation du chef du village :

— Tu as quelque chose d'important à me dire, semble-t-il, Grigory Vassilievitch. Vas-y, parle.

Oui, Commandant.

— Je t'écoute.

Federovitch s'était redressé et avait détourné son regard en direction du lac tandis que Vassilievitch poursuivait son explication.

— J'ai trouvé un témoin intéressant, quelqu'un qui a vu quelque chose de surprenant il y a trois jours entre deux hommes. D'après la description qu'on m'en a faite, ça pourrait correspondre à ceux-là, dit-il en désignant les cadavres dans le bateau.

Federovitch pivota. Il fixa froidement son interlocuteur.

— Continue, je t'écoute.

— Hé bien voilà, en fait, c'est Alexander Serbakov qui est venu me trouver pour me faire part de ce qu'avait vu son fils. Le petit est rentré ce jour-là à la maison, égratigné de partout et terrorisé par ce qu'il avait vu. Au départ, il n'a rien dit, craignant une punition de ses parents. Ce n'est que le lendemain qu'il le leur a dit. Il avait fait des cauchemars toute la nuit.

— Quel âge, cet enfant ?

— Il a huit ans, il s'appelle Sacha, il a deux frères et une sœur. Son père est pêcheur. Ils habitent une maison à l'entrée du village, le long de la route.

— Et qu'a-t-il vu ?

— Il a vu un homme tuer un ours qui s'apprêtait à tuer un homme.

Federovitch adopta un regard plus doux. Cette histoire l'intéressait.

— Continue.

— En fait, le petit garçon était en train de cueillir des baies à côté de la rivière dans un endroit où ses parents lui avaient interdit d'aller. Il se trouvait sur un promontoire et voyait la rivière en contrebas. Un homme était en train de se baigner, il avait laissé son fusil sur la berge et un ours a surgi pour le dévorer. L'homme a hurlé, il a essayé de regagner la berge pour récupérer son fusil mais l'ours s'est lancé droit sur lui. À ce moment-là, un type est sorti de la lisière et a tué la bête d'un seul coup avec sa carabine équipée d'une lunette. L'enfant a vu l'ours tomber au sol comme un rocher et l'homme qui était dans l'eau a pu en sortir pour prendre son fusil. Selon le gamin, les deux hommes se sont mis en joue. Le gosse a eu très peur, il a lâché sa bassine remplie de baies et s'est mis à courir pour rentrer chez lui. Il a couru pendant au moins deux kilomètres. Dans sa fuite, il a traversé des champs de ronces et il est tombé à plusieurs reprises. C'est pourquoi sa mère l'a récupéré en sang, griffé de partout.

— Qu'est-ce que vous en pensez, Commandant ?

— J'en pense que le gamin a dû avoir très peur et que l'homme dans la rivière a eu beaucoup de chance.

— Ça, c'est sûr, parce qu'en ce moment, les ours, ils sont plutôt voraces. Ils n'hésitent pas à nous attaquer, c'est la deuxième fois cette année. Pour eux, un homme c'est un gros saumon !

— Il faut que j'aille voir cet enfant.

— Quand ?

— Tout de suite !

Quand Federovitch se présenta chez les Serbakov accompagné de Vassilievitch, la nuit était tombée. Un modeste éclairage public fonctionnant tant bien que mal avait guidé leurs pas. De l'extérieur, une lumière bleutée éclairait la pièce principale. Alexander Serbakov s'attendait à cette visite. Avec déférence, il fit entrer les deux hommes. Un fumet de poisson échappé de la cuisine remplissait la pièce. Trois enfants resserrés sur un canapé regardaient en silence un dessin animé japonais. Rien ne semblait pouvoir détourner leur attention, pas même cet inconnu en uniforme accompagné du chef du village. Les hommes se dirigèrent dans la cuisine où une femme coiffée d'un fichu préparait le repas. Une grosse marmite en aluminium occupait le feu principal de la gazinière. Alexander Serbakov invita les visiteurs à s'asseoir, récupéra trois verres dans un placard, une bouteille de samagon[13] et un bocal de cornichons. L'épouse apporta une assiette sur laquelle elle avait déposé de fines tranches d'omoul séché. Comme dans toutes les maisons russes, il fallait boire avant de parler. Federovitch ne dérogea pas à la tradition. Il vida son verre d'un trait puis remercia le couple pour l'accueil. Il n'avait pas l'intention de les déranger trop longuement, il voulait simplement s'entretenir avec leur fils Sacha. Il ne s'embarrassa pas d'explications. Tout le monde dans le village connaissait le motif de sa présence. Svetlana Serbakov quitta la cuisine pour rejoindre ses enfants. La conversation s'engagea. Sacha, puni, était à l'étage.

Le père répéta, quasiment mot pour mot, l'histoire racontée par le chef du village. Le petit garçon avait bravé l'interdiction de ses parents d'approcher la rivière. Il en était revenu sanguinolent. La nuit, il avait fait des cauchemars. Au matin, il s'était confié à un de ses frères qui avait rapporté la scène à son père. Ce qui avait terrorisé le gamin, c'était le coup de feu et le silence qui avait suivi. C'est pour ça qu'il s'était mis à courir.

Avant de monter voir l'enfant, Federovitch voulut quelques précisions sur l'endroit où s'étaient déroulés les faits. Pendant que Serbakov remplissait à nouveau les verres, Grigory Vassilievitch prit la parole. La rivière se situait à deux kilomètres du village. Elle descendait des montagnes pour se jeter

---

13 *Vodka fabriquée de façon artisanale.*

dans le lac à proximité de la maison du *vory*. Ce dernier avait d'ailleurs interdit l'accès à l'embouchure à tous les villageois, voulant se préserver un coin de pêche très poissonneux. Le chef du village connaissait bien l'endroit. Lui aussi, enfant, il y allait cueillir des baies et des framboises sauvages. Le long des flancs de la colline, il suffisait de se baisser. En contrebas, il y avait une ancienne cabane de trappeur et la rivière se creusait, rendant possible la pose d'un filet. Satisfait, Federovitch leva son verre et porta un toast : *L'espoir meurt en dernier*. Les deux autres acquiescèrent à la célèbre phrase de Pouchkine et vidèrent leurs verres. Ils se levèrent pour se diriger vers la chambre des enfants.

C'était une pièce commune aux quatre enfants avec un grand lit et deux autres superposés. Sacha était assis à un bureau d'écolier en train de dessiner. Son père lui demanda de saluer les visiteurs. Ils étaient venus pour lui. Federovitch posa sa main sur la tête de l'enfant en signe d'apaisement. Il avait les yeux rougis de chagrin et le visage bardé de longues griffures.

— Comment tu t'appelles, jeune homme ?

L'enfant fut surpris qu'on s'adresse ainsi à lui.

— Je m'appelle Sacha, Monsieur.

— Quel âge as-tu, Sacha ?

— Bientôt huit ans, Monsieur.

— Tu travailles bien à l'école ?

L'enfant regarda son père. Il ne savait pas quoi répondre.

— Il a appris à lire et écrire mais lui, ce qu'il préfère, c'est plutôt l'école buissonnière… précisa son père.

— C'est vrai qu'ici, tu as le plus beau terrain de jeu du monde, surtout en été. En tout cas, d'après ce que m'a dit ton père, tu es un garçon très courageux. Tu as eu peur ?

L'enfant eut un haut-le-cœur puis avala sa salive sans pouvoir répondre. Ses yeux exprimaient toute la terreur ressentie.

— Mais dis-moi, tu dessines vraiment très bien. Ils sont très jolis, tes dessins.

Le compliment n'était pas anodin. Federovitch avait vu quelque chose qui l'intéressait.

Il écarta deux dessins, une scène de pêche représentant son père en train de tirer un filet depuis une barque et une maison avec des enfants jouant sous le regard de la mère. Il s'empara du dernier, le regarda avec attention. Il n'y avait pas beaucoup de couleurs à la différence des deux autres, simplement du noir, une large bande bleue et une grosse tache rouge.

— C'est toi qui as fait ce dessin, Sacha ?

Le garçon aspira sa réponse.

— Oui.

— Il me plaît beaucoup ton dessin. Tu permets que je le regarde attentivement ?

— Oui, Monsieur.

— C'est la scène de l'autre jour ?

Le garçon fit oui de la tête, terrorisé.

— Donc, il y a la rivière. Là, j'imagine que c'est un ours. Il est mort, ton ours, n'est-ce pas ? Qui l'a tué ?

L'enfant lui désigna un bonhomme tenant un fusil, à droite sur le dessin.

— C'est lui.

— C'est avec son fusil qu'il l'a tué ?

— Oui.

— Et l'autre monsieur, là, sur la gauche, il faisait quoi ?

— Il était en train de se baigner.

— Pourquoi tu ne l'as pas dessiné dans la rivière lorsqu'il se baignait et que l'ours a surgi pour le dévorer ?

— Parce que l'ours, il a pas pu le manger.

— Bien entendu, c'est logique. Ton dessin est très réaliste, Sacha. Mais dis-moi, pourquoi, le bonhomme de gauche a également un fusil dans la main ? C'est un fusil, n'est-ce pas ?

L'enfant hésitait comme s'il avait peur de se tromper.

— Sacha, tu n'as pas à avoir peur. Moi, je crois que ton dessin est vraiment réussi mais j'ai besoin que tu m'expliques parce que je ne comprends pas tout. Normalement, comme l'ours est mort, il n'y a plus de danger. Donc, pourquoi les deux hommes tiennent toujours leurs fusils dans leurs mains ? L'autre, il a récupéré son fusil sitôt sorti de la rivière ?

— Oui, Monsieur.

— Mais dis-moi, on dirait qu'ils se visent tous les deux. C'est ça que tu as vu ?

— Oui, Monsieur.

— Dis-moi ce qu'il s'est passé Sacha ?

Le garçon était épouvanté par son souvenir. Il se mit à pleurer, de grosses larmes chaudes. Sentant l'enfant effrayé, Federovitch lui caressa à nouveau les cheveux avec bienveillance.

— Tu sais, Sacha, moi, à ta place, j'aurais eu aussi très peur. Ils t'ont fait peur, ces deux hommes ?

— Oui, Monsieur.

— Tu as cru qu'ils allaient se tuer ? C'est ça qui t'a fait peur ?

Le garçon retenait tout son chagrin opinant de façon répétée tout en reniflant. Après la relance de Federovitch, il expliqua enfin ce dont il avait été témoin avec ses mots d'enfant :

— Il y avait un homme dans la rivière avec son fusil posé contre une pierre. Un autre homme était au bord de la forêt. Il avait un fusil avec une lunette et il visait l'autre qui se baignait. C'est à ce moment-là que l'ours est arrivé. Il s'est jeté dans la rivière. J'ai eu très peur, j'ai cru qu'il allait le manger. L'autre homme regardait, son arme bougeait, se dirigeait vers l'ours puis revenait sur l'homme. L'homme dans la rivière a hurlé quand l'ours s'est retrouvé à moins de cinq mètres de lui. Il y a eu un coup de feu, un seul, et l'ours s'est écroulé.

Le gamin, essoufflé, se tut. Son père lui ordonna gentiment de continuer son histoire.

— Dès que l'autre est remonté sur la berge, il a pris son fusil et a visé celui qui avait tué l'ours. C'était comme dans les films américains. J'ai eu peur et j'ai couru pour rentrer à la maison.

— Tu as entendu d'autres coups de feu, demanda Federovitch ?

— Non.

— Et les hommes, comment étaient-ils ?

— Un était plus jeune que l'autre.

Le flot de paroles de l'enfant avait retenu toute l'attention de l'assemblée. Federovitch avait été ému par ce récit. Il s'était troublé, non pas par ce qu'il avait appris, mais par les mots simples du jeune garçon. Il aurait eu envie qu'il lui parle encore, de tout autre chose. Il se revoyait au même âge, intrépide et imprégné de l'innocence de l'enfance. Il éprouva une sorte de fierté, comparable à celle de tout un peuple à l'orée d'un grand espoir. Tout n'était pas perdu ! Il regardait Sacha tendrement, le sourire aux lèvres, savourant chaque seconde.

— Tu le veux, mon dessin ?

C'était une petite voix, douce. Federovitch, touché, avait presque les larmes aux yeux.

— Tu me l'offrirais vraiment, Sacha Serbakov ?

— Ben oui, ça me fait plaisir, Monsieur.

L'officier mit sa main dans sa poche pour en sortir la clochette du Français.

— Écoute, Sacha. Je veux bien que tu m'offres ton dessin mais à condition que tu acceptes ce petit cadeau.

L'enfant vit briller la clochette dans le creux de la main du commandant. Le reflet métallique agissait sur lui comme un aimant. Ses yeux se remplirent d'une joie dont seuls les enfants savent exprimer la pureté.

— Vas-y, prends-la ! Elle est pour toi. Elle te sera utile quand tu retourneras cueillir des baies, elle te préservera des ours. Tes parents n'auront pas à s'inquiéter, tu seras en sécurité.

Sous le regard attendri de son père, l'enfant prit délicatement l'objet. Il l'admira un long instant.

— Tu peux la faire sonner. Vas-y, fais-la sonner pour nous.

L'enfant agita la clochette. Federovitch déposa un baiser sur son front. Le dessin à la main, il se retourna, gêné par le regard incrédule de Grigory

Vassilievitch. Il se rapprocha et lui souffla quelques mots à l'oreille :

— On s'en va. Et demain, tu m'emmènes à la première heure au bord de cette rivière. On va pouvoir travailler sérieusement.

Refroidi, Grigory Vassilievitch opina sans broncher.

9

Comme chaque matin, le chauffeur du colonel Jelezni était passé le prendre à son domicile sur les hauteurs d'Irkoutsk, dans un quartier résidentiel auquel seuls quelques privilégiés pouvaient avoir accès. Sa femme, emmitouflée dans sa robe de chambre, l'avait embrassé sur le pas de la porte et l'avait vu disparaître dans le véhicule noir. Elle attendrait toute la journée, l'accueillant le soir venu avec bienveillance pour lui servir son repas et lui faire la conversation. Igor avait déposé les journaux sur le siège arrière mais Jelezni préféra ouvrir les rideaux de velours des fenêtres latérales pour observer la ville. Le ciel s'était chargé de gros nuages sombres. Le fleuve hérissé par le vent avait entamé sa métamorphose. Dans deux mois, tout irait au ralenti, plombé par le gel. Encore un long hiver, interminable. Le chauffeur le déposa devant un grand bâtiment grisâtre. Le véhicule poursuivit son chemin vers la rampe d'accès au parking souterrain.

L'officier grimpa les quelques marches, reçut le salut rigide du factionnaire et s'engouffra dans l'ascenseur. Avant de rejoindre son bureau, il s'arrêta pour prendre des nouvelles. Le Français avait dormi dans une cellule, plutôt confortable, attribuée aux hommes en transit. Elle ressemblait davantage à une chambre d'hôpital qu'à une cellule. Dans le système carcéral russe, tout dépendait de la hauteur à laquelle on se trouvait. Plus on descendait et moins on avait de chance d'en sortir. À l'issue de son long interrogatoire, Morland avait été transféré dans cette pièce austère, au deuxième étage. Il avait été gardé à vue toute la nuit. On lui avait servi un repas chaud. Par la fenêtre obstruée par des barreaux, donnant sur la rivière Angara, il avait une vue plongeante sur la gare, de l'autre côté du fleuve. Derrière des écrans de fumée s'échappant de locomotives en *stand-by*, le bâtiment vert luisait comme une émeraude sous l'éclairage public. Morland avait observé pendant des heures le va-et-vient des convois de marchandises puis s'était affalé sur son lit. Le sommeil l'avait emporté tard dans la nuit.

Dans le local de surveillance, Jelezni fut saisi par une odeur de tabac froid et de vapeurs d'alcool. Des revues pornographiques n'avaient pas eu le temps d'être dissimulées. Les gardiens tentèrent d'atténuer leur malaise par quelques explications à l'arrivée soudaine du grand chef. Le regard excessivement dur, Jelezni les interrompit par un geste d'impatience pour se focaliser sur l'écran de contrôle. Le Français dormait, recroquevillé sur lui-même comme un enfant. L'officier demanda qu'on le prévienne dès que le détenu se réveillerait. Il ordonna également qu'on nettoie cette pièce occupée par des *porcs*.

Arrivée plus tôt, la secrétaire avait déposé le courrier sur le bureau. Parmi les nombreux plis, figurait celui qu'il attendait : une épaisse enveloppe cachetée et revêtue du sceau *Sécurité Intérieure* en provenance du service des transmissions. Dans la nuit, un opérateur avait déchiffré les informations transmises de Moscou par le réseau crypté.

Jelezni salua sa collaboratrice. Une odeur de café chaud embaumait la pièce. Il s'en servit une grande tasse et demanda à ne pas être dérangé. Il allait enfin savoir qui étaient ces deux hommes. Il ouvrit l'enveloppe proprement, avec un superbe coupe-papier. Le geste était aussi précis que délicat.

L'enveloppe contenait deux dossiers, l'un concernait Smertine, l'autre Protenko. Il trempa ses lèvres dans sa tasse, aspira une gorgée avant de prendre connaissance des documents. Au fur et à mesure de sa lecture, il ressentit une sorte de frayeur qui s'intensifia page après page. Il finit son café d'un trait et se frotta la tête à deux mains en réfléchissant. Il ne parvenait pas à réagir, le flot d'informations se diffusait en lui. De toute sa carrière, il n'avait jamais connu une affaire aussi tordue et potentiellement explosive…

Evgueni Smertine était né le 17 mai 1971 à Leningrad. Son père était ouvrier aux chantiers navals et sa mère institutrice. Il était fils unique, n'avait ni femme ni enfant, se contentant d'amours sans lendemain. *Pour l'hygiène* était-il écrit dans le dossier. Pratiquant la boxe, il avait décroché quelques titres. Seul accroc dans cette biographie, il avait fait quelques semaines de prison à la suite d'une violente bagarre l'opposant à un hooligan anglais ayant uriné sur un monument dédié aux Héros de la défense de Leningrad. Mâchoire cassée, nez enfoncé, quelques dents en moins, le supporter était passé chez le dentiste sitôt rentré sur son île. Les Anglais avaient chargé l'addition mais, bien entendu, les Russes n'avaient pas payé. Pour calmer les Britanniques, on avait mis Evgueni Smertine au vert dans un centre pour délinquants. En réalité, il boxait toute la journée, mettant des roustes à des jeunes désœuvrés qui ne comprenaient plus que ce seul langage pour rentrer dans le droit chemin. Un conseiller du maire l'avait approché lors d'une visite officielle du centre de détention. Les deux hommes avaient mis les gants le lendemain dans un club privé, histoire de se jauger.

Smertine s'était ensuite engagé dans l'armée. Très vite repéré pour ses qualités physiques, sa résistance, son sang-froid et son haut degré patriotique, il était parvenu à intégrer les forces spéciales, les fameuses Spetsnaz, en qualité de tireur d'élite. Lorsque Boris Eltsine avait envoyé ses troupes en Tchétchénie, Evgueni n'avait que vingt-trois ans. Ce qui devait être une guerre éclair et victorieuse, attestant de la surpuissance de l'Armée rouge, se transforma en un terrible fiasco.

Lors des violents combats qui firent plus de 100 000 morts, Evgueni Smertine avait été chargé de neutraliser, avec son Dragunov, Doudaev. L'approche difficile dans Grozny, l'extrême prudence et la mobilité incessante de Doudaev, le leader de l'opposition Tchétchène, avaient empêché la jeune recrue de l'avoir dans le viseur de son fusil. On lui attribua, en revanche, la neutralisation de trente-cinq ennemis dont un à plus de huit cents mètres. Ce fait d'armes lui valut les honneurs militaires. Au retour de sa troisième et dernière mission en 95, il fut donc décoré de l'Ordre du mérite pour la patrie puis du Mérite militaire et gagna finalement les rangs du FSB.

Jelezni referma le dossier avec un sentiment mitigé. Les renseignements étaient étoffés sur les premières années de service de Smertine, et puis… plus rien. Huit années s'étaient déroulées depuis la fin de la guerre, et Smertine semblait avoir disparu des radars. La mention *Missions ponctuelles dans le cadre de ses fonctions au FSB* qui ponctuait le dossier ne voulait rien dire, surtout pour un *sniper,* membre des Spetsnaz. Pour qui travaillait-il ? Quelles étaient ses missions ? À quel service appartenait-il ?

Smertine était devenu un homme de l'ombre, on ne savait même plus où il résidait. Ce n'était pas normal, pensa Jelezni, cette mémoire administrative effacée. Et lui, de la mémoire, il en avait. Il se souvenait très bien de cette époque trouble au sortir de la guerre de Tchétchénie. On ne savait plus qui dirigeait véritablement le pays, un pays dont les richesses nationales étaient pillées, livré à la corruption des hauts fonctionnaires, où la mafia avait proliféré et étendu son réseau à l'international. Avec la complaisance appuyée des ennemis de toujours, la patrie s'effondrait mettant en péril son unité même. La Russie ne faisait plus peur. Sa parole ne valait plus rien. La nation était devenue la risée du monde. Comme bon nombre de patriotes, le militaire en avait souffert. C'était bien plus qu'une honte au regard de la grande Histoire de son peuple et à tous les sacrifices consentis. Les Américains étaient même venus à la rescousse pour éliminer Doudaev avec un matériel de ciblage électronique ultra-secret permettant de localiser l'appareil téléphonique qu'il utilisait lors des négociations de paix avec Moscou. Le missile russe ayant explosé la cervelle du dirigeant était téléguidé par les Américains. Quelle humiliation ! *Plus jamais ça !* maugréait-il, soliloquant dans son bureau.

À l'époque, il avait cru devenir fou. C'était un souvenir douloureux. L'âme meurtrie, il avait enduré, ressenti dans sa chair toute son impuissance face au chaos du système. Mais il n'avait rien cédé à l'appel des chacals occidentaux. L'Histoire lui avait donné raison. Un homme providentiel avait remis de l'ordre dans la maison, coupé le robinet du délitement général, éliminé les traîtres et les malfaisants, redonné aux Russes de l'espoir et leur dignité. Le colonel Jelezni vouait une admiration sans faille à son président, mais ça, c'était une autre histoire…

Avant de prendre connaissance des documents relatifs à Nikolaï Protenko, Jelezni se leva pour aller remplir sa tasse de café. Dans le bureau de la secrétaire, tout était calme. Elle lui adressa un léger sourire, lui demanda si tout allait bien comme le font si souvent les gens attentionnés à l'égard de leur supérieur hiérarchique. Il ne lui répondit pas, lui adressa un regard d'indifférence morne et retourna à son bureau en fermant la porte. La secrétaire se replongea dans son travail sans être perturbée. Son chef n'était pas un homme à s'épancher facilement, même après plusieurs années de collaboration.

Jelezni jeta un coup d'œil par la fenêtre avant de s'asseoir. Le plafond de nuages s'était affaissé. La neige allait bientôt tomber. Il était peut-être temps de donner l'ordre au maire de la ville de mettre en marche le chauffage central.

L'autre dossier était beaucoup plus conséquent. L'histoire de Nikolaï Protenko était différente mais tout aussi intéressante, voire troublante. Né le 22 mai 1948 à Moscou, il était nettement plus âgé que Smertine. Son père, médecin, et sa mère, infirmière, travaillaient à l'hôpital du Kremlin. En 1952, l'année précédant la mort de Staline, ils avaient été arrêtés et déportés en Sibérie, emportés par la folie du complot des blouses blanches.[14] Le père avait été exécuté, sa mère n'avait pas survécu aux conditions climatiques. Nikolaï avait été placé dans un orphelinat. Comme beaucoup de ses camarades, il avait appris le décès de ses parents sans en connaître la cause. Ne pas dire la vérité aux enfants était une façon de se prémunir contre la concertation pouvant mettre à jour la monstruosité du drame. La douleur était individuelle ; elle ne devait pas devenir collective. Chacun vivait son triste sort en silence.

Dans les gigantesques dortoirs de l'État, le jeune Nikolaï avait développé son instinct de survie pour tenter d'exister et s'offrir une autre destinée. Il avait été très vite repéré pour ses qualités physiques, *Lui aussi !* pensa Jelezni. Enrôlé dans un programme sportif au service de l'idéologie communiste, il pratiquait le biathlon à haut niveau. Sélectionné comme premier remplaçant du relais 4 x 7,5 km pour les Jeux Olympiques d'hiver en 1972 à Sapporo où les Russes avaient obtenu la médaille d'or, il était programmé pour les Jeux d'Innsbruck quatre ans plus tard. Une rupture du tendon d'Achille en 1975, alors qu'il avait gagné toutes les courses auxquelles

[14] *Voir les notes en fin d'ouvrage.*

il avait participé, l'avait définitivement écarté de la planification sportive soviétique. On lui trouva un remplaçant. Les Russes gagnèrent à nouveau la médaille d'or et Nikolaï Protenko ne parvint jamais à se remettre de cette blessure. Délaissé par l'institution, il plongea dans la dépression et compensa le manque d'adrénaline par la vodka. S'ensuivit une longue descente aux enfers dans les bas-fonds de la société. Il se mit à fréquenter le monde du crime. Son profil – un des meilleurs tireurs que le pays ait connu – intéressa une organisation mafieuse. Nikolaï Protenko débuta une nouvelle carrière en qualité de tueur à gages et disparut des écrans de contrôle.

On retrouva sa trace au début des années quatre-vingt-dix où il fut approché par le FSB pour tenter d'obtenir des informations. À cette époque, il résidait à Saint-Pétersbourg et travaillait pour la mafia locale, principale organisation criminelle du pays. L'agent qui avait rédigé la fiche mentionnait simplement que Protenko avait exécuté une vingtaine de contrats pour le compte de différentes branches des *vory* luttant pour asseoir leur autorité. La biographie s'arrêtait là.

Jelezni déposa les deux chemises au coffre. Il ne croyait pas aux coïncidences. En étudiant le passé de ces deux hommes, l'étau s'était resserré. Il commençait à se faire une idée précise de ce qui les avait fait se rencontrer : Karol, cet inconnu, était au centre de l'intrigue. Il allait devoir s'occuper sérieusement de ce Français, ce témoin gênant. D'autant plus gênant, qu'il n'avait pas évoqué ce Karol au cours de ses interrogatoires alors qu'il avait fouillé les deux cadavres.

10

Le commandant Federovitch était aux aguets. Il avançait prudemment, son arme à la main, ne cessant de se retourner au moindre craquement. Devant lui, Grigory Vassilievitch ouvrait la voie avec nonchalance. Chasseur expérimenté, son fusil balayait le sous-bois au rythme de ses pas. Renforcée par l'humidité, une puissante odeur d'humus se dégageait du sol. Par moments, la brise faisait osciller les cimes des grands arbres dont la souplesse absorbait l'effort en laissant échapper des grincements aigus comparables à de petits cris. Quelques feuilles se détachaient, virevoltaient et dégoulinaient le long des troncs. La forêt respirait puis se taisait momentanément. Un silence inquiétant pour le visiteur. Federovitch repensa à Sacha, au courage du jeune garçon pour effacer tout ce que son imagination pouvait faire naître de sombre.

Vassilievitch stoppa sa progression. Il désigna, du bout de son fusil, un mélèze. À hauteur d'homme, l'écorce de l'arbre avait été râpée laissant apparaître une surface claire de forme allongée. Un ours était venu s'y frotter le dos. Des touffes de poils étaient encore accrochées aux éraflures striées du tronc. À cet instant, le regard de Vassilievitch s'éclaira d'une lueur narquoise, toisant Federovitch, visiblement peu rassuré. Le commandant intima l'ordre d'avancer par un geste sec de la main faisant corps avec son arme de poing.

Les deux hommes avaient marché pendant une trentaine de minutes dans la forêt. Ils avaient laissé la vieille Jigouli du chef du village Vassilievitch au bout d'un étroit chemin à la sortie du bourg. Federovitch observa un changement dans la végétation. Il n'y avait quasiment plus d'arbres, des blocs de granit recouverts de lichens avaient fait leur apparition rendant le relief plus escarpé.

L'horizon se dégagea avec, au loin, le flanc boisé d'une colline, et devant eux, une vaste dépression creusée par la rivière dont on percevait le murmure. Ils longèrent la crête sur une centaine de mètres. À plusieurs reprises, on pouvait observer le rouge des framboises sauvages scintiller. C'était donc là que Sacha était venu faire sa cueillette. À l'aplomb d'un buisson, ils découvrirent une bassine bleue en plastique dont le bord intérieur était nappé d'un sirop écarlate. Les fruits qu'elle contenait avaient disparu, ayant certainement fait le bonheur d'un animal. En contrebas, Federovitch vit la petite maison. C'était exactement comme sur le dessin de Sacha. Il se pencha pour observer la pente. Il leur serait impossible de descendre par là pour rejoindre le lit de la rivière. Vassilievitch indiqua à l'officier, un peu plus loin, une pente plus douce.

Federovitch et Vassilievitch avaient atteint le lit de la rivière sans encombre et remontaient vers le cabanon. À l'approche, une violente odeur de pourriture leur indiqua la présence d'une dépouille, une imposante carcasse d'ours foisonnante de diptères.

L'animal avait eu le crâne explosé par la puissance du projectile. Il gisait sur le sol, sur le bord de la rivière. Seules ses griffes disproportionnées et aiguisées comme des lames de rasoirs témoignaient encore de sa dangerosité. L'animal était une femelle. Elle devait avoir une vingtaine d'années et approcher des deux cent cinquante kilos. Le chef du village avait le regard attristé devant le cadavre de l'animal. C'était un véritable gâchis de le laisser là. Il n'était pas encore trop dégradé, on pouvait encore récupérer quelque chose ; sa peau, par exemple. Il sortit son long couteau de son étui, exhiba la lame à Federovitch qui comprit aussitôt son intention. Les deux hommes se mirent d'accord. Pendant que Federovitch fouillerait la cabane, Vassilievitch s'occuperait de l'animal. Il ne lui faudrait qu'une petite heure pour le débarrasser de sa fourrure, lui précisa-t-il.

Deux fils de fer avaient remplacé les gonds d'origine. Federovitch dut pousser la porte en la surélevant légèrement. À l'intérieur, il faisait sombre. Une odeur de moisissure empestait cet abri de fortune dont le toit menaçait de s'effondrer, laissant apparaître par endroits des trous béants rongés par la mousse. La masure était montée sur pilotis, pour affronter les crues printanières. Le plancher était pourri, des lames avaient cédé. À côté d'un poêle, un duvet militaire recouvrait en partie un sommier, fait d'un cadre en bois vermoulu. Deux sacs de sport étaient posés au pied du lit improvisé. Des bougies, quelques boîtes de conserve, de nombreux cadavres de bouteilles et des cendres dans le foyer laissaient supposer une occupation de quelques jours.

Federovitch prit le temps d'observer chaque recoin de la pièce sans bouger. Il agissait toujours ainsi lorsqu'il sentait venir en lui la précipitation. Malgré l'impatience, il fallait être capable de repousser l'instant pour ne pas passer à côté d'un détail.

Il se rapprocha de la porte. Dans l'entrebâillement, il observa quelques minutes Vassilievitch exécutant un curieux corps-à-corps avec l'ours et jouant du couteau avec une certaine habileté. L'officier s'occupa ensuite des sacs de sport. Le plus volumineux contenait seulement des effets vestimentaires. L'attirail du parfait chasseur : pantalons de treillis, vestes de camouflage, chemise en peau de souris, cagoule, filet de protection contre les moustiques. Le second sac, plus petit, était plus intéressant. Federovitch en retira deux paires de jumelles dont une à vision nocturne, un boîtier satellitaire de positionnement, deux boîtes de munitions calibre 7,62 pour arme longue et deux autres de 9 mm pour arme de poing, deux couteaux de survie et une boussole. D'une poche latérale, il retira une carte à l'échelle 1/25e de la région. Deux cercles rouges y avaient été tracés grossièrement. L'un correspondait au positionnement de la cabane, l'autre, proche du lac, à proximité de l'embouchure de la rivière, devait être la maison du *vory*. Celui qui occupait la cabane était, à l'évidence, venu pour exécuter le truand mais le commandant ne trouva aucun élément permettant d'identifier le propriétaire de ces effets. Il se retourna, observa à nouveau la pièce. Où se trouvaient les armes ? Comment l'homme était-il arrivé jusqu'ici avec ses vivres et ses sacs ? Il devait y avoir forcément un véhicule ?

Soucieux, Federovitch finit par s'asseoir sur le lit. Il se releva aussitôt. Il avait senti quelque chose dans le duvet. Il ouvrit avec toute la délicatesse dont il était capable la fermeture éclair et extirpa une mallette. L'ouverture était protégée par un système de fermeture mixte, à clé et à chiffres. Federovitch fouilla les lieux de fond en comble une nouvelle fois, mais ne parvint à trouver ni la clé ni la combinaison. Agacé, il fit sauter les deux verrous avec son couteau.

Il retira de la valisette trois pochettes cartonnées, débordant de copies de documents officiels et de notes manuscrites. Son visage se teinta d'une extrême gravité.

Sur le premier dossier, figurait le nom de Vassili Tchiornik, manuscrit à l'encre noire. À l'intérieur, plusieurs clichés de l'intéressé, de sa femme et de sa datcha, vue du ciel, et une biographie sortie des archives de la milice. La vie entière du *vory* y était scrupuleusement consignée. Federovitch y trouva aussi un organigramme détaillé de son fructueux business. Il feuilleta rapidement les documents sans en prendre véritablement connaissance. D'où sortaient-ils ? Comment celui qu'il supposait être Nikolaï Protenko se les était-il procurés ?

Sur la deuxième pochette était indiquée *Complot des blouses blanches*. Elle contenait une dizaine de feuilles avec une écriture manuscrite resserrée, une sorte de résumé de cette douloureuse affaire du passé russe. Né à l'époque de la déstalinisation sous Khrouchtchev, Federovitch avait entendu parler de cette histoire dont les conséquences auraient pu être désastreuses pour le monde entier si la mort de Staline n'était intervenue, par le plus grand des hasards, quelques mois seulement après que le dictateur ait décidé d'actionner cette machination diabolique fomentée depuis des années. L'affaire avait été révélée tardivement avec la mort successive des protagonistes dont les langues s'étaient déliées peu avant leur fin, soit pour brouiller les pistes, soit dans une réelle volonté d'établir la vérité, ce qui, finalement, atteignait le même but pour celui qui parlait sur son lit de mort : apaiser sa conscience et redorer sa mémoire. Federovitch parcourut rapidement les documents, il connaissait l'histoire.[15]

Les notes concernaient principalement la partie médicale du complot avec des noms, dont celui de Vladimir Protenko, un des rares médecins du Kremlin qui n'était pas juif mais qui avait subi le même sort que ses homologues. Le rédacteur, vraisemblablement Nikolaï Protenko, avait tout naturellement axé ses recherches sur la plus petite des matriochkas du complot, celle à partir de laquelle Joseph Vissarionovitch Djougachvili, dit Staline, avait construit son édifice démoniaque.

Federovitch saisit la dernière pochette, au nom de Vladimir Protenko. Ce fut un choc.

Son attention se porta d'abord sur une photo en noir et blanc : un couple d'amoureux, au printemps, devant l'hôpital du Kremlin à la fin des années quarante. Vladimir Protenko, jeune médecin, posait fièrement en blouse blanche, stéthoscope autour du cou, aux côtés de son épouse, la belle Svetlana Pavelkova. L'infirmière au visage clair avait, pour

---

[15] *La dernière folie paranoïaque du dictateur, une invention irrationnelle née de son esprit malade.*

l'occasion, ôté sa coiffe pour se blottir contre le torse de son homme tout en regardant l'objectif avec ce regard si particulier d'une femme qui sait qu'elle lui sera dévouée corps et âme. Le couple se tenait la main, défiant la pudeur traditionnelle. Ils étaient beaux. Ils étaient heureux. Cela se voyait. Le cliché contrastait avec la suite, des copies de documents tirés des archives les plus sécurisées du pays, des documents auxquels personne, normalement, ne pouvait avoir accès. Comment Nikolaï Protenko s'était-il procuré les copies des aveux de son père ? Et celles du dernier interrogatoire de sa mère où elle demandait expressément à être déportée en Sibérie pour suivre son mari ? Et l'ordre d'exécution de son père signé par la main même de Staline ? Le rapport de l'exécution, narré par le deuxième classe Vassili Tchiornik ? L'acte de décès de sa mère ? Comment ces documents avaient-ils pu être sortis des archives ? Qui les avait fournis ? Dans quel but ? Federovitch savait que ce type de documents existait, c'était ancré dans la mémoire enfouie du peuple russe mais les avoir en main, ici, dans cet endroit perdu, le terrifia ! Il croyait halluciner. Tout était vrai, excessivement vrai : *Tenant compte de mon repentir sincère et de mon regret d'avoir agi criminellement contre le Parti, le pouvoir soviétique et la classe ouvrière, j'espère dans l'avenir, si on me laisse en vie, expier pleinement ma culpabilité par le travail honnête et intensif pour le bien du pays soviétique.* Vladimir Protenko, après cette phrase dictée sans aucun doute après d'interminables séances de torture, s'accusait d'une longue liste de méfaits sur trois pages.

Federovitch replaça précautionneusement les documents dans la mallette. Puis, en état de sidération, il demeura assis, en silence, dans cette cabane du bout du monde, tétanisé par ce qu'il venait de découvrir. Il promenait autour de lui un regard détaché, rempli d'une peur étrange, celle d'en avoir trop appris. Les enfants de la Révolution étaient nés dans le cauchemar sanglant de la Terreur. Le communisme avait été détourné de son but initial comme l'avaient été les religions. Il ne fallait pas penser, seulement tenter d'oublier. Facile à dire. Le choc était violent. Il fallait revenir à l'enquête.

Federovitch avait une idée précise de ce qui reliait les morts du présent à ceux du passé. Mais la révélation de ces documents faisait naître des zones d'ombre tout aussi inquiétantes que le contenu historique. Jusqu'où faudrait-il remonter ? Où faudrait-il s'arrêter ? Le danger était inconnu mais réel. Il venait d'un secret, d'un secret d'État.

L'officier fit un dernier tour de la pièce, puis sortit de la cabane la mallette à la main. Vassilievitch était dans la rivière jusqu'à mi-cuisse. Il profitait du courant pour nettoyer la peau qu'il venait de dépecer. L'eau charriait des filets ensanglantés. Un long ruban rouge se diffusait autour de lui tandis que sur la berge, dans une mare de sang, gisait la carcasse. Le pelage de l'animal ferait une superbe couverture. Le chef du village leva la tête, adressa un regard satisfait à Federovitch, puis il se débarbouilla et se lava les mains. Il manqua de glisser dans l'eau en rejoignant la berge précipitamment sur l'injonction de Federovitch, pressé de quitter les lieux. Il chargea la peau sur son dos et se mit à courir pour le rattraper.

— Vous avez trouvé quelque chose d'intéressant, Commandant ?

— Non, rien.

— Et cette mallette, c'est quoi ?

— Tu poses trop de questions, Vassilievitch. Les questions, c'est moi qui les pose. Donne-moi ton fusil, je vais marcher devant. Allez, dépêche-toi : je suis pressé.

L'odeur infecte de la peau humide de l'ours avait rempli l'habitacle du véhicule. Federovitch avait remonté le col de sa veste au-dessus de son nez pour atténuer son envie de vomir. Son téléphone satellitaire sonna dans sa poche. Le capitaine Bielkov, resté au village, avait retrouvé la voiture de Protenko. Un villageois l'avait autorisé à la stationner dans son hangar de pêche. Dans le coffre, il avait trouvé deux armes. Un autre villageois avait également vu débarquer un homme plus jeune trois jours plus tôt, déposé par un camion-citerne. C'était Smertine. Il était à la recherche d'un homme arrivé quelques jours auparavant. *Un homme de la ville,* avait-il précisé froidement. Le villageois n'avait pu le renseigner. Il y avait bien un homme qui vivait au Nord, seul dans une cabane sur les bords du lac mais c'était un Français et il était arrivé il y a plus d'un an. *Tant pis*, avait répondu le jeune homme avant de disparaître avec deux sacs sur le dos.

11

Dans son bureau d'Irkoutsk, en attendant Federovitch, Jelezni relisait le dernier interrogatoire du Français qui avait été entendu pendant plus de cinq heures. Jelezni avait demandé à son enquêteur, un homme expérimenté mais un peu tendre, choisi en conséquence, d'éviter de faire référence au fameux Karol pour laisser la possibilité à Morland d'y venir seul, sans avoir à se découvrir. C'était une façon de le tester, de le cerner, dans le mensonge, l'omission, la dissimulation ou l'ignorance. Que savait-il au juste de cette affaire ? Cela prendrait du temps pour obtenir des certitudes. Peut-être faudrait-il employer d'autres méthodes ? L'officier supérieur avait de la ressource.

Moscou lui avait fait parvenir le dossier de son prisonnier, une mine de renseignements collectés par un de leurs agents en poste à Paris. Disparu pour la France et sans existence légale en Russie, on pourrait le travailler sans se préoccuper des conséquences. C'était un luxe, un peu comme autrefois.

Jelezni avait été impressionné par ce qu'il avait lu. Il n'avait pas affaire au commun des mortels mais à un personnage bien singulier, peut-être un peu fou. Pierre Morland était issu du monde ouvrier, il avait brillamment réussi ses études de médecine, puis s'était marié à une pharmacienne de bonne famille. Le couple avait une excellente situation, jouissait d'une bonne réputation. Une vie presque réussie, si ce n'est qu'ils n'étaient pas parvenus à avoir d'enfant. C'était une vie toute tracée jusqu'au jour où le destin en avait décidé autrement. D'une rectitude implacable, le docteur Morland s'était soudainement attendri pour une jeune femme qu'il avait examinée suite à une violente agression. Elle était strip-teaseuse et lui avait fait tourner la tête au point qu'il avait décidé de quitter sa femme. La jeune femme voluptueuse avait rempli le vide qui s'était creusé inlassablement pendant des années en lui. Un vide que le couple avait tenté de combler par le travail mais également, pour Morland, par une soudaine appétence pour la Russie. Suite à ses deux voyages à Moscou, il avait appris la langue, lu les grands auteurs, s'était nourri d'histoire et de culture russes. Le charme avait si bien opéré que c'était devenu une obsession. Mais le destin était souvent une combinaison de hasards. La jeune strip-teaseuse était rapidement tombée enceinte. Morland l'avait appris et avait dû en être prodigieusement heureux. La jeune femme, probablement paniquée à l'idée de devenir mère, s'était suicidée un après-midi du mois d'août 2003, en pleine canicule.* Comble du drame, Pierre Morland avait été confronté au cadavre de sa maîtresse en procédant à l'examen de son corps alors qu'il n'était pas au courant de son décès. C'est alors qu'il avait disparu, pour fuir cette douleur insoutenable. Avec la complicité du colonel Grichkof rencontré au cours de ses précédents voyages, il avait rejoint la Russie en se faisant délivrer un visa. Puis il était venu se perdre en Sibérie pour un long voyage en solitaire, un suicide en continu sur la Route des os, autrefois empruntée par les bagnards des camps de travail. Au bout du chemin, il avait survécu, et s'était donc retrouvé, sur les bords du lac Baïkal.

C'était une partie de l'histoire. Ce que ne savait pas Morland, c'était tout le reste. L'agent russe avait remarquablement travaillé en se procurant une copie de la procédure française. Une procédure au cours de laquelle les policiers avaient démontré que la jeune strip-teaseuse ne s'était pas suicidée.

Si Morland savait probablement certaines choses que les Russes ignoraient concernant l'assassinat du *vory* et du duel mortel, Jelezni connaissait une tout autre vérité sur le décès de sa jeune maîtresse et avait bien l'intention de tirer profit de ces informations.

Le colonel rejoignit le local de surveillance afin d'observer longuement Morland. Il était allongé sur son lit, les yeux fixés sur le plafond, était calme et paisible. Il y avait dans son détachement une sorte de consentement tacite à l'isolement. Il paraissait ne rien attendre, comme s'il avait rejoint un autre monde. À quoi pensait-il ? À qui ? Jelezni était impressionné.

Le Russe abandonna les écrans de contrôle pour gagner la cellule. Sans s'en rendre compte, il frappa avant de pénétrer dans la pièce. Morland inclina la tête dans sa direction, se redressa sans manifester la moindre surprise. Une brève conversation s'engagea, un échange à sens unique :

— Bonjour, Docteur. Je suis désolé mais je vais devoir vous garder ici le temps de l'enquête.

Souhaitez-vous faire prévenir quelqu'un que vous êtes ici ?

C'était une formule de politesse. Jelezni savait très bien que son prisonnier n'avait personne à contacter.

— Non, répondit le docteur, faussement désolé.

— Je sais que ce n'est pas agréable mais au moins, ici, vous êtes en sécurité. Vous êtes au chaud, l'hiver arrive. Dehors, il neige.

Des images défilèrent dans la tête du Français, les premiers flocons recouvrant progressivement les berges du lac, des traces qui s'effacent, un monde nouveau tapissé de blanc, la pureté tombée du ciel.

— Nous allons poursuivre les séances d'interrogatoires et faire en sorte que cela se passe bien. Mais cela dépend essentiellement de vous. Vous comprenez, Docteur ?

— Il me semble, Colonel.

Les images des grandes étendues blanches du monde sauvage avaient disparu. Souillée par la présence humaine, la neige était devenue sale. Des éclaboussures aux passages des voitures, des toits dégoulinants, d'immenses flaques de saumure jaunâtre, même pas de batailles d'enfants ou de bonhomme de neige.

— Docteur, si vous voulez sortir d'ici, il va falloir que vous nous disiez toute la vérité. Vous m'entendez, Docteur ?

— Oui, j'ai compris, Colonel.

Jelezni avait attendu la suite. Morland ne s'était pas donné la peine d'en rajouter. Il avait baissé simplement les yeux. Embarrassé, Jelezni relança :

— Vous savez des choses. Si vous persistez à ne rien nous dire, ça risque de mal finir. Réfléchissez-y !

Morland avait relevé les yeux. Les menaces n'avaient aucune prise sur son regard absent. Jelezni s'agaça :

— Vous êtes un homme à l'esprit insulaire, docteur Morland. Mais nous, nous saurons vous ramener sur terre. De toute façon, vous n'aurez pas le choix. Vous m'entendez ?

— Oui, Colonel.

— Mes hommes viendront vous interroger demain dans la journée. D'ici là, est-ce que vous avez besoin de quelque chose pour la nuit ?

— Oui, je veux bien quelque chose pour passer le temps.

Jelezni, qui s'apprêtait à quitter la pièce, lâcha la poignée de la porte et revint sur ses pas.

— Je vous écoute, Docteur.

— Si vous avez un livre, je veux bien.

— Un livre ? Mais vous êtes dans un commissariat, docteur Morland, pas dans une librairie.

— Oui, je sais, Colonel. Mais peut-être…

— Non, nous n'avons pas le temps de lire. Nous n'avons pas de livres dans nos bureaux.

— Vous avez peut-être un dictionnaire ?

— Un dictionnaire ? Je vais voir ce que je peux faire.

Le colonel revint quelques instants plus tard avec un épais volume déniché dans le bureau de sa secrétaire. Morland s'en saisit avec délicatesse, et sous le regard décontenancé de Jelezni, il s'allongea, satisfait.

— Je vous remercie, Colonel. Je vous souhaite une bonne nuit.

Jelezni ressortit en ayant le sentiment étrange d'avoir été mis à la porte.

Le lendemain, dès son arrivée, le colonel était passé dans le local de surveillance. Le Français dormait à poings fermés, le dictionnaire contre lui. À quelle lettre avait-il bien pu s'endormir ? L'irruption de Federovitch dans son bureau le détourna de ses pensées. Le commandant était rentré la veille en hélicoptère du Baïkal. L'enquête avait progressé de façon significative ; ils avaient fait des découvertes très intéressantes, d'autres plus troublantes. En les confrontant avec les informations obtenues de Moscou, on pouvait désormais se faire une idée précise du déroulement des faits.

Nikolaï Protenko avait débarqué au Baïkal pour régler son compte à Vassili Tchiornik, l'homme qui avait exécuté son père sur décision de Staline. Jelezni imagina comment cela avait dû se passer. Guettant le *vory* qui se rendait régulièrement sur les bords du lac, pour chasser et pêcher, Protenko avait dû guetter l'arrivée du vieux, progresser furtivement dans la forêt pour s'approcher de sa proie jusqu'à sentir son souffle, attendre le moment propice où la cible serait isolée de ses gardes du corps. Il aurait pu l'éliminer d'un simple tir à longue distance, sans s'exposer. Mais on pouvait imaginer que sous l'aiguillon de la vengeance, l'honneur réclamait un autre châtiment. Voir la peur dans le regard du *vory*, le faire s'agenouiller comme il avait fait mettre son père cinquante ans auparavant, lui tirer une balle dans les intestins pour qu'il crève tout doucement, en conscience, le regarder se vider de son sang en se délectant de ses hurlements, lui mettre le calibre sur la tempe pour qu'il se taise malgré la douleur et faire résonner dans son crâne le nom du père, Vladimir Protenko. Un dernier moment de lucidité, peut-être de repentir, puis voir la vie s'en aller progressivement, les dernières tentatives de résistance à la mort, le dernier souffle, les trépidations d'un corps à l'agonie, la révulsion dans le fond des yeux, juste avant que tout se fixe définitivement.

Cela aurait pu se passer ainsi mais avant de passer à l'action, un autre tueur avait surgi : Evgueni Smertine, membre du FSB. Il avait apparemment pour mission d'éliminer Nikolaï Protenko. Il avait eu la possibilité de le faire sur les bords de la rivière. Il l'avait eu dans le viseur de son arme lors de l'attaque de l'ours, avait hésité, surpris par l'inattendu. Il aurait même pu laisser faire l'animal. Pour une raison incompréhensible – un réflexe malheureux ? – il avait abattu l'ours. Il avait ainsi sauvé la vie de celui qu'il était chargé d'éliminer. L'instant d'après, c'était trop tard, Nikolaï Protenko avait récupéré son arme, les deux hommes se tenaient en joue. Chacun en capacité de faire mouche, ils avaient dû se défier avant de baisser les armes. Protenko ne pouvait éliminer celui qui venait de lui sauver la vie. Smertine, encore déstabilisé, ne pouvait plus faire machine arrière. Les deux hommes avaient dû se parler, jouant cartes sur table sur ce qui les avait conduits jusqu'ici. Finalement, ils avaient fait alliance momentanément. Protenko avait sans doute pu mettre sa vengeance à exécution en bénéficiant de la complicité de Smertine pour éliminer les gardes du corps avant de s'occuper personnellement de l'assassin de son père. Enfin, il y avait eu ce duel, avec ce témoin sorti de nulle part dont Smertine avait appris l'existence par un villageois.

Malgré la complexité de l'affaire, les faits semblaient clairement établis. Il restait cependant de nombreuses questions en suspens : Comment Protenko s'était-il procuré des copies d'archives ultra-secrètes ? Pourquoi les avoir laissées dans la cabane à la merci du premier venu ? Pour qui travaillait réellement Smertine ? L'ombre de l'ordre de l'Aigle blanc[16] planait. Karol était-il le commanditaire de cette opération ? Que savait précisément le Français ? Avait-il reçu des confidences des deux hommes avant qu'ils s'entre-tuent ? Lui avaient-ils livré l'identité de Karol ?

Pour Federovitch, l'urgence était d'identifier Karol et de le neutraliser. Jelezni, fort de son expérience, voyait beaucoup plus loin. Il avait le sens de l'anticipation. On n'éliminait pas un homme pour ce qu'il avait fait mais pour ce qu'il s'apprêtait à faire. Il ne fallait pas confondre l'effet et la cause. Celui qui savait ne devait pas pouvoir parler. Il était évident que Karol, s'il était impliqué, ne parlerait pas. Le Français en revanche…

Un sourire sadique se dessina sur les lèvres de Federovitch. Cette mission serait pour lui. Il allait se charger personnellement du docteur.

---

[16] *Organisme secret, dont l'existence n'a jamais été démontrée, composé de membres issus des forces spéciales chargés d'exécuter des contrats pour le compte de l'État.*

12

— Votre Excellence, pourrais-je vous parler en privé, à l'issue du Conseil ?

— Bien entendu. Rien de grave, j'espère ?

— Non. C'est au sujet de la situation en Sibérie. Vous savez…

— Tout se passe bien ?

— Oui, au-delà de nos espérances.

— Très bien. On se voit après le Conseil. D'ailleurs, je vous invite à être attentif, vous allez être aux premières loges…

Le ministre de la Sécurité intérieure rejoignit la grande salle. Une trentaine de ministres, conseillers et hauts fonctionnaires étaient installés autour de l'imposant bureau circulaire. Comme des élèves bien sages, ils attendaient en silence l'arrivée du président. Dans cette immense salle aux formes épurées, les représentants de l'État paraissaient aussi rigides que le champ de colonnes en marbre blanc les encerclant. Le président s'installa devant deux drapeaux de la Fédération de Russie. Il alluma son micro, prit la parole pour annoncer l'ouverture de la séance. Elle fut courte, moins d'une heure pour expédier l'ordre du jour et les questions courantes. Ce fut l'occasion de faire la démonstration de son autorité par une mise en scène dont il avait le secret. Le ministre de l'Académie des sciences était visé mais la leçon devait profiter à toute l'assemblée. L'affaire était réglée d'avance. Elle concernait une liste de grands scientifiques bénéficiant de la complaisance de leur autorité de tutelle pour cumuler des emplois en siégeant dans diverses commissions beaucoup plus lucratives que leurs travaux de recherches. Avec une crédulité feinte relevant du cynisme, le président interrogea le ministre responsable. Il voulait savoir comment on pouvait cumuler ces emplois alors que la recherche scientifique nécessitait une implication de chaque instant. Embarrassé, le membre du gouvernement tenta une explication. Il justifia les nominations des scientifiques incriminés au sein des commissions de contrôle par le respect de la procédure administrative, en toute transparence. Le ministre se faisait l'avocat de ses collaborateurs en cherchant ses mots, balbutiait, la voix remplie de contrition. Même si tout avait été fait dans les règles, la position n'était pas défendable, il le savait. Le président coupa court aux explications. Puisque ces scientifiques siégeaient dans ces commissions, c'était parce que l'administration reconnaissait leurs compétences scientifiques. Le ministre acquiesça, bien obligé. Le président enchaîna, implacable. Comment pouvaient-ils donc mener leurs travaux de recherches avec succès en passant le plus clair de leur temps à siéger dans ces commissions ? C'était une évidence. Les scientifiques devaient donc se consacrer à leurs travaux de recherches, dans l'intérêt de la collectivité, raison pour laquelle ils étaient employés. Le ton s'était durci avec, à peine voilées, des insinuations. Il fallait rétablir l'ordre. Fort de sa démonstration, le président annonça sa décision avec la froideur du tueur n'ayant pas la moindre émotion au moment de la mise à mort. Dorénavant, pour se consacrer exclusivement à leurs travaux de recherches, les scientifiques ne cumuleraient plus en siégeant dans les commissions de contrôle. Le ministre avait le regard bas. Il subissait l'opprobre jeté sur lui avec le consentement de l'assemblée silencieuse. Inflexible, le président lisait dans les yeux du vaincu l'image de sa toute-puissance. Il remercia l'assemblée, se leva, mettant fin au Conseil, puis disparut derrière un rideau qu'un assesseur venait d'écarter. L'assemblée demeura abasourdie. Chacun pensait qu'il pourrait être le prochain.

Le ministre de la Sécurité intérieure rejoignit le président dans son bureau dès la fin du Conseil. Il avait apprécié l'humiliation infligée à son collègue. Cela servirait de leçon aux autres. Avec ce président, les méthodes avaient changé radicalement. Ce n'était que le début, la tâche était immense, mais il était convaincu que le pays allait retrouver l'ordre nécessaire au rétablissement de sa grandeur. Les traîtres, corrompus, véreux et malfaisants savaient désormais à quoi s'en tenir, leurs jours étaient comptés ! À la demande du président, il ferma la porte du bureau et vint s'asseoir face à lui.

— Félicitations pour cette brillante démonstration. Je pense qu'ils ont compris. Je peux vous dire que certains ont senti le vent du boulet.

— Merci. J'ai vu des regards transis d'inquiétude. Le ministre de la Culture n'en menait pas large. Lui aussi, il va falloir le remplacer. Ce sera le prochain, il regarde un peu trop de séries américaines…

— Qui allez-vous mettre à l'Académie des sciences ?

— Je n'ai pas encore pris ma décision. J'ai plusieurs noms. Le chef de la milice scientifique, vous en pensez quoi ?

— Que du bien, Votre Excellence.

— J'ai aussi le général Ouliakof. Il est brillant, il vient de l'école militaire de Saint-Pétersbourg.

— C'est donc quelqu'un de bien.

— Je vais réfléchir encore un peu. Mais vous vouliez me parler de l'affaire de la Sibérie. Je vous écoute.

— Le plan s'est déroulé comme prévu mais il y a du nouveau. Je viens d'avoir le compte-rendu du colonel Jelezni, chef de la milice d'Irkoutsk. Nikolaï Protenko a réussi sa mission, il a éliminé Vassili Tchiornik. On en est donc débarrassé et j'ai engagé la deuxième phase. Un de nos fidèles serviteurs a été nommé au conseil de direction de la Sibir Gaz. Dès demain, des remplacements seront effectués aux ressources humaines, à la production et à l'international. Un comptable vérificateur prendra également ses fonctions, ce qui permettra rapidement de mettre en place un système de régularisation sur la production clandestine qu'on estime à plus de 60 %. Finis les détournements ! Cette fois-ci, les actionnaires reverseront bien 80 % de leurs profits à notre administration. Par contre, cela ne va pas être facile de récupérer tout ce que le *vory* avait déjà amassé dans des paradis fiscaux.

— On a une idée de la somme totale ?

— C'est colossal, Votre Excellence. Des dizaines de milliards de roubles.

— Je vais voir ce que je peux faire de mon côté. Si vous pouviez m'établir la liste de ces filiales et leurs implantations. Il faut absolument que cet argent revienne chez nous.

— Ce sera fait, Votre Excellence.

— Il va falloir qu'on s'occupe également de ces financiers malfaisants, cette vermine étrangère qui sert de garde-manger à nos *vory*. Ces cloportes, on va les faire sortir de leur paradis doré et leur montrer la réalité. Dans dix jours, je dois recevoir l'ambassadeur d'Israël. Il sera accompagné d'hommes d'affaires et du directeur de la Banque centrale d'Israël. C'est lui qu'il faut accrocher.

— Un Skuratov ?[17] Ce Skuratov, quel coup de Maître, Votre Excellence !

— Oui, Anton Serguievitch. Vous avez dix jours pour mettre en place le *Kompromat*. Il nous le faut absolument, celui-là. Je me suis laissé dire qu'il a une préférence pour les jeunes filles blondes, un peu sauvages et plantureuses. Ça tombe bien, c'est ce que nous, les Russes, on sait faire de mieux.

— Je m'en occupe, Votre Excellence. J'ai ce qu'il vous faut, une petite Kournikova qui va faire voir la Terre sainte à ce mécréant. Elle a de sacrés arguments, si vous voyez ce que je veux dire. Et en plus, elle a de la prestance, elle a étudié le droit interna-

---

[17] *Ancien procureur général de la Fédération de Russie tombé dans un traquenard (Kompromat), monté par le FSB, alors qu'il enquêtait sur des actifs suisses appartenant à la famille Eltsine. Une vidéo, montrant les ébats sexuels du procureur avec deux mineures, diffusée sur la première chaîne nationale avait contraint le magistrat à la démission, stoppant l'enquête mettant en danger le président Eltsine.*

tional pendant trois années à l'université de Tel Aviv. Elle les connaît bien, les youpins !

— Très bien. Anton Serguievitch, je vous laisse à la manœuvre. Mettez-y le paquet, j'attends un gros retour sur investissement. Et la Sibérie, alors ?

— En fait, cela concerne notre agent, Evgueni Smertine. Lui aussi, il a parfaitement exécuté sa mission, il a éliminé Nikolaï Protenko… mais il est mort.

— Comment ça ?

— D'après ce que m'a rapporté le colonel Jelezni, il se serait battu en duel avec Protenko.

— En duel ?

— Oui, c'est surprenant mais c'est ce qui s'est passé. *A priori*, les deux hommes ont fait alliance pour éliminer la cible et ses gardes du corps puis ils ont réglé ça en duel.

— Vous m'aviez dit que Smertine était le meilleur, Anton Serguievitch.

— Je le pense toujours, Votre Excellence.

— Pourquoi a-t-il pris cette initiative ? Cela aurait pu être compromettant.

— En fait, de ce qu'on m'en a rapporté, il y a une histoire d'ours. Smertine en aurait vu un attaquer Protenko alors que le *vory* n'avait pas encore rejoint sa datcha. Il a donc été obligé de tuer le plantigrade, afin que Protenko puisse ensuite exécuter sa mission. Il n'a pas eu le choix. En revanche, Protenko a tout de suite compris. Smertine a été découvert mais je vous l'ai dit, Vladimir Vladimirovitch, il était le meilleur de nos agents. Il a fait en sorte que la mission réussisse. Il n'a pas hésité à mettre sa vie en jeu. Il semble même qu'il ait aidé Protenko en tuant lui-même les gardes du corps. Ensuite les deux hommes se sont défiés en duel et vous connaissez la fin.

Le président prit une mine attristée. Smertine était effectivement un homme remarquable. Il n'avait pas hésité à se sacrifier. C'était un héros, autrefois le pays en comptait des milliers. Il avait réussi sa mission mais on ne pourrait pas lui témoigner de la reconnaissance du pays.

— Smertine avait de la famille ?

— Oui, sa mère vit toujours, à Saint-Pétersbourg. Il était bien entendu célibataire, n'avait pas d'enfant connu, son père est mort et il était fils unique.

— Bon, très bien. Alors vous allez faire le nécessaire auprès de sa pauvre mère. Je veux qu'elle sache que son fils était un héros de la Patrie. Vous allez lui organiser des grandes funérailles et le décorer en lui décernant la médaille de Héros de la Fédération de Russie. Et pour la mère, vous lui donnerez de l'argent pour qu'elle améliore son quotidien. Vous faites ce qu'il faut. Je compte sur vous, Anton Serguievitch.

— Bien, Votre Excellence.

— Et pour l'enquête, ça donne quoi ? Ils peuvent remonter jusqu'à nous ?

— Non, je m'en occupe personnellement. Personne n'en saura rien.

— Vous êtes sûr ?

— Oui, je m'en porte garant.

Le ministre de la Sécurité intérieure paraissait sûr de lui et c'est justement ce qui inquiétait le président. Il n'aimait pas cette assurance instinctive.

— Vous êtes vraiment sûr, Anton Serguievitch ?

— Il y a encore quelques petits détails à régler : faire en sorte qu'Irkoutsk s'en tienne à l'histoire que nous avons décidé de raconter, celle qu'on racontera à la mère de Smertine. Mais ne vous inquiétez pas, Votre Excellence. Je sais comment procéder. J'avais déjà tout prévu. Je ferai en sorte qu'à Irkoutsk, ils s'en tiennent à ce qu'on leur demande.

— Très bien, Anton Serguievitch. Autre chose ?

— Non, Votre Excellence.

— Dans ce cas, je vous remercie et vous me tenez au courant. N'oubliez pas les listings, je les veux le plus rapidement possible.

— Vous les aurez demain sur votre bureau avant midi. Je vous souhaite une bonne journée, monsieur le Président.

En refermant la porte du bureau, Serguievitch poussa discrètement un ouf de soulagement. Il n'avait pas menti, mais il n'avait pas tout dit. Il n'avait pas évoqué l'existence du témoin, ce satané Français. Il fallait donc faire en sorte que ce témoin n'existe pas, ou plus. Pour le reste, les archives, et le Karol qu'il connaissait bien, il savait comment s'y prendre.

Serguievitch s'engouffra à l'arrière de sa Mercedes classe S pour rejoindre son Ministère. Pendant le trajet, il contacta Jelezni sur la ligne cryptée pour lui donner ses instructions.

13

Pierre Morland venait de subir un nouvel interrogatoire, mené par Federovitch, qui avait duré plus de cinq heures. Il avait tenu bon. Deux gardes l'avaient traîné, à bout de forces, dans les longs couloirs puis jeté dans une cellule sombre et humide, au sous-sol. Très affaibli, il était resté un long moment sans pouvoir réagir. Avait-il perdu connaissance ou s'était-il simplement endormi ? L'ampoule s'alluma, le bruit lourd du verrou le fit sursauter. Il prit peur, se redressa sans pouvoir se relever, recula en se traînant vers le mur du fond. Ébloui par l'afflux de lumière, il aperçut un homme en uniforme tenant à bout de bras une gamelle métallique. Le militaire la déposa au sol, la poussa dans sa direction, puis il lui donna un coup de pied. Instantanément, Morland plaça ses mains en protection autour de sa tête. *Cinq minutes pour manger avant extinction de la lumière*. La voix était grave, déshumanisée. L'homme s'en retourna et disparut en refermant l'imposante porte en bois à double tour. Le docteur s'approcha de la gamelle. Il n'avait pas mangé depuis vingt-quatre heures. Tout juste avait-il pu avoir deux verres d'eau lors des interrogatoires. Une forte odeur s'échappait de la gamelle. On avait pissé dans la soupe au chou.

Il repoussa la gamelle et balaya sa cellule du regard. Pas le moindre meuble, rien que du béton et de la moisissure aux murs. Il découvrit dans un coin un seau pour ses besoins et une couverture répugnante.

Il parvint à se relever, fit quelques pas, tentant de déchiffrer les graffitis. Combien d'hommes étaient passés dans cet endroit ? Qu'étaient-ils devenus ? Les inscriptions étaient des dernières volontés.

Il ramassa sa couverture. Elle empestait mais il n'avait pas le choix. Il devait se prémunir du froid dont l'humidité renforçait l'hostilité. Il gagna l'endroit le moins sale, s'enroula dans la loque et s'allongea. Lorsque la lumière s'éteignit, il ferma les yeux. Comment en était-il arrivé là ? Qu'avait-il vu qu'il n'aurait jamais dû voir ? Que redoutaient les Russes ?

Plongé dans le noir, des images lui revenaient de très loin. Le contraste était saisissant avec ce qu'il endurait. La beauté originelle d'une nature sauvage, des paysages vierges à perte de vue, des étendues abandonnées. Il avait cru pouvoir vivre en paix, à l'écart du monde, mais les hommes et leur folie meurtrière avaient surgi. Le reste de la troupe avait suivi, des individus enchaînés au pouvoir, capables du pire pour se rapprocher de leur maître avec le désir secret de le remplacer. Dans son abîme de solitude, Morland prenait conscience de sa réalité, un « avoir-été » qui ne serait plus. La lucidité pouvait parfois être terrifiante : il était désormais sur leur liste.

Comme un convalescent se remettant d'une effroyable épreuve, il tentait de prendre du recul pour rassembler ses idées. Federovitch n'avait pas été tendre avec lui, surtout lors du deuxième interrogatoire. Un vrai travail de sape, de déshumanisation. Le système dans toute son horreur. Le commandant en était le produit autant que l'instrument. Il l'avait bousculé, brutalisé, alternant le feu et la glace, les silences prolongés et les invectives. Les yeux gorgés de sang il lui avait soufflé son haleine fétide au visage, accompagnée de sourires sardoniques. S'attachant au moindre détail, il l'avait harcelé de questions, s'emportant quand les réponses ne lui convenaient pas. Morland avait été contraint de tout justifier, de répéter ce qu'il avait déjà dit à maintes reprises. Federovitch le travaillait au corps, éprouvait sa résistance. Pour le faire plier, ils avaient tout repris depuis le début. À nouveau les mêmes questions, insidieuses. L'officier cherchait à le pousser à la faute. La moindre confusion ou embarras était une brèche dans laquelle il se glissait pour démontrer que son prisonnier mentait ou cachait des choses. Federovitch n'attendait plus les réponses, affirmait à sa place et poursuivait sa démonstration dans une mécanique implacable. Morland avait fini par comprendre. Broyé par les mâchoires de l'arbitraire, il était devenu un sujet gênant, un homme à sacrifier pour ne pas faire obstacle à l'ordre établi des choses. Il connaissait ces règles du jeu, les mêmes que celles du passé. Federovitch ne voulait pas entendre la vérité mais celle qu'il avait décidée. Morland était forcément coupable. Il finirait par avouer ce qu'il n'avait pas commis. Ça prendrait du temps mais la méthode était efficace ; elle avait fait ses preuves.

Malgré la dureté de l'interrogatoire, Morland avait remarqué de l'agacement chez son bourreau.

Il avait dû se contenir pour ne pas aller au-delà d'une certaine limite. Il avait certainement reçu des instructions. Federovitch ne pouvait pas tout se permettre. Il l'avait malmené, en était venu quelques fois à le secouer d'une façon impulsive, mais dans un sursaut, il s'était arrêté net, crispé par la frustration. Son regard traduisait sa haine. Les poings serrés, les lèvres retroussées, on imaginait tout ce qu'il aurait pu faire pour atteindre son objectif si Morland avait été Russe. Arracher des ongles, briser des phalanges, passer les plantes de pieds sous la flamme, écraser les parties génitales : un homme finissait toujours par avouer. Et la torture était sans limite, surtout chez les Russes.

Federovitch ne pourrait y avoir recours pour arracher sa vérité. C'était une indication sérieuse. Morland pouvait s'y accrocher.

S'agissant de cette vérité que Federovitch voulait entendre, ce n'était pas celle portant sur les faits proprement dits. Avec ce qu'il avait appris auprès du vieux pêcheur et sa connaissance du monde russe, Morland en était arrivé aux mêmes conclusions que les enquêteurs. Il lui manquait quelques informations mais les interrogatoires lui avaient permis de cerner ce qui les inquiétait. Poussé par Federovitch, il avait reconnu avoir découvert un nom, Karol, griffonné sur un papier avec un numéro de téléphone, nom qu'il avait également retrouvé sur le portable de l'autre cadavre avec le même numéro, numéro qu'il n'avait pas mémorisé, avait-il répondu, sans convaincre son interlocuteur. À ce moment-là, il avait vu dans les yeux de Federovitch une lueur victorieuse. Satisfait, il s'était apaisé comme s'il venait enfin d'obtenir une révélation renforçant sa conviction. Pourquoi avait-il omis d'en parler au cours de son premier interrogatoire ? Morland avait tenté de lui expliquer. Il n'y avait pas prêté particulièrement attention. En aucune façon, il n'avait voulu leur cacher quoi que ce soit. Ce détail lui était sorti de la tête. Ses explications étaient demeurées vaines. Federovitch ne l'avait pas cru. Il ne pouvait pas le croire, forcément. C'était beaucoup trop simple pour son esprit suspicieux.

Federovitch voulait maintenant déterminer si Morland connaissait l'identité de Karol. Il suspectait aussi une confession des deux tueurs, au cours de laquelle ils auraient tout balancé. Morland n'avait rien dit sur Karol, il pourrait jurer tant qu'il voulait par la suite *qu'il ne savait rien*, Federovitch ne le croirait jamais.

Morland avait compris ce que les Russes lui reprochaient, ou plus exactement, ce qu'ils suspectaient. Cela devait venir de très haut… Sans oser avancer un nom, il imaginait facilement ce nouveau tsar, le Robin des bois patriotique russe, imposant son empire par la purge des nuisibles à sa cause. Encore une révolution incomplète. En prétendant changer le système, on ne faisait que remplacer des hommes par d'autres. Un changement de propriétaire tout en conservant le même air de famille.

Morland se sentait pris au piège. Il ignorait l'identité de Karol, n'avait reçu aucune confession mais personne ne le croirait. C'était son drame. Vu la tournure des événements, l'obsession des Russes à ne rien lâcher, son avenir s'obscurcissait dangereusement. Personne ne viendrait le rechercher et encore moins le sauver. Il ne pouvait compter que sur lui-même. Une appréhension mortelle s'empara de lui. Ce n'était pas la première fois, il avait déjà risqué sa vie. Mais cette fois, cela lui paraissait injuste. Le caractère se révèle dans les situations extrêmes, il le savait. Il résisterait !

Il ne s'était pas alimenté depuis quarante-huit heures, ayant refusé l'infâme brouet. Bientôt, il n'aurait plus le choix. Son instinct de survie le contraindrait à avaler ce qu'on lui donnerait, même si ses geôliers pissaient dedans. La faim lui vrillait les intestins. Un essaim d'aiguilles brûlantes transperçait son estomac rétracté par le manque. Chez lui, la douleur physique se manifestait toujours par des picotements intenses. Il connaissait la cause, endurait l'effet et avait appris à le dépasser.

Il s'écarta légèrement du mur, s'assit en tailleur, releva la tête, gonfla le torse et ferma les yeux. Il ouvrit largement les paumes en direction d'un ciel imaginaire, s'attacha à prendre conscience de ses appuis au sol, au niveau de ses fessiers et de ses talons. Il prit le contrôle de sa respiration en laissant son ventre se gonfler à chaque inspiration. Concentré sur la sensation de l'air qui rentrait et sortait de ses poumons, son corps se relâcha progressivement. Par ce travail de respiration préalable, il régulait sa pensée et retrouvait ainsi la pleine maîtrise de l'instant présent, créant un espace propice à un voyage intérieur. Sans le savoir, il méditait. La méditation, il en avait entendu parler, s'en était moqué souvent dans le passé, prenant pour des charlatans certains de ses confrères qui prétendaient guérir le moindre mal par la force mentale. Sans remettre en cause ses croyances, il avait peu à peu considérablement modifié son jugement. Sans aide extérieure possible, par le simple fait de se concentrer sur sa respiration, il pouvait modifier sa perception de la douleur. Ne plus lutter contre mais l'accepter, l'accompagner, la dépasser et finir par l'expulser de son corps. Ce n'était plus lui qui s'évadait du mal, mais l'inverse ; une vraie révolution intérieure. De façon empirique, il avait enquêté sur le processus de la douleur et s'était rendu compte qu'il était possible de distinguer la souffrance primaire, éphémère, faite de sensations physiques, de la secondaire, durable et mentale.

Tout était normal, il ressentait la douleur physique et la conscience du moment présent lui permettait de ne pas anticiper la douleur mentale à venir. C'était ce mouvement du mental vers le futur qui rendait la douleur insupportable. Morland avait acquis une certitude. La douleur n'avait donc aucune prise sur sa liberté, il avait toujours le choix d'en faire ce qu'il voulait.

Par l'expérience, il avait trouvé en lui une vraie force de résistance. Elle lui avait servi pour lutter contre le froid à maintes reprises. Plus surprenant, elle l'avait également préservé du pilonnage sanguinaire des énormes moustiques affamés de Sibérie à la belle saison. La première fois, il avait lutté en vain et souffert le martyre de prurigo lorsque son visage, gonflé de piqûres, avait doublé de volume. Par la suite, tentant de contrôler sa respiration pour se focaliser sur lui-même et non plus sur les hordes virulentes, il s'était rendu compte que son calme diminuait les attaques. Un des pêcheurs du village lui donna l'explication beaucoup plus tard. Les moustiques étaient extrêmement sensibles au monoxyde de carbone, *ça les excite à devenir fous*, lui avait-il affirmé. Sans s'en rendre compte, en conservant son calme, Morland avait diminué la production de gaz s'échappant de ses pores. Cela l'avait rassuré. Avec un peu d'entraînement, il était parvenu à devenir transparent pour les moustiques. Il leur parlait, les provoquait et s'en amusait.

Fort de ses expériences, Morland parvint à faire le vide en lui. Une douce chaleur l'avait envahi. Il la laissa se diffuser, prendre la place de la douleur, puis il s'allongea sur le côté, lâcha prise et s'endormit.

14

Savoir si le verre est à moitié vide ou à moitié plein importe peu en Russie. La demi-mesure n'existe pas : elle est anticonstitutionnelle. Seul compte de savoir s'il y a un verre ou pas. Et s'il n'y en a pas, on pourra toujours boire au goulot !

Trois jours durant, Federovitch avait tenté de faire craquer Morland. Il avait enchaîné les interrogatoires, usé et abusé du surmenage, délégué le sale travail à ses collègues pour le harceler et ponctuer ses nuits par des visites intempestives. Morland ne devait pas trouver le repos. Il fallait le mettre à la peine, exercer sur lui une pression constante pour qu'il finisse par perdre pied et qu'il craque.

Jour après jour, le commandant l'avait vu se dégrader. Au régime sec, Morland était devenu un forçat soumis à l'épreuve d'une guerre psychologique sans limite. Le teint blafard, les yeux éteints et les joues creusées, il vacillait lors de ses déplacements, s'écroulait de sa chaise parfois, mais finissait toujours, au grand dam de Federovitch, par relever la tête.

L'officier était maintenant à court d'arguments, d'idées. Ne disposant pas des pleins pouvoirs, le recours à la torture physique lui était interdit. Il le regrettait. Un homme finissait toujours par avouer quand il était soumis au supplice de la violence. Lors du dernier interrogatoire, Morland semblait s'être réfugié dans un ailleurs impénétrable. Le Français paraissait calme, ne montrait plus la moindre agressivité aux assauts répétés des questions. Il respirait sereinement, le regard absent.

Federovitch avait ruminé sa colère et son échec toute la nuit, en vidant une bouteille de vodka. La petite eau avait fait son œuvre, il avait fini par s'endormir.

Dès son réveil, il avait rejoint le bureau de son chef pour discuter de la suite à donner. Au début, Jelezni n'avait rien dit. Il s'était contenté d'écouter Federovitch qui empestait l'alcool. La veille, le colonel s'était entretenu avec Moscou. La décision était prise, restait à la mettre en œuvre. Il y trouverait son intérêt, son adjoint également. Comme bien souvent, on pouvait tirer parti d'un événement tragique, il suffisait de se ranger dans le camp des vainqueurs et de fermer les yeux.

— Je sens chez vous, Commandant, comme une légère frustration. La vodka ne vous a pas suffi à la dissoudre ?

L'officier ne réagit pas à la pique de son supérieur et se contenta de donner son avis :

— Disons qu'avec un peu plus de moyens, le Français aurait fini par avouer.

— Avouer quoi ?

— Qu'il a reçu les confidences des tueurs avant leur duel, par exemple. Qu'il sait qui les a missionnés pour exécuter le *vory* et pourquoi. Qu'il sait surtout qui est ce Karol. Et qu'il sait certainement bien d'autres choses encore. Enfin, vous comprenez…

— Et vous, Federovitch, vous savez qui se cache derrière Karol ?

— Non.

— Enfin ! Commandant, vous devez bien avoir une petite idée quand même… Ne me dites pas que vous n'y avez pas songé ?

L'officier eut une impression étrange, comme si d'un seul coup, on faisait pointer sur lui l'ombre d'une suspicion.

— C'est peut-être un autre voleur ou quelqu'un de chez nous ?

— Quelqu'un de chez nous ?

— Oui. Après tout, cela arrange tout le monde. Le *vory* éliminé, un tueur travaillant pour le compte des voleurs éliminé également, cela laisse une place vide. Ce qui est dommage, c'est Smertine, il était des nôtres…

— Justement, il nous faut nous montrer digne de son sacrifice. Dans quel camp êtes-vous, Federovitch ?

— Je ne comprends pas, colonel Jelezni. Mais avec vous, comme depuis toujours !

— Avec qui, précisément ?

— Avec vous et notre grande patrie, Colonel. Je suis avec tous ceux qui font en sorte de la défendre, de la faire briller, de lui redonner sa splendeur. Pourquoi toutes ces questions ? Je ne comprends pas. Vous doutez de mon engagement ?

— Non, je n'ai jamais douté de votre engagement, ni même de votre loyauté. Mais je souhaitais vous l'entendre dire encore une fois, une dernière fois.

Federovitch cachait difficilement son inquiétude. Son regard s'était assombri, les derniers mots de son chef avaient jeté le trouble dans son esprit. Que voulait dire *une dernière fois* ? Il hésita un instant mais devant le regard fixe et plutôt bienveillant de Jelezni, il osa une relance :

— Pourquoi une dernière fois, Colonel ?

— J'ai obtenu un poste à Moscou, à la Direction centrale de la circulation et des transports, je serai l'adjoint du directeur.

— Félicitations. Votre femme va être contente de retourner dans la capitale. C'est une belle récompense. Bientôt général.

— Oui, je ne m'y attendais plus. Ma femme va enfin me lâcher. Vous ne savez pas ce que c'est, vous, Federovitch, d'avoir une femme qui passe son temps à vous attendre à la maison…

— La mienne est restée à Saint-Pétersbourg avec ma fille mais elle ne m'a pas attendu longtemps, tout juste six mois ! C'est comme ça…

— Je comprends mieux la vodka…

Oui, de temps en temps, quand je m'ennuie, je prends une maîtresse. La vodka, elle, au moins, est fidèle, elle ne pose pas de questions et elle soulage sans avoir de compte à rendre. C'est sans engagement, la vodka, pour le meilleur et pour oublier le pire.

Le regard teinté d'affliction, Federovitch était suspendu à la suite. Il y avait forcément une suite. Secrètement, il espérait une bonne nouvelle.

— Voyez-vous, Federovitch, dans notre pays, la vodka, c'est la cinquième dimension, celle qui dissout les quatre autres. Mais je vais vous donner une bonne raison d'aller câliner votre chère maîtresse. Moscou m'a demandé de leur faire une proposition pour me succéder à Irkoutsk. Vous me voyez venir… J'ai pensé à vous, forcément. Il me semble que vous êtes l'homme de la situation. Le grade de colonel, ça vous tente, Commandant ?

Federovitch retenait sa joie. Il afficha un regard grave, rempli de solennité, à la hauteur des enjeux du poste qu'il aurait à assumer. Seule une légère agitation de ses mains trahissait son émotion. Il les dissimula dans son dos. Quelque chose néanmoins le tourmentait. Cette promotion soudaine devait avoir un revers. Elle ne tombait pas du ciel, comme ça, gratuitement malgré sa compétence et la qualité de son travail.

— Alors, Commandant ? Vous avez l'air surpris ? Pourtant, c'est la réalité. Ce poste, c'est pour vous.

— J'accepte et je m'en montrerai digne. Vous pouvez en être sûr mais…

— Mais quoi, colonel Federovitch ? Ça sonne bien, colonel Federovitch, vous ne trouvez pas, Commandant ?

— Si vous le dites, colonel Jelezni.

— Je vois bien dans vos yeux une petite lueur d'inquiétude. Vous verrez, on va vite la dissiper si vous faites ce que je vous dis de faire. Écoutez-moi bien, Commandant, il va falloir penser à l'avenir. Et cet avenir, nous allons le construire aujourd'hui.

Le colonel se rapprocha de son interlocuteur. D'une voix calme et pondérée, il déroula son plan, celui qu'il avait élaboré pour satisfaire les gens de Moscou.

Les copies d'archives découvertes par Federovitch dans la cabane révélant la jeunesse criminelle du *vory* au service de Staline, les notes sur le complot des blouses blanches et le lien avec Protenko, l'implication d'un membre du FSB dans ce règlement de compte, l'existence de Karol, beaucoup d'éléments pouvaient faire de l'ombre à Moscou. Pour conserver tout le bénéfice de cette vaste opération de purification, il ne fallait pas qu'on puisse remonter jusqu'au pouvoir central. Smertine serait honoré à la hauteur de son sacrifice, rien ne filtrerait de ce côté. Le problème, c'était bien entendu ce Français, le grain de sable qui pouvait tout faire capoter. Il savait beaucoup trop de choses. On ne pouvait pas se permettre de prendre un risque en le laissant libre de parler à qui voudrait bien l'entendre. Moscou avait donné toute latitude à Jelezni d'organiser son affaire. Une seule chose était exclue : qu'on l'élimine physiquement. Il était Français, on ne pouvait pas se le permettre. Il suffisait donc de le laisser moisir à jamais, sous bonne garde.

On allait envoyer Morland chez les fous, au nord, dans un vieux monastère transformé en mouroir pour les gens qu'on ne voulait plus voir. Mais avant cela, il fallait faire disparaître un certain nombre d'éléments que l'enquête avait révélés. Federovitch comprit aussitôt de quoi il était question, on allait faire en sorte d'écrire une autre histoire. Sa nomination au grade de colonel serait le prix de son silence, tout comme celle de son chef.

Le récit officiel serait le suivant : Le Français s'était maintenu sur le territoire russe avec la bénédiction des voleurs car il pouvait être utile aux gens du village. Les voleurs n'avaient pas pour habitude de collaborer avec l'État, c'était contraire à leur code. Cependant, on avait appris l'existence de ce Français et on redoutait qu'il s'immisce dans les affaires locales en propageant le poison libertaire de l'Occident. C'est pour cela que Smertine avait été envoyé sur place, pour l'approcher, le retourner, puis le faire expulser. Mais le Français avait joué un double jeu. Il avait prévenu les voleurs, il était en lien avec eux. Smertine avait donc été découvert. Malgré tout, il avait réussi à se sortir des mailles du *vory* et de ses gardes du corps en les éliminant mais il n'avait rien pu faire lorsque Protenko l'avait cueilli à froid devant la cabane du Français. Et pour parfaire son œuvre, le Français avait tué de sang-froid Protenko en déguisant son crime en duel sanguinaire. Voilà. C'était l'histoire. La vérité. Il ne restait plus qu'à fabriquer des preuves. Les prélèvements effectués sur les mains du Français mettraient en évidence des résidus de tir. D'autre part, il avait été trouvé porteur du téléphone portable correspondant au numéro de Karol, parce qu'en fait, Karol, c'était lui !

Federovitch n'en croyait pas ses oreilles. C'était du délire. Mais Jelezni avait pensé à tout. Du tiroir de son bureau, il sortit un sachet translucide dans lequel se trouvait un téléphone portable avec une carte SIM. Moscou avait récupéré l'objet, l'avait fait acheminer en urgence. Il ne restait plus qu'à le faire apparaître dans le procès-verbal recensant les objets trouvés sur le Français lors de sa fouille. Ensuite, tout ne serait qu'une question de temps avant qu'il signe ses aveux. Et quand bien même il ne signerait pas, peu importait : il ne sortirait pas vivant de l'asile. Bien entendu, Federovitch n'avait trouvé aucune copie d'archive, elles partiraient en fumée. Le reste, les interrogatoires, les auditions des villageois ; tout pouvait être conservé en l'état. L'arme utilisée par le Français ? Les voleurs lui avaient fourni, tout comme le téléphone. La téléphonie ? Moscou avait pris soin de faire effacer les données chez l'opérateur ; pas moyen de géolocaliser les appels émis et reçus, il n'y en avait pas eu. On trouverait réponse à tout. De toute façon, qui viendrait poser des questions ? Personne !

Federovitch paraissait abasourdi. C'était beaucoup trop d'un seul coup. Le sourire de Jelezni en disait long sur son assurance mais lui, il doutait et cela se voyait.

— Vous me paraissez perplexe, commandant Federovitch.

— Je ne m'attendais pas à cela, colonel Jelezni.

— À quoi, vous attendiez-vous ?

— Je ne sais pas, c'est un peu déconcertant.

— Mais qu'est-ce qui est déconcertant ? Reprenez-vous, commandant Federovitch ! Il faut voir loin ! La fin justifie les moyens. C'est la fin qui doit mener notre action et justifier nos actes. Vous êtes avec nous ou vous ne l'êtes pas ? Il faudrait savoir.

— Je le suis, soyez-en certain, se reprit Federovitch.

— Alors quel est le problème ?

— Hé bien, le Français. C'est le Français, le problème. Il ne signera jamais ce genre d'aveux.

— Mais enfin, Commandant ! Peu importe qu'il les signe ou non. Il finira chez les fous. C'est nous qui écrivons l'histoire. Lui ne sera qu'un figurant sans parole.

— Il faut que je vous confie quelque chose, colonel Jelezni.

— Allez-y, je vous écoute.

— Je dois reconnaître qu'il m'impressionne, ce Français. Il y a chez lui un tel détachement. Il semble pouvoir résister aux plus fortes pressions. On dirait qu'il y a chez lui quelque chose de déjà mort. C'est étrange. Vous savez, je l'ai travaillé au corps, je l'ai éprouvé, et plus je le malmenais, plus il semblait imperturbable. Il se dégage de lui une grande force morale que rien ne semble pouvoir ébranler.

— Ah, ces Français ! Vous êtes tombé sous le charme, Commandant. Cette sensiblerie ne mène à rien de bon, il va falloir muscler votre jeu. N'oubliez pas que Moscou a décidé de vous promouvoir au grade de colonel… Ne les décevez pas, commandant Federovitch ! Pour la gloire de notre grande patrie.

Federovitch se redressa instantanément. Quand on est Russe, dans son cœur et dans ses tripes, il y a des mots au-dessus de tout, des mots qui vous remettent instantanément dans le droit chemin avec une confiance aveugle. Jelezni avait trouvé les mots justes, les mots qui poussent un homme à accomplir son devoir. Federovitch en était convaincu, il se devait d'être à la hauteur de ce qu'on attendait de lui. Il regrettait déjà de s'être laissé aller ; cela ne se reproduirait plus.

— Colonel, je ferai tout mon possible pour vous satisfaire, soyez-en certain.

Le ton était solennel. C'était une façon pour le commandant de réaffirmer son engagement pour mieux s'en convaincre. Le colonel sembla convaincu :

— Je n'en ai jamais douté. Si j'ai proposé à Moscou votre candidature, c'est parce que je sais que vous êtes l'homme de la situation.

Jelezni savait parler à ses officiers en caressant leur orgueil pour qu'ils se dépassent.

— Vous savez, Commandant, quand un homme n'est pas mû par un intérêt supérieur, il demeure fragile. Le docteur Morland est un homme comme les autres. Quoi que vous en pensiez, il demeure d'une extrême faiblesse et je vais vous donner les moyens de la mettre en évidence.

Jelezni ouvrit le tiroir d'un caisson, en sortit un épais dossier qu'il offrit ostensiblement au regard de Federovitch.

— Avec ça, il va s'écrouler comme un château de cartes. Vous verrez la sensiblerie, à quoi ça mène… La folie, je vous dis. Il va finir chez les fous. Et il ira tout seul, de son plein gré. Pas besoin d'un gant de crin. Du velours. À la caresse il va y aller.

Sûr de son fait, Jelezni expliqua à son collaborateur ce que contenait ce précieux dossier.

— Un agent en poste à Paris nous a transmis une copie d'une procédure criminelle. La traduction qui accompagne les documents est pour le moins instructive. La maîtresse de Morland est morte, en pleine canicule, à Paris l'année passée. C'est notre suspect, médecin légiste je vous le rappelle, qui a eu la lourde tâche d'examiner le cadavre de celle qu'il aimait. Il a conclu que la jeune femme avait mis fin à ses jours, sans doute parce qu'elle était enceinte. D'après le rapport, c'était pour cela qu'il a quitté subitement la France, se lançant dans une aventure quasi suicidaire en Sibérie.

Federovitch se permit d'interrompre son chef :

— Mais vous avez évoqué une procédure criminelle alors qu'il s'agissait d'un suicide…

— Je vous reconnais bien là, Commandant. Figurez-vous qu'il n'y a pas qu'en Russie qu'il y a de grands policiers. En France aussi, ils en ont au moins un. Il s'appelle Delestran et il est commandant, comme vous. Lui, il a tout de suite remarqué que ce n'était pas un suicide. Il a enquêté et clairement établi qu'il s'agissait non d'un suicide mais d'un empoisonnement. L'auteur du crime est passé aux aveux.* Le Français, bien entendu, n'est pas au courant… Il va tomber des nues !

— Ça va être un choc.

— Oui, il ne s'en remettra pas ! Nous avons de quoi faire plier le Français, définitivement. C'est notre force à nous les Russes, nous avons des gens partout implantés, œuvrant en silence pour notre cause. Et vous, Commandant, vous avez la chance de faire partie de cet ensemble que rien ne peut détruire. Nous formons un bloc indestructible au service de notre grande patrie. Alors à vous de jouer maintenant ! Allez servir la soupe à ce Français. Qu'il boive le bouillon jusqu'à en devenir fou !

Federovitch tournait une à une les pages du dossier. Il était impressionné. L'agent parisien avait bien travaillé. Il avait obtenu quelques clichés de l'autopsie. Ils figuraient à la fin du dossier avec un portrait de la jeune femme de son vivant. Federovitch ressentit la toute-puissance qu'engendrait la possession de ce type de document. Son chef avait vu juste ; c'était un grand chef. Il ferait en sorte de lui ressembler.

Federovitch rejoignit son bureau muni du précieux dossier. Pour obtenir le résultat escompté, il fallait attacher une attention toute particulière à la mise en scène. La fin justifiait les moyens, Jelezni avait raison. Il passa deux coups de téléphone : le premier à une secrétaire pour commander des sandwichs, le second pour ordonner qu'on amène le docteur Morland en salle d'interrogatoire. D'un meuble discret, il sortit une bouteille de vodka et deux verres qu'il déposa sur un plateau. Il était prêt. Sur le coin de son bureau, il repéra le dessin du petit Sacha. Il le déchira rageusement.

15

Les gardes avaient extrait Morland de sa cellule. Plongé dans un sommeil profond, il avait sursauté à leur apparition ; les deux soldats l'avaient empoigné et mené dans les couloirs sans ménagement. Après l'avoir fait asseoir, on avait allumé l'ampoule au-dessus de sa tête tandis que d'une forte pression sur ses épaules, les hommes le maintenaient ancré sur sa chaise. Une impulsion avait mis la lampe en mouvement. Elle se balançait tel un métronome balayant son visage d'ombres passagères. Indisposé, Morland fermait les yeux au passage de l'ampoule, les rouvrait lorsqu'elle s'éloignait. Pour ne pas avoir à subir le va-et-vient, il avait fini par baisser les yeux vers le sol. C'est à ce moment-là qu'il s'aperçut qu'on lui avait enlevé ses lacets. Il porta les mains à ses hanches, constata qu'il en était de même pour sa ceinture. Il ne s'était rendu compte de rien, cherchait dans sa mémoire sans parvenir à saisir l'instant où cela s'était produit. On était rentré dans sa cellule pendant qu'il dormait. Il était troublé, non pas pour ce que ces accessoires représentaient pour ses geôliers, une source potentielle de danger, contre lui-même ou contre un des leurs, mais par le fait de ne s'être rendu compte de rien. C'était la preuve de son extrême faiblesse.

On l'avait mis au régime sec et il commençait à ressentir les effets du rationnement. Son estomac s'était rétracté douloureusement. Quatre jours qu'il n'avait pas mangé à sa faim. Combien de temps pourrait-il tenir ? L'humidité et le froid de sa cellule avaient accru la fatigue résultant du surmenage. Au bord de l'épuisement, Morland était un homme mâché, cassé par les courbatures. Il avait l'air d'un déterré. Tout lui était devenu extrêmement pénible, devoir se répéter encore, le silence de ses gardes, la lumière agressive oscillant au-dessus de sa tête et surtout l'absence de perspective. Seul le contrôle de sa respiration atténuait momentanément ses souffrances.

Federovitch entra dans la pièce portant un plateau sur lequel reposaient une bouteille et deux verres. *Une diversion*, se dit instantanément Morland qui se méfia davantage de cet homme dont la douceur apparente ne servait qu'à masquer sa férocité. Le commandant déposa la vodka sur le bureau avant de stopper le balancement de l'ampoule puis congédia les gardes d'une mimique autoritaire. Il prit un dossier cartonné sur lequel reposaient les verres, et le mit bien en évidence à l'angle du bureau. Avant de s'asseoir, il tendit la main, l'avança au plus proche de son prisonnier pour l'obliger à s'en saisir.

Prolongeant cette poignée de main contrainte, Federovitch obligea Morland à supporter son regard.

— Docteur, aujourd'hui, c'est une journée particulière et je tenais à fêter l'événement.

Morland sentit la pression se renforcer autour de ses phalanges.

— Nous en avons presque terminé. C'est le dernier interrogatoire, la dernière fois que nous nous voyons. Il me semblait opportun de vous rendre l'instant le plus agréable possible.

Morland lui adressa un regard absent. Federovitch desserra enfin l'étreinte après une dernière pression pour marquer le coup, faisant grimacer Morland de douleur.

— Je sais que depuis quelques jours, vous vivez une situation difficile. Vous vous êtes certainement rendu compte que les commissariats russes sont moins accueillants que ceux que vous avez fréquentés en France en qualité de légiste. C'est bien les Français, ça, et tous leurs paradoxes ! On envoie le médecin des morts pour visiter les prisonniers. Nous, voyez-vous, on attend que le prisonnier soit mort, pour lui envoyer le toubib !

Fait rare, un large sourire se dessina sur les lèvres de Federovitch, un rictus narquois.

— Pour quelqu'un qui voulait vivre à la dure, à l'écart du monde, vous avez été servi. Mais j'y songe, pour s'imposer une telle souffrance, Docteur, fallait-il que vous vous sentiez déjà odieusement coupable ?

Morland ne réagit pas.

— Mais coupable de quoi ? Toujours cette même question me direz-vous ? Nous aurons l'occasion d'y revenir car voyez-vous, aujourd'hui, c'est vraiment un jour particulier, et je pèse mes mots. J'ai commandé des sandwichs. Vous devez avoir une faim de loup ! Et pour faciliter votre transit, un excès de nourriture après toutes ces privations pouvant être douloureux, je vous ai apporté de la vodka pour lubrifier vos intestins. Nous allons trinquer ensemble, Docteur, à votre santé !

Federovitch marqua une pause, attendant une réaction de son « invité ». Mais Morland était une masse molle, une passoire. Il se laissait faire, absorbant comme une éponge. Federovitch se mit à arpenter la pièce, les mains dans le dos, le buste droit, prenant soin de détacher chacun de ses pas. À chaque passage devant Morland, il marquait une pause et reprenait son élan pour un autre tour.

On frappa à la porte. Une femme apportait deux gros sandwichs :

— Déposez ça là, ordonna Federovitch.

Le ton hautain et méprisant choqua Morland. Il en fut si gêné qu'il remercia la femme lorsqu'elle déposa son assiette devant lui. Embarrassée, elle se contenta d'acquiescer d'un battement de paupière avant de quitter la pièce au plus vite.

Federovitch vint s'asseoir face au Français.

— Et moi, vous ne me remerciez pas ?

Morland regarda les deux grosses boules de pain noir desquelles dépassaient des tranches de saucisson dégoulinant d'une sauce blanchâtre. Il pensa un instant à les jeter au visage de son tourmenteur mais il avait trop faim. Il s'imaginait déjà mordant à pleines dents dans son sandwich. Il sentit sa salive inonder ses papilles. Ses yeux trahirent son envie. Federovitch était satisfait, il avait obtenu ce qu'il souhaitait, un semblant de réaction.

— Allez-y, Docteur. Servez-vous. Vous en mourez d'envie.

Morland hésita bien que sa décision fût prise depuis longtemps. Malgré l'humiliation, il lui restait de l'orgueil. Il ne voulut pas offrir à Federovitch le spectacle d'un homme s'empiffrant de nourriture devant lui. Il avait encore sa dignité. Il attendit quelques instants avant de tendre la main.

La première bouchée fut un plaisir. Il prit le temps de bien mâcher avant d'avaler. Il voulait que cela dure et reposait le pain entre chaque portion. Federovitch ne perdait pas une miette de ce repas, affichant toute sa suffisance. Morland ne se laissa pas déstabiliser, il s'alimentait, c'était tout ce qui comptait.

— Je vois que vous prenez le temps de savourer, Docteur. Vous avez raison, il faut savoir se satisfaire de chaque instant comme si c'était le dernier. On ne sait jamais ce qui peut arriver.

— Dois-je vraiment vous remercier, Commandant ?

— Peut-être qu'avec de la vodka, vous y viendrez ?

Federovitch ouvrit la bouteille et remplit les verres à ras bord.

— Tenez, Docteur. Vous allez voir, dans cette boisson, il y a toute la force de l'âme russe, ce qu'il reste quand il n'y a plus rien.

L'officier leva son verre, obligeant Morland à faire de même.

— Buvez, Docteur. Vous en aurez besoin !

Le docteur avala d'un trait et sentit instantanément la brûlure descendre dans sa gorge. Il attendit un peu avant de mordre dans son sandwich. Federovitch en profita pour remplir à nouveau les verres. Morland inclina la tête vers la table pour ne pas subir le regard de Federovitch. Il savait qu'un autre verre l'attendait.

Lorsque son prisonnier eut terminé son premier sandwich, Federovitch décida d'accélérer le mouvement.

— Docteur, avant le deuxième sandwich, je vous propose un toast.

C'était dit d'un ton qui ne laissait pas le choix.

— Je porte un toast à la mémoire de mon collègue, le camarade Evgueni Smertine, lâchement assassiné.

— Lâchement ?

Le mot avait fait réagir Morland. *Trusotliva* était bien le mot employé par Federovitch.

— Oui, lâchement assassiné ! Buvez, Morland !

Morland porta le verre à ses lèvres. Il sentit peser sur lui le regard incisif de Federovitch. La fixité de ses yeux était terrifiante. Il absorba le liquide, ressentit des picotements au bout de la langue et, de nouveau, la descente brûlante du liquide enflammé dans sa gorge. Federovitch avala d'un trait le liquide avant de claquer son verre sur la table sans bouger des yeux. Une indifférence méprisante, proche de la haine, se lut sur son visage. Sans détourner le regard, il s'empara de la bouteille, tendit le bras en direction de Morland.

— Et maintenant, à vous de porter un toast, Docteur.

Morland se saisit de la bouteille, remplit les verres avec une certaine appréhension mais sans trembler. Qu'allait-il dire ? Il ne savait pas. Il reposa la bouteille. Un silence s'ensuivit.

— Alors, Docteur, je vous attends.

— Je ne sais pas quoi dire.

— Vous ne savez pas quoi dire pour honorer la mémoire d'un homme ?

— Non.

— Faites un effort, Docteur !

— Que voulez-vous que je vous dise ? Je suis triste que cet homme soit mort.

— Triste ? Vous êtes triste ?

— Oui. Que voulez-vous que je vous dise d'autres ?

— Je pensais que vous pourriez avoir au moins du repentir ?

— Du repentir ? Je ne comprends pas.

— Du repentir d'avoir lâchement assassiné notre camarade !

— Mais ça ne va pas ? Vous êtes complètement cinglé !

— J'ai l'air cinglé, docteur Morland ?

— Comment pouvez-vous affirmer de telles choses ?

— Taisez-vous ! Ça suffit ! Maintenant, vous allez lever votre verre et boire à la mémoire de l'homme que vous avez assassiné.

— Certainement pas !

— Vous l'avez assassiné et nous en avons la preuve. Nous avons retrouvé des traces de résidus de tir sur vos mains. C'est vous qui avez tué ces deux hommes et vous avez odieusement maquillé vos crimes en inventant cette histoire de duel.

— Vous racontez n'importe quoi, Commandant. Tout ceci est faux, et vous le savez très bien. Pourquoi aurais-je tué ces deux hommes ?

— Mais parce que vous étiez un clandestin, qu'ils vous avaient découvert et que pour vous, cela voulait dire, terminé votre petit paradis Sibérien.

— Vous êtes immonde, Commandant. La vérité vous la connaissez aussi bien que moi. Vous êtes prêt à sacrifier un homme pour écrire une version de l'histoire qui vous arrange. Des résidus de tirs sur mes mains… Vous êtes imm…

Morland n'eut pas le temps de terminer sa phrase, le contenu du verre de Federovitch lui arriva en plein visage. Aussitôt, Federovitch s'était levé et précipité sur lui, l'avait saisi à la gorge sans qu'il puisse réagir. Il le serra si fort que Morland étouffait. Il chercha à se débattre mais l'emprise le paralysait. Assis sur sa chaise, Morland leva les yeux dans un effort surhumain, vit Federovitch la mâchoire serrée, les lèvres retroussées, exprimant sa férocité révulsive. Il s'acharnait. À cet instant, Morland crut mourir. Il paniqua. La pression l'empêcha de respirer, cela n'allait prendre qu'une minute avant qu'il tombe en syncope. Au bout d'une trentaine de secondes, Morland ressentit un début de relâchement. De l'air pouvait à nouveau circuler dans ses poumons, très faiblement. Federovitch s'abaissa, prit le verre de Morland tout en maintenant une pression soutenue.

— Maintenant, fils de pute, tu vas boire. Tu vas boire à la santé du camarade Smertine que tu as assassiné.

Et il obligea Morland à ouvrir la bouche en le serrant plus fort tout en portant le verre à ses lèvres. Il lui inclina la tête en arrière pour verser le contenu et le redressa. Morland ne pouvait pas avaler, la pression au niveau de sa pomme d'Adam était trop forte.

— Avale, lui cria Federovitch.

Morland remua énergiquement la tête pour lui signifier qu'il ne pouvait pas mais l'autre n'entendait rien.

— Avale, fils de pute ! C'est toi qui les as tués !

Les yeux de Morland se révulsaient, cherchant de l'air. Il avait mal mais savait qu'il aurait la vie sauve. Un petit peu de liquide commença à descendre dans sa gorge et d'un seul coup, Federovitch lâcha prise. Morland avala le reste de vodka, finit par ouvrir largement la bouche en ventilant à pleins poumons, comme s'il sortait d'une longue apnée. L'instant de folie de Federovitch était passé. Il retourna s'asseoir, but un verre de vodka, sembla apprécier l'instant. Morland pouvait respirer à nouveau. Une fois de plus, il se dit qu'il avait la chance d'être Français. Un Russe n'aurait pas survécu.

— Vous disiez, Docteur ? Que j'étais immonde, c'est ça ? Si j'étais vraiment immonde, vous ne seriez plus là !

Morland ne voulut pas réactiver la haine de Federovitch. Il tenta de retrouver un peu de sérénité en contrôlant sa respiration. Federovitch était redescendu, on le sentit presque gêné par son emportement. C'était peut-être le moment pour Morland d'essayer quelque chose pour s'en sortir. Il n'avait que la franchise à sa disposition, il se lança :

— Je peux vous parler calmement, vous dire ce que je pense réellement de cette affaire ?

— Allez-y, je vous écoute, Docteur.

— Je suis peut-être un clandestin comme vous dites, mais il m'a semblé pouvoir trouver de l'apaisement chez vous, en Russie. Avant de venir, j'avais beaucoup lu, les grands auteurs mais aussi les témoignages de survivants d'une époque qui me bouleverse. J'ai cherché à comprendre, et plus je cherchais, plus j'éprouvais de l'admiration pour votre peuple. J'ai cru retrouver de la noblesse dans certains mots, des mots qui avaient perdu toute leur substance chez nous. Fatalité, sacrifice, grandeur, destin, Patrie, mélancolie, et tant d'autres encore. Moi l'étranger, je me suis reconnu dans la grandeur tragique de votre histoire et j'ai continué à chercher pour percer le mystère de votre âme. Oui, je sais, c'est prétentieux. Vous allez me trouver arrogant mais je vous assure que c'est la vérité.

Morland marqua une pause. Federovitch l'écoutait avec intérêt.

— Je ne me sens pas la force de tout vous expliquer mais je sais effectivement des choses et j'en imagine d'autres. Je suis au courant pour l'assassinat du *vory*. Quand je suis arrivé au village, un vieux pêcheur m'a mis au courant. Il ne le portait pas dans son estime, m'a laissé entendre certaines choses, l'obscure jeunesse de cet homme devenu par la suite un voleur couronné. Je connais également l'histoire de la confrérie des *vory va zakone* et surtout les relations qu'ils ont entretenues avec le pouvoir. J'ai volontairement employé le passé, *qu'ils ont entretenues*, parce qu'il me semble que les temps ont changé. Je n'ai pas à en juger, c'est votre histoire. J'imagine que vous en savez bien plus que moi sur Vassili Tchiornik, Evgueni Smertine et Nikolaï Protenko. Vous avez dû éplucher leur passé, vous devez certainement avoir une idée sur les raisons qui les ont conduits à s'entre-tuer.

— Les raisons ?

— Oui, Commandant ; *les raisons*. On peut éliminer un homme pour plusieurs raisons, pour ce qu'il a fait, ce qu'il empêche de faire, pour ce qu'il s'apprête à faire ou à dire. Une bonne raison individuelle peut également servir un intérêt collectif...

Federovitch était impressionné par la perspicacité du Français. Il était suspendu à ses paroles, attendant et, paradoxalement, redoutant la suite.

— Et vous, docteur Morland, qu'est-ce que vous croyez ?

— Je ne crois pas, Commandant. Mais j'imagine qu'en haut lieu, un initié tirait les ficelles et a réuni ces hommes au même endroit. Bien entendu, il ne pouvait pas tout maîtriser, il y a toujours des choses qui vous échappent, le hasard, deux hommes qui décident en même temps de ne pas respecter une règle d'honneur, par exemple.

— Et la présence d'un témoin...

— Oui. Le hasard est parfois bien injuste. Mais le résultat est là, malgré tout.

— Et d'après vous, docteur Morland, qui tire les ficelles, comme vous dites ?

— Vous devez en avoir une idée bien plus précise que moi, Commandant. Karol, forcément !

— Votre histoire me plaît bien.

— Avouez qu'elle est plus réaliste que le tissu de mensonges que vous m'avez servi.

— Ça, on verra par la suite car voyez-vous, j'ai du mal à imaginer que vous n'ayez pas cherché à savoir qui était Karol auprès de ces deux hommes, lorsqu'ils sont venus vous trouver dans votre cabane.

— À ce moment-là, je ne pouvais pas savoir qu'il existait quelqu'un faisant le lien entre ces deux hommes. Ce n'est qu'après, sur leurs cadavres, que j'ai découvert son existence.

— Ça se tient mais ne me faites pas croire qu'ils ne vous ont pas confié leurs secrets avant d'en découdre.

— Commandant ! Si vous croyez que ces deux hommes étaient du genre à se confesser, c'est bien mal connaître vos concitoyens ! Ils avaient juste besoin d'un témoignage portant sur ce qu'ils allaient faire, pas sur ce qu'ils avaient fait. Et franchement, avec une arme sur la tempe, je n'ai pas cherché à savoir. J'ai fait ce qu'on m'a dit de faire.

Federovitch avait beau tourner autour, rien n'y faisait. Il se résolut à aller droit au but, comme on tente un coup de poker, le regard faussement serein quand il n'y a plus d'espoir.

— Qui est Karol, Docteur ?

— Mais je n'en sais rien, Commandant.

— Vous mentez ! Vous savez, forcément ! Avouez, je veux un nom !

— Vous voulez un nom ? Mais je peux vous en donner plusieurs, Commandant ! Quelqu'un de chez vous, d'ici ou de Moscou. Si ça se trouve, c'est peut-être vous, Commandant ? Vous voulez des aveux, allons-y : Evgueni Smertine et Nikolaï Protenko m'ont confié juste avant leur duel qu'ils étaient chacun missionnés par le commandant Federovitch pour s'éliminer, c'est ça que vous voulez ?

— Ne jouez pas à ce petit jeu avec moi. Vous oubliez la première histoire, les traces de résidus de tir retrouvées sur vos mains qui vous accusent.

— Foutaises !

— Certainement pas, nous avons des preuves !

— Vos preuves, vous savez ce vous pouvez en faire ?

— Ne dites pas ça, docteur Morland. Vous savez très bien que nous pouvons tout vous faire dire. Alors pour la dernière fois, qui est Karol ?

— Mais je n'en sais rien. Et franchement, je m'en fous. Que cela soit vous, votre chef, le ministre ou même votre président, je m'en fous royalement, vous entendez !

— J'ai bien entendu, Docteur. J'ai très bien entendu.

Federovitch prit un air satisfait. Il ne lui restait plus qu'à enfoncer le clou.

— Le souci de la vérité, docteur Morland, m'oblige à vous faire part des résultats d'une autre enquête qui, j'en suis persuadé, vous intéressera beaucoup.

Le souci de la vérité, pensa Morland, le regard perdu dans le vague. Comment Federovitch pouvait-il avoir le souci d'une quelconque vérité ?

— J'ai ici une copie d'une procédure criminelle française. Éva Mayol, vous connaissez ?

À l'évocation de ce nom, Morland se redressa et se figea dans une expression stupéfaite.

— Éva Mayol était votre maîtresse, n'est-ce pas Docteur ?

Morland toujours sous le choc ne parvenait pas à réagir.

— Cette jeune femme est décédée en 2003. Vous avez examiné son corps, n'est-ce pas ? Et vous avez conclu à un suicide.* Cela a dû être horrible pour vous, Docteur. Je comprends ce qui vous a conduit à fuir, fuir cette douleur insupportable.

Le visage d'Éva était revenu comme un flash dans l'esprit de Morland. Pourquoi lui ressortait-on cette histoire, ici et maintenant ? Il ne comprenait plus rien, son esprit se brouillait. Des idées sombres se mélangeaient à une terrible angoisse. Procédure criminelle, ça voulait dire quoi ?

— La vérité m'oblige à vous dire que vous vous êtes trompé, docteur Morland. Et j'en ai la preuve, dans ce dossier. Tenez, lisez, c'est pour vous : mon cadeau d'adieu.

Federovitch poussa le dossier vers Morland après en avoir extrait une pochette qu'il conserva, puis il saisit la bouteille, remplit les verres et leva le sien.

— À votre santé, Morland. Buvez, vous allez en avoir besoin !

Morland ne savait pas quoi faire. Connaissant la perversité du commandant, devait-il regarder le dossier ? *Éva...*

Federovitch ne lui laissa pas le choix, il l'ouvrit.

— Pour la vérité, Docteur, lisez !

Ce fut la pire épreuve qu'il eut jamais connue. Pendant une dizaine de minutes, Morland lut. Tout ce qu'il avait cru était faux. Éva n'avait pas mis fin à ses jours, on l'avait empoisonnée au cyanure. Il découvrit les aveux de l'assassin. Cela remuait tant de choses en lui, au-delà du supportable. Il n'avait rien vu à l'examen du corps, aveuglé par la douleur de la confrontation avec le corps de sa chère Éva. Plongé dans un enchevêtrement de cauchemars et de réalité, Morland avait envie de vomir. La vérité était effrayante. Le fait qu'Éva Mayol ne se soit pas suicidée, qu'elle n'ait pas remis en cause leur amour par ce geste définitif ne pouvait le consoler. Il était foudroyé par cette vérité soudaine qui remettait, encore une fois, tout en question. Il faisait peine à voir. L'indifférence méprisante de Federovitch avait fait place à un sourire gêné.

— Alors, Docteur, quand je vous disais qu'il allait vous falloir un peu de vodka…

Morland était un homme en ruines, son visage était inondé de larmes. Les épaules alourdies par le poids de la fatalité, il ne savait plus, plus rien, plus quoi, ni où ni comment. C'était beaucoup trop d'un coup. Federovitch sentit que c'était le moment de l'estocade.

— Docteur, jetez donc un œil sur ces quelques clichés.

Federovitch lui plaça sous les yeux trois photos d'Éva Mayol sur la table d'autopsie de la morgue.

Les yeux exorbités par la haine, ce fut cette fois Morland qui lança sa vodka au visage de Federovitch et se jeta sur lui comme un animal en furie. Les deux hommes basculèrent au sol. Sous la frénésie de coups, leurs hurlements alertèrent les gardiens qui eurent un mal fou à les séparer. Federovitch, l'arcade en sang, était parvenu à s'éloigner tandis que Morland se débattait encore contre les soldats. Les coups pleuvaient, ils n'avaient aucune prise sur un Morland déchaîné.

Les gardes parvinrent à menotter le forcené. Le corps endolori, Federovitch se tenait à bonne distance. Dégoulinant de sang, il maudissait son prisonnier, qui échappant à l'emprise de ses gardes, fonça sur lui tête la première. Une droite de l'officier mit définitivement fin à l'affrontement.

Quelques minutes plus tard, un homme en blouse blanche entra dans la pièce et procéda à une injection dans le postérieur de Morland qui laissa échapper un cri avant de perdre conscience. Son corps fut placé sur un brancard puis évacué.

Le colonel Jelezni remercia le docteur pour son intervention rapide, s'adressa à Federovitch la tête enrubannée et le corps tuméfié :

— Alors Commandant, il vous a donné du fil à retordre, le Français !

— Oui. Surprenant, l'animal !

— Il vous a bien amoché…

— Oui, mais je l'ai eu. Il a avoué.

— Très bien, bon travail, colonel Federovitch. On peut dire que vous avez mérité vos galons.

— Et maintenant ?

— Maintenant ? Vous savez ce qu'il vous reste à faire. Vous me mettez tout ça au propre. Je vais informer Moscou et préparer mes valises. Mais avant cela, on va mettre le docteur à l'abri. Je vais le faire transférer chez les fous, au cimetière des vivants, à Soumaschesrk.

— Il sera bien là-bas.

— On trinque ?

16

Pierre Morland ouvrit les yeux. Tout était immobile autour de lui. Ses pupilles explorèrent avec méfiance cet étrange environnement, sans parvenir à se fixer. Son champ de vision se brouilla, finit par se refermer en périphérie. Ébloui, il cligna des yeux un instant avec l'envie de les refermer tellement l'effort à produire était douloureux. Face à lui, gisait un corps sans tête, enveloppé d'une couverture jaune. On aurait dit une momie. Les orteils se mirent à bouger, tout doucement, surélevant légèrement la couverture. Ce corps inerte était peut-être le sien ? Que faisait-il là ? Où était-il ? C'était beaucoup trop tôt pour pouvoir y répondre, surtout après une si longue absence. Une impression de légèreté l'envahissait comme s'il flottait au-dessus de lui-même. Fallait-il résister ? Insister ou se laisser aller ? Son esprit ne parvenait pas à y voir clair, tout encombré d'un mélange flasque. Le corps remua les pieds. Finalement, c'était bien le sien. Il ressentit une sensation désagréable, des picotements remontant le long de ses jambes jusqu'à l'envahir complètement. Une vague se forma et déferla dans sa tête faisant renaître les perceptions oubliées après un sommeil prolongé. Une curieuse odeur de camphre, un goût pâteux dans la bouche, un tissu rêche au bout des doigts, une salle diaphane plongée dans un silence assourdissant. La renaissance des sens. Progressivement, il reprenait conscience avec son environnement.

Il lui fallut une trentaine de minutes pour parvenir à restaurer une certaine stabilité dans ce tourbillon fiévreux. Encore tout engourdi, il comprit qu'il se trouvait dans une chambre médicalisée et surtout, qu'il n'était pas libre de ses mouvements. Au niveau du torse, des chevilles et des poignets, de solides sangles en cuir le maintenaient ligoté à son lit. Emmailloté dans des langes de contention, il essaya de s'en extraire, se secoua énergiquement, redoubla d'efforts. Rien n'y fit. Il s'énerva, fit encore une tentative, puis une dernière avec toute l'énergie du désespoir avant d'accepter la réalité. *Les salauds !* fut sa première parole.

Morland éprouva une douleur sourde. Il se sentait inerte, confondu par l'impossibilité de réagir. Un poison avait pris possession de son être. Il ne contrôlait plus rien. Tout était devenu trouble et mensonger. Était-il devenu fou ? Une petite voix lui posait la question puis se perdait dans le lointain en riant. Il délirait, se laissait aspirer dans les profondeurs d'un monde englouti sans pouvoir résister. Vaincu, il ferma les yeux.

Une heure passa, peut-être plus. Comment pouvait-il savoir ? Il ne s'était pas endormi, avait laissé le temps s'étirer en essayant de réguler sa respiration. Lorsqu'il se sentit un peu plus lucide, il revisita sa mémoire pour tenter de comprendre ce qu'il faisait là. Des images diffuses lui revenaient sans qu'il comprenne ce qu'elles signifiaient. Une cabane en bois au bord d'un lac, des cadavres ensanglantés allongés sur des galets, le visage buriné d'un vieux pêcheur puis celui d'une femme silencieuse, des hommes en uniforme le conduisant dans un labyrinthe humide, une lampe aveuglante oscillant au-dessus de sa tête, des questions inlassablement posées par un homme acharné au visage effrayant, puis soudainement, la vision d'un sein parfait dans un moment de pur attendrissement, le regard aimant d'une femme blessée, fragile comme un oisillon tombé du nid et enfin un coup de massue, un destin foudroyé. Ensuite, des hommes en blouses blanches et l'extinction de la lumière. Cela lui revenait progressivement, il lui faudrait encore du temps pour que tout devienne plus explicite. Il recommencerait. Soulagé, il s'endormit.

Une lumière intense au fond des yeux l'extirpa de son sommeil. Ils devaient être deux. Des mains lui maintenaient fermement la tête tandis que deux doigts écarquillaient son œil gauche pour lui infliger le violent rayon d'une lampe. Morland tressaillit sans pouvoir réellement bouger. On referma sa paupière, puis de nouveau cette lumière agressive infligée à l'œil droit. Aveuglé, il subissait sans rien dire. Que cherchaient-ils à savoir ? Une mydriase[18] réactive symétrique des pupilles ? Certainement. L'instant d'après, on lui ouvrit largement la bouche. Redoutant une morsure, une pression constante lui maintenait

[18] *Dilatation de la pupille.*

le menton vers l'arrière. On plongea un instrument en métal entre ses gencives, puis Morland ressentit le froid de l'acier explorer le fond de sa gorge. Progressivement, il put distinguer deux hommes qui s'affairaient sur lui. L'un testa ses réflexes, lui manipula la nuque et les articulations tandis que l'autre prit son pouls et sa pression artérielle. Leur aspect était terrifiant. Revêtus de blouses et coiffes blanches, l'un portait des verres épais déformant ses petits yeux noirs, l'autre une moustache roussie à l'extrémité. Ils devaient avoir une cinquantaine d'années, les stigmates d'une mauvaise hygiène de vie s'affichaient sur leurs visages. Vieillissement cutané anticipé se traduisant par une peau terne auréolée de quelques boutons rouges et pustuleux, mauvaise circulation capillaire avec une couperose en voie d'installation, ridules marquées, Morland n'aurait pas aimé voir l'état de leur foie. L'un adressa un haussement de tête à son collègue lorsqu'il en eut terminé. La couverture fut ôtée dévoilant son pyjama bleu pastel de bagnard. Ils s'assurèrent de la fermeté des liens en vérifiant l'état des sangles. Pendant un instant, le docteur crut qu'il allait être libéré, il n'en fut évidemment rien.

On approcha un chariot, sur lequel étaient posées deux cuvettes métalliques regorgeant de seringues, de tubes divers, d'un flacon de verre rempli de liquide, de matériel de désinfection et d'un garrot. Il comprit qu'on allait le piquer. Qu'allaient-ils lui injecter ? Pendant que les hommes préparaient leur matériel, Morland élargit son champ de vision. Il n'y avait rien qui puisse accrocher son regard, pas de fenêtre ni de mobilier. C'était le vide. Le plafond était blanc mais crasseux, la peinture craquelée laissait apparaître par endroits le grain du béton. Les murs étaient d'un vert acidulé, vieillot. Sécurisée par un imposant verrou, la porte de sa chambre était percée d'un large hublot. Son lit était comparable à ceux utilisés au siècle dernier dans les hospices français, élémentaire et rustique, tout en métal, rouillé.

L'un des hommes avait rempli une seringue et en chassait l'air en expulsant quelques gouttelettes incolores. Inquiet, Morland demanda :

— *Chto eto ?* [19]

Une voix déshumanisée lui répondit :

— Pour dormir, en attendant analyses.

L'autre homme s'approcha de lui, releva sa manche et positionna le garrot au niveau de son biceps. Il dut s'y reprendre à trois fois pour trouver la veine, s'agaça, lui fit horriblement mal. Il lui préleva du sang qu'il répartit dans plusieurs tubes. Puis l'homme ôta le garrot, le transmit à son collègue sous les yeux hagards de Morland.

Il sentit à nouveau une aiguille s'enfoncer dans sa peau et un liquide s'infiltrer dans sa veine. Il eut envie de croiser les jambes mais il ne pouvait pas. L'aiguille retirée, il vit un peu de sang s'échapper aussitôt masqué par l'apposition d'un pansement.

Les blouses blanches se rejoignirent autour du chariot pour y déposer leurs ustensiles, échangèrent quelques mots à l'étouffée. Morland se sentit partir. Un instant, il chercha à lutter contre les effets du

---

[19] *Qu'est-ce que c'est ?*

produit mais céda sous le poids de cette force irrépressible l'entraînant dans le néant.

Le réveil fut une nouvelle fois difficile. Morland mit du temps à reprendre pleinement conscience. Pendant plus d'une heure, il se retrouva dans une sorte de manège tourbillonnant avec des envies de vomir. Ils devaient lui avoir injecté une dose de cheval. Ses muscles étaient tendus, douloureux. La langue gonflée, il avait mal à la mâchoire. Il ne faudrait pas que les injections se répètent trop souvent, son corps ne le supporterait pas.

Lorsque tout se stabilisa enfin, il s'aperçut qu'il avait les pieds libres, la sangle avait été enlevée. Par contre, il était toujours solidement attaché au lit par les poignets. Que fallait-il y voir ? Un signe d'amélioration ? Il lui était difficile de penser efficacement, encore tout barbouillé par ce long sommeil provoqué. Combien de temps avait-il dormi ? Depuis combien de temps était-il dans cette chambre ? Où était-il ? Il avait perdu la notion de l'espace et du temps. Un jour ou une semaine, peut-être davantage encore, il n'en savait rien. En se frottant l'épaule contre la joue, il se rendit compte que sa barbe avait poussé. Le poil s'était légèrement assoupli depuis son dernier passage dans la salle d'interrogatoire. Quatre ou cinq jours environ, pas davantage. Une première indication.

Morland dut attendre un long moment avant de recevoir la visite de deux femmes aux allures d'infirmière. La plus âgée avait le regard sévère d'une mère supérieure œuvrant consciencieusement pour un autre intérêt que celui du patient. Ses rondeurs étaient contenues dans une blouse tirée à quatre épingles. La blancheur du tissu et les plis soigneusement marqués au fer mettaient en évidence son caractère bien trempé, être toujours impeccable quelles que soient les circonstances. Elle portait sur elle la dignité immuable d'une génération en voie d'extinction. Sans ménagement, elle écarta la couverture et n'eut aucune réaction à la souillure des draps. Morland ne s'en était même pas rendu compte. Le relâchement des sphincters lors de l'anesthésie avait produit ce résultat. Il se sentit honteux en devançant les regards que pourraient lui porter les deux femmes. Avec l'assurance d'une familière des lieux, elle quitta la pièce en demandant à la plus jeune de l'attendre et surtout de ne toucher à rien. Elle revint quelques instants plus tard avec une chaise roulante, aussi laide que fonctionnelle. Pendant ce temps, la plus jeune attendit dans une immobilité pesante, une jambe légèrement fléchie, les mains croisées dans le dos, fuyant son « patient » du regard. Elle semblait gênée. Peut-être ne voulait-elle pas rajouter de la honte à la situation embarrassante dans laquelle il se trouvait. Sa tenue était soignée, le tissu rose paraissait plus souple, épousait parfaitement les courbes de ses hanches. À la différence de sa collègue, elle portait des bas de couleur chair. Ses longs cheveux clairs étaient tirés vers le haut, maintenus par une broche en bois. Ils laissaient entrevoir une nuque délicate. Morland se sentit misérable devant le spectacle qu'il offrait de lui-même. Il aurait eu envie d'obscurité pour fuir son inconfort.

Les femmes se rapprochèrent du lit, chacune d'un côté. La plus jeune mit un peu plus de temps à ôter la sangle qui liait le bras gauche de Morland au barreau de son lit. Il en profita pour lire l'heure sur la montre qu'elle portait. Il était 11 h 30. Malheureusement, il ne put lire le jour indiqué dans le cadran. Il n'y avait qu'un chiffre, c'est tout ce qu'il put distinguer. La plus vieille, ne sachant plus sourire depuis longtemps, marqua son impatience par un grognement. Elle rapprocha la chaise roulante du lit, puis d'un petit mouvement de main explicite, signifia à Morland de se redresser. Ce ne fut pas facile. Il manquait de force dans les bras, dut s'y reprendre à plusieurs fois et fut pris d'un léger vertige. Vacillant, les mains fermes des deux infirmières l'empoignèrent. Il sentit une traction l'attirer vers la chaise. Il ne se sentait pas capable de descendre du lit, comme ça, d'un seul coup. Il résista en se tournant vers la vieille femme. Il chercha ses mots avant de prononcer d'une voix hésitante :

— *Kakoy segodnya den ? Gde my ?* [20]

— Je ne suis pas autorisée à vous le dire, monsieur Morland, répondit-elle froidement en le tirant vers la chaise.

Elle connaissait son nom.

— Doucement, s'il vous plaît. J'ai peur de tomber.

— Ne vous inquiétez pas, on va vous aider. Evguenia, viens m'aider.

Le ton était directif. Morland n'avait pas eu la réponse à sa question, il comprit qu'il était inutile d'insister.

---

[20] *Quel jour sommes-nous aujourd'hui ? Où sommes-nous ?*

— Mettez-vous sur le bord du lit.

Tel un pantin désarticulé, il s'approcha du bord. Ses pieds nus pendaient dans le vide. Des mains placées sous ses aisselles le soulevèrent, le basculèrent en avant. Morland se sentit partir dans le vide. La pointe de son pied prit contact avec le sol. C'était froid. Ses jambes étaient incapables de supporter son poids. Il visa le siège, atterrit tant bien que mal, tout heureux de n'avoir pas chuté.

— Je vais vous emmener prendre une douche. Pendant ce temps, Evguenia, tu changes les draps et tu fais le lit.

La jeune femme acquiesça sans rien dire. Morland fut gêné, adressa un remerciement muet à la jeune femme. Elle avait quelque chose d'attirant, une douceur renvoyant l'image d'une femme oubliée. Il était troublé. Elle se prénommait Evguenia. Un prénom ne signifiait rien et pourtant, il lui apparut amical en voyant un petit sourire s'esquisser sur ses lèvres puis disparaître pour ne pas être prise en faute. Que faisait-elle dans ce lieu sinistre ?

Avant de sortir, la vieille femme poussa la chaise dans le fond de la chambre. Elle s'arrêta devant un muret d'un mètre de long et d'une cinquantaine de centimètres de haut. De sa position allongée, Morland n'avait pu le voir. Pas besoin d'explications pour savoir à quoi servait le trou cylindrique dans le sol dissimulé juste derrière le muret. Désormais, il pourrait y faire ses besoins avec un minimum d'intimité.

— Compris ?

Fallait-il répondre ? Piteusement, Morland opina. Elle l'entraîna vers la sortie.

Le Français fut conduit dans un long couloir. Médusé, il assistait à son propre défilé, détournant systématiquement son regard sur des portes de chambres similaires à la sienne, toutes équipées du même gros hublot. Ces cellules bénéficiaient-elles d'une vue donnant sur un hypothétique jardin ? Le mur opposé était d'un rouge sombre miteux et ne comportait aucune fenêtre. Seules des petites ouvertures inaccessibles se situaient en hauteur. Elles étaient espacées d'une dizaine de mètres. De forme carrée, un verre épais filtrait une lumière improbable. Morland leva les yeux au passage de chacune d'elles. Avec l'inclinaison, il aurait pu y voir le bleu du ciel mais, le petit écran était imprégné de gris, un halo orangé laissant supposer la présence d'un éclairage extérieur. Un bourrelet de poudre blanche s'était formé sur son rebord. Des flocons propulsés par des bourrasques venaient s'écraser contre le verre avant de dégringoler en contrebas. Dehors, il y avait une tempête de neige mais cela ne voulait rien dire.

Arrivés au bout du couloir, ils tournèrent sur la droite et ce fut pratiquement le même environnement à une différence près, au loin, il vit des hommes en pyjamas, les cheveux rasés, le teint blafard, le regard absent et les yeux monstrueusement vides. L'un d'eux était debout, prostré au milieu du couloir, un autre dans le même état semblait avoir été abandonné sur sa chaise roulante. *Des fous*, se dit Morland.

Il n'eut pas le temps de s'attarder, l'infirmière le fit bifurquer dans un local faisant office de douche. Elle ouvrit une armoire métallique pour en sortir un pyjama, lui indiqua le panier dans lequel il devrait déposer celui qu'il portait. Il n'y avait pas de pommeau dans le compartiment carrelé doté d'une barre de maintien. L'infirmière demanda à Morland de se lever et se déshabiller. Pendant ce temps, elle sortit un tuyau du bas de l'armoire, le relia à un gros robinet latéral en serrant à deux mains le collier sur le filetage. Morland comprit alors que la douche était en réalité une lance à incendie.

Il lui fut difficile d'ôter son pyjama mais surtout de se dresser sur ses jambes. Cela faisait tellement longtemps qu'elles n'avaient pas supporté le poids de son corps, elles semblaient avoir oublié leur fonction. Il y parvint néanmoins, prit appui sur sa chaise, s'en servit comme d'un déambulateur pour faire les quelques mètres le séparant du mur du fond. Il se saisit fermement de la barre de maintien à deux mains et attendit, nu comme un ver. La vieille s'approcha, retira la chaise roulante et actionna la poignée à boisseau de la lance qui cracha instantanément un jet violent. Morland ne s'attendait pas aux trombes d'eau glacée le frappant avec force. Bloquant sa respiration, il s'accrocha de toutes ses forces à la barre de maintien. La force du jet lui déformait la peau. Il se tourna légèrement pour se protéger. C'était une sensation horrible, la pression était telle que l'eau en paraissait presque dure, solide. Il était plaqué contre le mur. Il lutta pour ne pas flancher. La vieille coupa l'arrivée d'eau. Morland put à nouveau respirer. Elle s'approcha, lui tendit un morceau de savon tout noirci et dans une indifférence totale lui annonça qu'il disposait de trois minutes pour ses ablutions.

Peu après, une cascade d'eau, toujours aussi glaciale, déferla sur son corps pour le rincer. La tête inclinée vers le bas, toujours arrimé à la barre métallique, Morland voyait la mousse se diriger vers le siphon. Il aurait eu envie de disparaître avec. L'infirmière lui remit une serviette rêche et rangea la lance dans l'armoire.

Avec un certain soulagement Morland retrouva son lit garni d'un couchage propre. Les sangles avaient disparu. La jeune femme lui apporta son repas : une salade de chou rouge, de la purée avec des morceaux de bœuf en sauce, un yaourt et un verre d'eau. Dans une soucoupe il vit deux gélules colorées. La vieille le regarda placidement, semblant attendre quelque chose tandis qu'Evguenia s'était reculée de quelques pas, tenant toujours cette jambe légèrement fléchie lorsqu'elle se tenait immobile. Pour assouvir sa faim, Morland aurait mangé n'importe quoi mais ces deux cachets l'indisposaient. Que fallait-il faire ?

— Qu'est-ce que c'est ?

— Un médicament pour calmer vos angoisses et vous permettre de dormir.

— Oui, mais le nom du médicament ?

— Qu'est-ce que ça peut vous faire ? Médicament russe, forcément bon. C'est la prescription, il faut les prendre sinon on vous remet les sangles.

— Comment vous appelez-vous, s'il vous plaît ?

— Ekaterina Petrovna.

— Madame Petrovna, j'ai le droit de savoir le nom du médicament qui m'a été prescrit.

— Vous n'avez aucun droit ici, monsieur Morland. Le seul droit que vous ayez, c'est de faire ce qu'on vous dit de faire. Prenez ces médicaments et buvez votre verre d'eau.

Morland regarda par-dessus l'épaule de la vieille femme. L'infirmière paraissait intimidée. Elle baissa les yeux tandis que ses joues se colorèrent d'un rose léger. Revenant sur Petrovna, il vit qu'elle lui tendait la soucoupe et le verre d'eau. Il prit un air résigné, mit les deux gélules dans sa bouche et but une gorgée d'eau. Petrovna put observer un mouvement de pomme d'Adam lui indiquant que Morland venait d'avaler. Mais elle ne parut pas satisfaite.

— Ouvrez la bouche, monsieur Morland. Tirez la langue.

Elle inspecta la cavité.

— Bien, vous êtes raisonnable. Bon appétit.

Les femmes quittèrent la chambre en le laissant seul avec son plateau-repas. Morland attendit quelques secondes puis se releva pour se diriger vers ce qui faisait office de toilettes. Il vit un œil l'observer à travers le hublot. Tournant le dos au hublot, il sortit son sexe et commença à uriner. En même temps, avec sa langue, il fit glisser les deux gélules retenues dans le bas de sa mâchoire contre ses molaires de façon à les amener au bord des lèvres. Lorsqu'il secoua son sexe, il fit tomber les deux gélules dans le trou et appuya sur le bouton-poussoir qui évacua l'ensemble dans un bruit assourdissant.

Il rejoignit son lit toujours sous le regard de cet œil à qui il adressa au passage un petit sourire forcé avant d'attaquer son repas.

17

On peut contourner la règle une fois, parfois davantage, mais la répétition éveille toujours l'attention et finit par révéler la supercherie. Morland n'avait d'autre choix que de recommencer chaque jour ce qu'il avait fait la veille. La prise de médicaments était un rituel précédant son déjeuner, un instant solennel sous le regard inquisiteur d'Ekaterina Petrovna. Entre le haut et le bas, la droite et la gauche, le fond d'une bouche n'offrait que très peu de variations pour dissimuler des gélules à une inspection visuelle systématique. Quant à l'évacuation, Morland avait tenté de différer le plus possible son envie d'uriner mais il avait été rattrapé par un élément qu'il ne maîtrisait pas. L'amylase salivaire digérait l'amidon de l'enveloppe du médicament. La fine épaisseur de la capsule ne résistait pas longtemps. En moins de vingt minutes, elle libérait le contenu de la gélule avec, dans la bouche, la longue et désagréable sensation d'amertume du principe actif. Il s'était fait avoir à deux reprises, son déplacement de quelques mètres aux toilettes devenant inutile.

Morland parvint toutefois à retarder l'effet des médicaments pendant une dizaine de jours mais lorsqu'il vit la matrone entrer dans sa chambre, une tige métallique en main, l'air plus déterminé que jamais, il comprit que c'en était terminé. Depuis deux ou trois jours, il avait réalisé que les médecins avaient des doutes quant à l'efficacité du traitement. On lui avait prélevé du sang, deux fois. Si le premier prélèvement pouvait passer pour un simple contrôle de routine, après une dizaine de jours d'hospitalisation, le deuxième avait évidemment dû confirmer la bonne santé du patient.

L'inquiétude des Russes était bien la preuve que Morland n'était pas un patient comme les autres. Le produit était pourtant efficace, des milliers de sujets en avaient fait les frais, et Morland n'était pas un surhomme. Puisque son état général ne s'aggravait pas, il devait avoir trouvé un système pour ne pas les ingérer. C'était grossier mais les Russes avaient été dupés. Morland devait s'attendre à un retour de bâton.

Et le bâton en question prit la forme de cette tige métallique. Petrovna n'était pas venue seule. Deux colosses munis de sangles en cuir l'accompagnaient. Evguenia n'avait pas été conviée à ce moment de représailles. Se sentant pris au piège, Morland ferma les yeux un court instant en prenant une longue insufflation puis les rouvrit sans ciller à l'approche de l'infirmière. Elle avait le regard noir d'une femme qui s'est fait berner, animée par le souffle de la vengeance. Elle tenait dans son autre main une soucoupe avec quatre gélules, différentes des précédentes. Ils avaient certainement décidé de rattraper le retard. Il fallait s'attendre à du concentré, la fin justifiant toujours les moyens, surtout pour les médecins russes. Morland respira profondément pour affronter ce qui allait suivre.

— Vous n'avez pas été raisonnable, monsieur Morland.

Il y avait dans l'intonation de sa voix les prémices d'un châtiment clairement assumée.

— Et vous, vous l'êtes, raisonnable, madame Petrovna ?

— Cela ne vous regarde pas. Ouvrez la bouche !

— Je suppose que je n'ai pas le choix ?

— Vous supposez bien, monsieur Morland. Les médicaments ou la piqûre, vous avez toujours le choix mais le résultat sera le même.

— Et quel résultat poursuivez-vous ?

— Je n'ai pas à répondre à votre question. J'ai des ordres, je les exécute, un point c'est tout.

Morland ferma les yeux à nouveau un court instant en faisant gonfler ses poumons.

— C'est quoi ? Halopéridol ?[21]

— Halopéridol ? Fantasme capitaliste, docteur Morland. Notre médecine a évolué.

— Vous faites un bien curieux usage de la médecine. Je suis en parfaite santé et ce que vous désirez, c'est que mon état s'aggrave. Je ne sais pas comment vous pouvez vivre avec la conscience de cette monstruosité.

— Vous ne pouvez pas comprendre, vous n'êtes pas Russe. Votre arrogance de petit Français conduira à votre perte. Ouvrez la bouche, c'est la dernière fois que je vous le demande !

Morland ouvrit largement la bouche avec un sourire narquois dans le fond des yeux.

---

[21] *Neuroleptique utilisé par le KGB pour rendre fou lors des psychiatries punitives.*

— Tirez la langue !

Petrovna se saisit d'une gélule et au moment où son doigt approcha de la bouche largement ouverte, Morland la mordit de toutes ses forces. Son doigt en tenaille, l'infirmière hurla, provoquant l'intervention immédiate des deux colosses. Malgré la pression exercée sur sa mâchoire et un étranglement arrière, Morland ne lâcha pas prise facilement. Il eut le temps de voir toute la détresse dans les yeux de Petrovna qui souffrait le martyre. Plus elle hurlait, plus il mordait fort. Il sentit ses incisives s'enfoncer dans la chair et buter sur l'os qu'il brisa dans un sursaut d'énergie. Lorsque Petrovna parvint à retirer son doigt, Morland avait les lèvres ensanglantées. Il se sentit étrangement soulagé. Maintenant, ils pouvaient lui faire ce qu'ils voulaient, peu importait.

Morland fut sanglé à son lit. La tête inclinée sur le côté, il vit Petrovna, agenouillée, se tenant le doigt tout contre sa hanche pour stopper l'écoulement de sang en se tordant de douleur. Elle jeta sur lui un regard de haine. Il la fixa en serrant fermement les mâchoires, ses narines s'écartaient au rythme de ses intenses inspirations. Ils se défièrent du regard un long moment. Puisqu'il ne baisserait jamais les yeux, Petrovna prit une décision qui allait changer le cours des choses.

— Au transfo !

L'ordre était destiné aux deux colosses. Ils ne réagirent pas immédiatement. Surpris par l'annonce, ils écarquillèrent les yeux pour marquer leur étonnement.

— Vous me l'emmenez au transfo tout de suite. Il va voir comment nous, les Russes, on dresse les chiens enragés.

Morland leva les yeux au ciel, puis les ferma.

18

Les médecins étaient optimistes : ce n'était plus qu'une question de mois avant que le cœur de Morland s'arrête de battre. Les prises de sang confirmaient l'efficacité du traitement. Ses hématies baissaient de façon significative tandis que son nombre de plaquettes augmentait de jour en jour. Une thrombose était inéluctable, elle scellerait son sort. Bientôt, ils en seraient débarrassés. Son corps finirait dans la fosse commune, avec tous les autres.

La petite séance au transformateur, un mois plus tôt, lui avait passé l'envie de faire le malin. Malgré sa troisième phalange fracturée et son tendon extenseur sectionné, Petrovna avait mis un point d'honneur à diriger elle-même l'opération. Elle avait réglé le commutateur de l'intensité électrique en rajoutant quelques micro-ampères et laissé son doigt appuyer au-delà de la durée préconisée. Sanglé à son lit, Morland s'était cambré violemment à deux reprises avant de s'étendre, lessivé, le visage inexpressif. Quelques jours plus tard, il était métamorphosé, doux comme un agneau, docile et discipliné.

Le processus était enclenché. Il suffisait de le surveiller, de laisser le traitement agir et d'attendre. La confiance n'excluant pas le contrôle, Petrovna prenait plaisir à passer systématiquement l'inspection en plongeant sa tige métallique dans la bouche de Morland. Il ne réagissait plus, se laissait faire, le regard perdu dans le vide. Il était devenu un pantin désarticulé, mû par d'autres fils que ceux de sa volonté, un homme sorti du monde qui l'entourait.

Perdu à trois cents kilomètres au nord-est du Baïkal, Soumaschesrk accueillait tous les indésirables de Russie, ceux qu'on ne pouvait pas placer dans les structures classiques, facilement accessibles. Convoyés dans un wagon spécialement aménagé, les « patients » étaient déposés à la gare de Taksimo, au kilomètre 7 252 de la ligne du Transsibérien. Parmi les voyageurs normaux, qui pouvait se douter des raisons de cet arrêt de quelques minutes dans cette ville fantôme ? Encadrés par des hommes en arme, on les faisait descendre discrètement de l'arrière du train puis on les entassait dans un vieux camion militaire qui les conduisait à travers la taïga sur une piste aux ornières effrayantes. Parfois, le véhicule s'enlisait ou un incident mécanique survenait, il leur fallait terminer le chemin à pied, enchaînés les uns aux autres. Certains n'arrivaient jamais.

Officiellement, l'ancien camp de travail avait été réaménagé à la fin des années soixante en asile psychiatrique. Dans les faits, les autorités avaient décidé de tout raser pour repartir sur du neuf, un immense bloc de béton sur quatre étages pouvant accueillir quatre cents malades en chambres individuelles. Comme à chaque fois, il avait fallu faire vite, optimiser les moyens humains et matériels en raison des conditions climatiques. À l'époque, la main-d'œuvre était bon marché, dure au mal et généreuse à l'effort pour la collectivité. Tout avait été une question de volonté, surtout pour un peuple habitué aux chantiers titanesques. Le bâtiment avait été livré en moins d'une année. Un village à l'écart avait été construit pour le personnel médical et les encadrants triés sur le volet. Ils étaient une petite centaine : médecins, infirmières, aides-soignantes, cuisiniers, administratifs, agents d'entretien, venant des quatre coins du pays, mais principalement de Sibérie, pour des missions d'un à cinq ans. Les autorités savaient motiver leur personnel et s'assurer de leur discrétion par des salaires intéressants, des promesses de futures promotions et des conditions de travail surprenantes. Le village proposait une salle de cinéma, une bibliothèque, un bureau de poste, une salle de sport avec un *bania* et du matériel pour s'adonner aux sports d'hiver. Un restaurant recevait les meilleurs produits du pays selon le même réseau de distribution que celui de la Cité des sciences et des étoiles. Le chef, un ancien sous-marinier, le seul à vivre ici de façon permanente, avait, paraît-il, pour mission de faire prendre du poids à ses clients. Tout était gratuit. Une seule chose était interdite : la vodka. Il en circulait cependant sous le manteau chez les militaires chargés de la sécurité et assurant le ravitaillement, le transfert du personnel, l'entretien des infrastructures dont la grosse chaudière à gas-oil fonctionnant à plein régime du quinze septembre au quinze juin. L'isolement, le climat hostile et l'immensité du territoire faisaient le reste, garantissant au centre une tranquillité aussi hermétique que fonctionnelle.

La première tempête de neige de la saison avait recouvert le paysage d'un épais manteau blanc sous une chape de nuages gris. Soumaschesrk s'enfonçait dans la longue période pendant laquelle les jours se succéderaient identiques, lents et somnolents. Se pouvait-il qu'un autre monde existât encore quelque part ? Le passé pesait sur ce lieu avec la gravité d'un trou noir dont la vie ne pouvait pas s'échapper. Les patients, aidés par nombres adjuvants chimiques, étaient plongés dans l'hibernation.

Coupé de tout, Morland errait dans un monde sans consistance aux limites de l'infini. Il n'existait plus, était devenu un sujet sans conscience aux yeux vides. Aspiré par le néant, son esprit n'était plus relié à son corps, comme s'il avait divorcé de lui-même. Il voyait défiler des gens en blouses blanches, subissait les examens médicaux, entendait des voix, des chuchotements. Il subissait l'atonie de sa nouvelle vie sans la moindre véhémence même lorsque Petrovna lui déposait son plateau-repas avec un petit sourire en coin. La reconnaissait-il ? Le corps pouvait-il avoir la mémoire des violences infligées ? Il détournait systématiquement le regard à son entrée dans la chambre, fermait les yeux lorsqu'elle déposait les gélules dans sa bouche, attendait sa sortie pour s'alimenter.

Son état de santé s'était fortement dégradé. Une fois par jour, accompagné d'Evguenia, il pouvait cependant aller librement de sa chambre au couloir, faire le tour du bâtiment par la coursive intérieure pour finalement rejoindre son lit. La jeune femme était la seule à provoquer une réaction positive en le sortant de son silence. Chaque jour, il l'attendait et c'était une déception lorsqu'elle ne venait pas, remplacée par quelqu'un d'autre. Avec Evguenia, le visage de Morland s'éclairait, une lueur de vie se mettait à briller dans ses yeux. Il entendait sa voix bienveillante le saluer, lui demander comment s'était passée sa nuit. Il lui répondait que tout allait bien, malgré tout, surtout quand il la voyait. En sa compagnie, le Français semblait revivre, son cœur s'emballait. Elle entretenait l'infime espoir que quelque événement se produise qui puisse inverser le cours des choses. La jeune femme s'en rendait compte, en était parfois gênée ; il fallait être discret. Elle était nouvelle ici, ses supérieurs pourraient la réprimander, lui reprocher cette proximité. Au cours de leurs déambulations, Morland s'était mis à parler français. Elle lui adressait un sourire contenu par pudeur, l'écoutait vraiment sans le comprendre, le laissait faire, voyant que ça lui faisait du bien. Des choses semblaient lui revenir de très loin. La voix de Morland se faisait mélodieuse, se chargeait d'émotions, les sonorités s'enlaçaient comme des vers. Evguenia se laissait embarquer par une langue riche et chaleureuse. Chaque promenade commençait par une récitation, toujours la même. Morland prenait un air sérieux, puis une profonde inspiration avant de débuter. Des mots revenaient régulièrement. Un refrain ? Evguenia tentait d'en deviner le sens. Elle était troublée, émue. C'était joli cette petite musique douce : *ordre, beauté, luxe, calme et volupté*. Elle imaginait un monde coloré chargé de subtils parfums, le romantisme à la française. Elle aimait ces instants partagés, avait l'impression de sortir de son environnement austère. Avec ses rondeurs et ses intonations délicates, la langue française diffusait un parfum exotique dans les sombres couloirs de Soumaschesrk, un peu de fantaisie dans la froideur ambiante.

Chaque jour, le tenant par le bras, elle le soutenait, l'encourageait et lui donnait l'envie de se faire violence pour mettre son corps en mouvement. Elle était bien plus qu'une présence, elle lui permettait de s'extraire de la folie infligée. Mais qu'avait-elle fait de répréhensible pour arriver ici, elle aussi ? se demandait Morland qui retrouvait un peu de lucidité, dont l'esprit se reconnectait par moments en sortant de sa léthargie. De la tristesse se lisait sur son visage lorsqu'ils regagnaient la chambre. Evguenia le bordait, lui souhaitait une bonne nuit et disparaissait avec un petit geste délicat de la main, rempli d'attention. Morland retrouvait la flamme originelle et son chagrin à la disparition de l'être aimé. Il repensait à Éva, prononçait son prénom, dans le silence de la nuit, douloureusement. Le souvenir de la jeune femme se heurtait à l'atroce réalité. Ce contraste était violent, et malgré tout, il se sentait vivant. Il fermait les yeux, laissait échapper une petite larme le long de sa joue avant de regagner le néant au rythme de ses respirations.

La promenade quotidienne ralentissait le dépérissement de Morland. Evguenia avait commencé à susciter quelques interrogations chez le corps médical. Était-ce bien opportun ? Après chaque sortie, elle devait rendre compte à Petrovna des échanges qu'elle avait eus, des paroles prononcées. Lui avait-il fait des confidences ? Que pouvait-elle lui dire ? Morland parlait en français, elle ne comprenait pas. Il n'était pas agressif, se déplaçait avec difficulté, semblait ailleurs, perdu dans sa folie. Petrovna avait remarqué une forme d'attendrissement chez la jeune femme. Elle l'avait recadrée fermement, elle devait se méfier, ne pas tomber dans la sympathie, toujours demeurer sur ses gardes, le Français pouvait être manipulateur. Puisqu'il avait échoué ici, Morland n'était certainement pas un ange. Les autorités l'avaient prévenue, il pouvait être extrêmement dangereux, il avait tué des hommes. Petrovna, brandissant son doigt encore bandé, rappelait qu'elle en avait fait les frais. Evguenia dissimula son scepticisme, assura Petrovna de sa vigilance en affichant un regard de fermeté. Mais sa chef en décida autrement. Dorénavant elle serait accompagnée d'un infirmier pour la promenade. Ainsi, elle ne prendrait aucun risque et serait en sécurité. Evguenia obtempéra, avec regret.

Avec cet intrus, les promenades étaient devenues fades. Le rituel avait cessé, Evguenia le déplorait. Morland ne parlait pratiquement plus, les mots s'étaient faits rares. Il ne sortait plus de son état d'absence. De l'inquiétude se lisait sur son visage. Il semblait préoccupé, indisposé par la présence de cet infirmier qui poussait son fauteuil roulant bien trop rapidement. Il avait des réactions étranges, ses jambes se mettaient à trembler, ses mains également, des petits mouvements saccadés trahissant une angoisse. Il cherchait en vain de l'aide en se retournant vers Evguenia dont le sourire embarrassé ne lui apportait aucun apaisement. Il y avait dans la vacuité de son regard la douleur d'un abandon. Evguenia se sentait impuissante, prise au piège. La présence de son collègue lui avait ôté toute latitude, elle ne pouvait plus rien faire, se devait d'être distante. Elle culpabilisait de ne pouvoir apporter à son patient le réconfort qu'il méritait. Elle s'était attachée à lui, le voyait souffrir sans pouvoir réagir, suivie constamment par ce cerbère qui ne cessait de l'observer, l'œil à la dérobée.

Au fil des jours, les promenades de Morland étaient devenues pénibles et déplaisantes. Le contact était rompu. Evguenia avait constaté que son état de santé se dégradait dangereusement. Il ne réagissait plus à sa présence, subissait l'écoulement du temps. Amaigri, il était pris de quintes de toux, avait du mal à respirer. Elle entendait son souffle siffler à chacune de ses respirations. De petits hématomes avaient fait leur apparition sur ses mains, l'homme se fissurait de l'intérieur. Elle en avait fait part à sa supérieure mais cette dernière s'était montrée peu réceptive. Petrovna lui avait simplement indiqué que les médecins avaient tout mis en œuvre, qu'il fallait s'attendre à ce que la mort l'emporte prochainement. Le docteur Morland était malade, une longue maladie, incurable. Le métier de la jeune femme était également fait d'impondérables. Accompagner un patient dans la mort était un geste médical. Elle s'endurcirait avec l'expérience.

La médecine de son pays, incapable de sauver un homme beaucoup trop jeune pour mourir, c'était difficile à accepter pour Evguenia. Il lui semblait qu'on pouvait lutter encore, ne pas céder à la fatalité. Chaque moment avec Morland était devenu un supplice. Cela pouvait être le dernier. En regagnant son appartement par le chemin glacé serpentant entre les mélèzes, elle redoutait le lendemain. Que savait-elle finalement de la maladie qui allait emporter son patient ? Qui était cet homme dont elle ne savait rien ? Qu'avait-il fait pour venir mourir ici ? Il était si différent. De quoi était-il coupable ? Petrovna ne lui avait rien dit. Que cachait tout ce silence autour de lui ?

Evguenia déverrouilla la porte de son logis, se débarrassa de ses chaussures enneigées en les déposant à l'entrée et enfila ses chaussons. Elle mit le samovar en chauffe, alluma une bougie et attendit que l'eau frémisse. Elle laissa le thé infuser en portant ses mains autour de la tasse pour se réchauffer. Après avoir soufflé sur le liquide, elle porta ses lèvres sur le rebord de la tasse embuée et aspira tout doucement le breuvage parfumé. Dehors, il faisait nuit noire. La tempête avait cessé. Le ciel faisait percer par endroits quelques étoiles. La bougie à la main, Evguenia se dirigea vers la petite chapelle qu'elle avait installée dans un recoin de son studio avec des étoffes suspendues. Elle s'agenouilla sur un coussin devant une icône représentant l'archange Gabriel de Visotski. Elle joignit les mains, ferma les yeux et pria.

19

Redoutant le pire pour son patient, Evguenia s'était réveillée avec une terrible appréhension. Pour se rassurer, elle voulut rejoindre le grand bâtiment de Soumaschesrk plus tôt qu'à l'accoutumée. L'éclaircissement du ciel durant la nuit avait permis au froid de venir tout ensevelir. La température était descendue largement en dessous de zéro. À l'horizon, au-dessus de la taïga, un soleil blanc diffusait une lumière rasante légèrement bleutée. Le manteau neigeux s'était enduit d'une fine croûte scintillante ondulant selon le relief dissimulé. Emmitouflée dans son châle en laine, elle avait ressenti la brûlure de l'air sec remplir ses poumons. Entre la lisière de la forêt abritant les logements de fonction et le grand bâtiment gris, elle n'avait que deux cents mètres à effectuer en traversant une plaine dégarnie, souvent offerte aux violentes rafales de vent. Ce matin, elle traversait une immense prairie meringuée, scindée par un étroit passage tracé dans la neige. Chacun de ses pas libérait des craquements étouffés, des volutes de vapeur s'échappaient de son cache-col. Tout était calme. Même les corneilles, abritées dans les arêtiers, s'étaient abstenues de réagir en la voyant cheminer avec prudence pour ne pas glisser.

Elle se présenta à la sécurité en exhibant son badge professionnel. Le factionnaire ouvrit la trappe, se saisit du document plastifié, renseigna un registre avant de lui retourner le document avec un sourire appuyé. Un grésillement métallique lui signifia l'ouverture de la porte. À peine entrée, le militaire sortit de son local pour la rejoindre dans un sas. Evguenia devait se soumettre aux vérifications d'usage. Elle déposa dans une boîte ses effets personnels ainsi que son collier et la ceinture de son pantalon. L'homme, visiblement tout heureux de la présence de la jeune femme, lui demanda d'ouvrir son châle pour passer le détecteur de métal. À plusieurs reprises, l'appareil caressa des parties de son corps ne relevant pas franchement de la sécurité. Affichant un sourire benêt, l'homme prenait un malin plaisir à appliquer les consignes avec une minutie lubrique. Ses yeux luisaient d'envie en passant et repassant l'appareil en forme de raquette sur les seins de la jeune femme. Ce n'était pas la première fois que les gardiens abusaient de leur pouvoir et faisaient durer l'examen audelà du raisonnable. Elle ne se laissa pas intimider. Une femme isolée aux confins du pays devait savoir faire preuve de caractère pour maintenir les rustres à distance sans pour autant engendrer une réaction violente qui pouvait froisser leur orgueil. Elle repoussa l'appareil d'un revers de la main et adressa un regard sans équivoque au militaire ; elle n'était pas disposée à certaines familiarités. L'homme feignit l'indifférence et termina rapidement son inspection sans même jeter un œil aux affaires posées dans le panier. Il déverrouilla une lourde grille et passa devant Evguenia. Elle ne pouvait pas circuler librement dans le bâtiment comme les médecins, les infirmières ou d'autres agents ayant fait l'objet d'une enquête de moralité approfondie. En sa qualité d'aide-soignante, le niveau médical le plus faible, elle devait être accompagnée jusqu'aux portes de son service, et franchir, accompagné d'un cerbère, les différents niveaux de sécurité. Il en était de même, le soir, lorsqu'elle quittait le service. Un militaire venait la chercher après un appel passé par sa supérieure au poste de garde.

Elle n'était toujours pas habituée à la sévérité des lieux, des couloirs avec des miliciens en faction, des grilles qu'on ouvre et referme aussitôt, l'écho des pas sur le carrelage et des verrous contre les murs épais, le glissement de chariots recouverts de draps blancs et parfois, des gémissements, des hurlements, des cris d'épouvante. Dans son service au troisième étage, il n'y avait pas de cas lourd ; juste quelques schizophrènes et névrosés, des patients en fin de vie et de gentils illuminés, incapables de vivre en dehors d'un milieu fermé. Une trentaine d'hommes, pas de femme.

Chaque jour ou presque, elle repensait aux raisons exactes de cet exil, si loin de sa ville natale en périphérie de Novossibirsk.

On lui avait plus au moins imposé une mise à l'écart à cause d'une liaison secrète qui ne pouvait pas s'afficher en public. Il y avait aussi l'appât du gain. Avec l'argent gagné, elle pourrait financer ses études d'infirmière et peut-être, un jour, partir à l'étranger pour travailler sous des latitudes plus agréables et sortir de cette clandestinité sentimentale. Secrètement, elle en rêvait. Mais il lui fallait aussi subvenir aux besoins de sa mère dont la retraite ne lui permettait pas de vivre décemment. Elle en avait pris pour deux ans.

Evguenia se laissait conduire, saluant chacun des militaires rencontrés. Ses joues s'étaient empourprées avec la chaleur retrouvée. On aurait dit une matriochka avec deux petites émeraudes au fond des yeux donnant à la douceur de son visage une pointe mystérieuse et sauvage. Une étoile filante pour tous ces hommes en uniforme soudainement extraits de leur indolence. Elle pensait à Morland. Était-il encore vivant ? Il fallait absolument qu'elle aille vérifier avant de commencer le nettoyage des chambres et les premières promenades.

Son accompagnateur lui ouvrit la porte de son service.

— Vous pouvez y aller, Evguenia Timatchouk.

— Je vous remercie, Caporal.

L'échange fut bref. Elle entendit qu'on refermait la serrure derrière elle.

Elle rejoignit le vestiaire. En passant devant le bureau de Petrovna, elle remarqua, à travers l'encadrement en verre dépoli de la porte, des silhouettes en blouses blanches installées autour d'une table. Les médecins et les infirmières, comme à l'accoutumée, faisaient le point sur l'état de santé des patients. De les voir ainsi rassemblés sans que rien ne change était plutôt bon signe.

Elle vérifia sa tenue dans un miroir puis se dirigea vers la chambre de Morland, le cœur haletant. Pourquoi s'était-elle ainsi attachée à ce Français ? Le pauvre ! Il ne pouvait plus marcher, ses jambes étaient gonflées, des œdèmes s'étaient formés, leur coloration bleuâtre augmentant de jour en jour. Elle avait vu des choses qui ne s'expliquaient pas, un traitement et des soins inadaptés, une vigilance disproportionnée alors que Morland n'avait rien d'un malade ou d'un homme dangereux. Flottait autour de lui une nébulosité médicale morbide, que rien ne justifiait et qui incitait Evguenia à ne pas fermer les yeux.

Devant la chambre, elle pencha la tête vers le hublot. Une veilleuse diffusait un halo de lumière. Le Français était là, dans la pénombre, allongé sur le dos, la tête inclinée sur le côté, les bras légèrement écartés, les jambes fléchies, entrecroisées, le torse découvert faisant apparaître le relief de ses côtes. Elle resta un instant, comme aimantée par ce visage émacié mais lumineux malgré l'épreuve. Ses longs cheveux bruns étaient séparés par une raie. Sous son nez épaté, une fine moustache rejoignait aux extrémités une barbe clairsemée. Ses yeux sombres en forme d'amande semblaient enfoncés en raison de sa maigreur. Le teint blanc ivoire de sa peau lui rappelait certaines icônes. Evguenia fut prise d'une vive émotion. Elle sentit le rythme de son cœur s'accélérer, un léger vertige la déstabilisa. C'était comme si le visage de cet homme endormi lui eut révélé le sens profond de la vie.

Elle déverrouilla la porte, entra dans la chambre doucement pour ne pas réveiller son patient. Elle se dirigea vers le lit sur la pointe des pieds, s'immobilisa sur le côté, là où Morland offrait son visage tout entier. Il paraissait détendu. Sa poitrine montait et redescendait au rythme de sa respiration régulière, ses paumes ouvertes vers le plafond. Evguenia avait envie de saisir sa main, de remonter la couverture même s'il faisait suffisamment chaud dans la pièce. Elle l'enveloppa de toute son attention.

Avait-il fini par détecter sa présence, sentir son odeur ? Ses narines se mirent à frémir, puis s'écartèrent et se resserrèrent plus franchement. Simultanément, de petits spasmes parcoururent ses membres inférieurs sous la couverture tandis que ses doigts s'agitèrent, se repliant et se relâchant. Les yeux toujours fermés, Morland inclina la tête lentement de l'autre côté avant de revenir rapidement à sa position initiale, comme sous l'effet d'un ressort. Son corps fut pris d'une soudaine agitation intérieure, des tremblements et des soubresauts plus saccadés le démangeaient. On aurait dit un chiot faisant un rêve ou un cauchemar que rien ne saurait ramener à la réalité, pas même le désordre des images défilant dans son inconscient. Ses lèvres tressaillirent sous l'affolement, sa tête oscilla dans un mouvement nerveux de va-et-vient. Des froncements de sourcils puis des plissements soutenus, le visage de Morland prit le masque de la douleur. Quelque chose se creusait en lui. Evguenia assistait aux turbulences d'un corps sous l'influence de violents émois. Elle prit peur. Que fallait-il faire ? Rester ou s'en aller ?

Morland se mit à bredouiller. Des petits sons aigus s'échappèrent, des syllabes puis des mots. Très rapidement ce fut un déferlement comparable au délire avec des retours en arrière, des arrêts cinglants et à nouveau des relances foudroyantes. Il n'y avait pas de colère dans l'intonation de sa voix, simplement une effervescence chargée d'émotions. Il vivait des choses profondes paraissant revisiter une succession d'événements. Elle n'y comprenait rien. C'était en français mais des mots revenaient souvent, dont un avec une consonance russe, un nom de famille, Grichkof. Elle avait cru percevoir également un prénom féminin, Éva. Quant aux autres mots, *innocent*, *injuste*, maintes fois répétés, elle les distinguait mais n'en comprenait pas le sens. Morland parla pendant deux bonnes minutes tout en se tortillant dans tous les sens. Et puis d'un coup, un mot s'imposa : *Éva*. Retrouvant un peu de calme, il semblait l'appeler au secours. *Éva, Éva, Éva* ânonnait-il comme une supplication. Puis il ouvrit les yeux.

Evguenia lui adressa un sourire. Morland prit peur. Il lui fallut un peu de temps avant de s'apercevoir que la personne se trouvant devant lui était la jeune femme l'accompagnant lors de ses promenades. Son doux visage finit par le rassurer.

— Bonjour, monsieur Morland. Comment allez-vous ? Vous avez bien dormi ?

Morland opina en signe de réponse, l'esprit encore dans le vague. Quelques gouttes de sueur avaient perlé sur son front. Délicatement, Evguenia les essuya avec un mouchoir qu'elle sortit d'une poche de sa blouse. Elle renouvela ses mots bienveillants :

— Comment vous sentez-vous ?

Morland avait envie de lui dire que ça allait, pour la rassurer, mais le courage lui manqua. Il ne résisterait plus longtemps. Dans ce moment de lucidité, c'était une certitude. Il savait qu'il allait mourir, vaincu par la force des choses. Mais justement, puisque la jeune femme était là, qu'elle était la seule à avoir manifesté de la sollicitude à son égard, il décida de forcer le destin. C'était quitte ou double ;

il n'avait plus le choix. Il rassembla ses forces, il devait faire vite :

— Evguenia, je ne peux pas tout expliquer, ce serait trop long. Je suis innocent. Vous entendez ? Innocent ! Il faut avertir le colonel Grichkof, de Moscou, que je suis ici. Il travaille au ministère, protection du patrimoine industriel. Appelez-le et dites-lui que je suis là. Grichkof, vous m'entendez ?

Un fracas se fit entendre. En furie, Petrovna venait de rentrer dans la chambre. Evguenia tressauta en se retournant, paniquée.

— Qu'est-ce que vous faites là, Evguenia Timatchouk ? Vous n'avez rien à faire ici.

Le regard était haineux. Elle fulminait, empoigna l'aide-soignante par le bras pour l'écarter du lit.

— Je... je voulais juste m'assurer de l'état de santé du patient, répondit Evguenia d'une voix fluette, redoutant le courroux de sa supérieure.

— Ce n'est pas le moment. Il y a un programme, vous le connaissez et vous ne l'avez pas respecté. Vous avez désobéi, vous n'avez rien à faire dans cette chambre. Sortez immédiatement et allez m'attendre dans mon bureau.

Evguenia se tenait debout, subissant les foudres de sa supérieure. Elle fit profil bas, baissa les yeux. Désemparée, elle avait le regard contrit d'une enfant ayant commis une faute dont la gravité lui avait échappé. Elle fut envahie d'un sentiment de honte, une honte étrange, ne lui appartenant pas.

— Allez, dehors !

Petrovna activa un bip pour faire intervenir en urgence deux infirmiers tout en désignant la porte à l'aide-soignante.

Evguenia releva la tête et fixa une dernière fois le regard de Morland par-dessus l'épaule de Petrovna. Ce fut comme une photographie, un moment d'éternité. Il y avait dans les yeux de la jeune femme toute la désolation de son impuissance et dans ceux de Morland, les feux d'un ultime espoir. Les lèvres de Morland se mirent à dessiner un mot silencieux.

Evguenia quitta la pièce en ayant décrypté *Grichkof* sur les lèvres d'un homme qu'elle ne reverrait plus.

La suite fut douloureuse pour l'un comme pour l'autre. Morland se retrouva sanglé à son lit. Une nouvelle injection lui fit fermer les yeux pour longtemps. Evguenia eut à subir l'interrogatoire d'une Petrovna suspicieuse, possédée, enragée.

— Que vous a-t-il dit ?

— Rien.

— Vous mentez ! J'ai bien vu qu'il vous disait quelque chose. Avouez !

Evguenia se défendait comme elle pouvait.

— Rien d'important, Madame.

— Vous mentez ! Vous voulez passer au transfo, vous aussi ?

La jeune femme prit peur. La panique se lisait sur son visage empourpré.

— Il m'a juste dit qu'il avait mal dormi, c'est tout.

— Et pourquoi avoir désobéi au programme ? La promenade de Morland, c'est de quinze heures à quinze heures trente.

— J'étais inquiète. Son état de santé s'est encore aggravé. Vous avez vu l'état de ses jambes ? Si on ne fait rien, il va mourir.

— Inquiète ? Mais vous n'avez pas à être inquiète de l'état de santé d'un patient. Ce ne sont pas vos histoires. Cela relève du corps médical. Qu'est-ce que vous croyez ? Qu'on ne fait rien ? En ne respectant pas le programme médical, c'est vous qui mettez en danger la santé du patient. Vous avez désobéi, c'est une faute grave. Je vais le signaler à la direction et demander votre renvoi. Vous pouvez aller faire vos affaires : c'est fini pour vous. Vous partirez en début d'après-midi avec le convoi.

Evguenia rejoignit son appartement de fonction en traversant la plaine enneigée. Elle ne comprenait pas la colère de Petrovna. C'était une injustice mais elle ne pouvait s'empêcher de repenser à Morland. Qu'avait-il fait de si grave pour mériter un tel sort ? Elle entendait encore psalmodier ce mot : *innocent*. Elle en comprit désormais le sens. Elle aussi était innocente et pourtant, elle subissait une injustice flagrante. La décision de sa supérieure, totalement arbitraire, en avait décidé autrement. Si le système pouvait être injuste avec elle, il pouvait l'être également avec Morland. Elle en eut la certitude. Morland devait être innocent. Sa mort serait injuste.

Evguenia releva la tête. Le ciel était d'un bleu translucide. Sur le toit de son logement, une corneille attendait, immobile. Lorsque la jeune femme arriva à proximité de sa porte, elle crut apercevoir l'œil noir de l'oiseau se fixer sur elle pour la défier. Evguenia accéléra le pas volontairement. La corneille s'envola en poussant un cri faisant écho dans le ciel cristallin.

20

En Russie comme ailleurs, il ne peut y avoir de tragique sans conscience. Désormais, Morland était exclu de son drame. Les jours se suivaient, consumant lentement ce qu'il lui restait de vie. Il n'était plus qu'un corps gisant dans un lit, se laissant aller au destin dont on avait décidé pour lui. La mort était une question de jours ; un mois, pas davantage. La méthode avait fonctionné, les substances toxiques le conduisaient irrémédiablement à la mort. De plus en plus épais, son sang circulait avec difficulté, il allait progressivement se figer dans ses veines en coagulant. À chaque instant pouvait survenir un accident vasculaire cérébral, un infarctus du myocarde ou une embolie pulmonaire. En attendant, les blouses blanches passaient le voir deux fois par jour par acquit de conscience. Il ne réagissait pas. Plus rien ne sortait de sa bouche déformée par l'effort de survivre. Dans ses yeux trop grands, on ne voyait plus qu'un vide abyssal. Tout allait s'éteindre, définitivement. On allait le retrouver mort un petit matin, disparaissant d'un monde qui l'avait déjà oublié.

La nuit du 5 février, Soumaschesrk était plongée dans une nuit sibérienne balayée par une tempête de neige, lorsque, peu après vingt-trois heures, le fax du poste de sécurité réveilla le soldat de garde. L'appareil, en veille, venait de cracher un document de la plus haute importance. Il émanait de Moscou, du secrétariat du ministre de la Sécurité intérieure. Le papier était frappé de la mention *Haute Sécurité Intérieure* et signé du ministre. Il donnait l'ordre au directeur du centre de soins de remettre « instamment » le patient Pierre Morland aux forces spéciales de la 17e division basée à Irkoutsk lorsqu'elles se présenteraient à Soumaschesrk. Le patient devait être convoyé dans un lieu tenu secret.

Le jeune militaire dut s'y reprendre à deux fois, il n'avait jamais vu ce type de document et fut impressionné par les mentions marginales officielles, le tampon ainsi que la signature du ministre. Paniqué, il chercha à contacter immédiatement l'officier de garde. La sonnerie de son téléphone résonna en vain. Il recommença sans y parvenir. Affolé, il réveilla son collègue qui devait le relever vers deux heures du matin, lui expliqua la situation et lui demanda d'aller chercher l'officier de garde.

L'homme quitta aussitôt le poste de garde, se dirigea rapidement vers l'aile sud du bâtiment. Il frappa à la porte de l'officier de garde. N'obtenant pas de réponse, il recommença plus énergiquement jusqu'à entrevoir un rai de lumière sous la porte. Lorsqu'elle s'ouvrit, une odeur de fauve mélangée à des vapeurs d'alcool s'en dégagea. Le capitaine Piantkov eut du mal à dissimuler son état d'ivresse malgré sa rectitude. Débraillé, ses yeux agressés par la lumière se rétractaient douloureusement. Il tenait difficilement debout, prenant appui sur le montant de la porte mais tenta de sauver les apparences :

— Qu'est-ce que c'est, Caporal ? Comment osez-vous me déranger en pleine nuit ?

La voix était rocailleuse, chargée d'alcool. Il consulta l'heure sur sa montre en faisant vaciller sa tête.

— Capitaine, un fax de Moscou venant du ministre de la Sécurité intérieure vient de tomber.

— Qu'est-ce que vous voulez que ça me foute ? Quelle heure est-il à Moscou ?

— Il doit être dix-huit heures.

— Qu'est-ce qu'ils viennent nous casser les couilles, à Moscou ? Ils ne peuvent pas nous laisser dormir !

Le capitaine qui avait le réveil difficile, ne paraissait pas impressionné le moins du monde.

— Bon ! Et qu'est-ce qu'il raconte, ce putain de fax ?

— C'est un ordre du ministre de la Sécurité intérieure adressé au directeur du centre afin de remettre un patient aux forces spéciales lorsqu'elles se présenteront.

— Et alors ? Y a urgence ?

— Ben, c'est important et il me semblait qu'il fallait que vous soyez au courant.

— Comment s'appelle le patient ?

— Je n'ai pas retenu son nom, Capitaine.

— Et les forces spéciales, elles sont là ?

— Non, mon Capitaine !

— Alors, qu'est-ce que vous venez me faire chier en pleine nuit ? On verra ça demain, quand elles se présenteront. Avec la tempête dehors, forces spéciales ou pas, ça m'étonnerait qu'on les voie arriver au petit jour.

— Très bien. Qu'est-ce que je dois faire ?

— Rien ! Vous renseignez le registre et je prendrai le document demain matin pour le donner au directeur. Qu'est-ce que vous voulez faire d'autres, à part me foutre la paix et me laisser dormir ?

— À vos ordres.

Le caporal redressa la position, salua réglementairement son supérieur qui le regarda sans piper mot avec des yeux globuleux. La porte se referma. Le caporal entendit les bruits caractéristiques produits par le remplissage d'un verre suivi de celui d'une bouteille qu'on repose maladroitement, puis de ceux des ressorts d'un sommier absorbant l'effondrement d'un corps.

Minuit venait juste de passer lorsque des phares surgirent en transperçant la nuit sur les écrans de contrôle du garde. Deux véhicules se présentèrent devant le poste de sécurité, un gros 4x4 noir et un fourgon militaire arborant une croix rouge. Ils stationnèrent devant le sas d'entrée. Les rafales de neige découpaient la lumière des phares. Trois hommes revêtus d'uniformes des forces spéciales et lourdement armés débarquèrent du 4x4. Ils se dirigèrent vers le modeste bâtiment. Le militaire ne put distinguer leur visage sous le faible éclairage en raison de leur capuche et des lunettes de protection. Affolé, il cria à l'intention de son collègue parti se recoucher :

— Igor, réveille-toi ! Ils sont là. Viens vite, Igor ! Réveille-toi !

Le militaire s'assura que son collègue l'avait entendu en se précipitant dans la chambre annexe.

— Igor, viens vite, les forces spéciales sont là. Va chercher le capitaine, ça urge.

Puis il regagna son poste où un homme venait de frapper au carreau. Il ouvrit la trappe.

— Commandant Bielikovski, forces spéciales de la 17e division d'Irkoutsk. Je viens chercher un patient sur ordre du ministre de la Sécurité intérieure.

Le caporal vit apparaître le visage de son interlocuteur. Il avait enlevé ses lunettes de protection en lui tendant sa carte professionnelle. Le caporal fut impressionné par la voix sèche, le regard déterminé de cet homme qu'il distinguait tout juste derrière la vitre légèrement embuée. Il tira vers lui la carte professionnelle, la repoussa presque instantanément en déverrouillant la porte d'accès au poste de garde pour que les hommes puissent entrer et se mettre à l'abri.

Le commandant Bielikovski portait une arme de poing à la ceinture. Il avait ôté sa capuche, les deux autres hommes les avaient conservées en abaissant simplement leurs lunettes de protection faisant apparaître des yeux insondables. Ils étaient tous les deux porteurs de fusils d'assaut. Bielikovski ouvrit largement la veste de sa tenue pour en retirer une pochette.

— Je suppose que vous avez été informé par Moscou de notre venue.

— Oui, mon Commandant. Nous avons reçu un fax officiel tout à l'heure.

— Ce document ? fit l'officier en désignant les feuilles qu'il venait d'extirper de la pochette.

Le caporal jeta un œil. C'était le même que le fax.

— J'ai pour mission de prendre en charge un patient, un Français, Pierre Morland. J'ai préparé les autorisations pour le transfert. Une copie vous sera remise pour vos supérieurs. Je vous demande de bien vouloir les remplir et de nous conduire immédiatement jusqu'à la chambre du patient.

— Commandant Bielikovski, je vais vous demander de bien vouloir patienter un instant. Un de mes collègues est parti réveiller l'officier de garde. Il a déjà été informé de votre venue. Cela ne devrait pas être long. C'est lui qui remplira les documents et ensuite nous vous conduirons jusqu'à la chambre du patient.

— Très bien, Caporal. Faites vite !

Au même instant, Igor tambourinait sur la porte de l'officier de garde.

— Capitaine…

— Quoi encore ?

— Elles sont là ?

— Là, qui ?

— Les forces spéciales, Capitaine. Elles sont là, dans le poste de garde.

— Putain de bite ! Quelle heure il est ? C'est seulement maintenant que vous me prévenez ?

— Il est minuit quinze, Capitaine.

— Minuit quinze ? C'est quoi cette merde ? Dites-leur que j'arrive.

Cinq minutes s'écoulèrent pendant lesquelles, entouré des trois membres des forces spéciales dans le poste de garde, le caporal s'était montré fébrile. Pour masquer son malaise, il avait rempli le registre de main courante, consulté celui de l'occupation des chambres puis leur avait proposé un café. Le commandant Bielikovski avait refusé poliment, les deux autres également, d'un simple mouvement de tête.

Le capitaine Piantkov débarqua dans le poste de garde. Il salua le commandant, l'informa qu'il était au courant, qu'il se tenait à leur disposition pour opérer le transfert. Son sursaut d'énergie masquait difficilement sa gêne. Il avait l'extrémité des cheveux humide laissant supposer qu'il s'était aspergé le visage et un filet blanchâtre au coin des lèvres, du dentifrice mal essuyé. Malgré ses précautions, son haleine empestait la vodka.

— Comment s'appelle déjà le patient que vous devez prendre en compte ?

— Pierre Morland, Capitaine.

Le capitaine Piantkov s'adressa à son subalterne :

— Caporal, vous pouvez m'indiquer le numéro de sa chambre ?

— Chambre 352, troisième étage aile Est, Capitaine.

Puis il se retourna :

— Très bien, mais avant cela, commandant Bielocheski…

— Bielikovski, capitaine Piantkov !

— Oui, pardon, commandant Bielikovski. Il faut que j'aille prévenir le directeur.

— Pas le temps. Nous devons faire vite. L'ordre de Moscou est clair. Et il ne vaudrait mieux pas que le directeur vous voie dans cet état, Capitaine…

— Euh oui, dans ce cas… Très bien. Effectivement, le document est clair. Je vais vous demander de bien vouloir m'accompagner.

— Avant cela Capitaine, vous pouvez faire ouvrir le sas à nos deux véhicules. Le patient est, paraît-il fragile, je suis venu avec un fourgon médical. Il faut limiter ses déplacements.

— Bien entendu, Commandant.
— Ouvrez la porte du sas.

Les militaires firent irruption dans la chambre de Morland. Il dormait. Bielikovski donna l'ordre à Piantkov de rester sur le pas de la porte. Faisant en sorte que tout se passe bien, surtout pour lui, il obéit comme un mouton. Bielikovski s'approcha de Morland, lui mit la main sur la bouche pour éviter qu'il crie à son réveil. Morland ouvrit les yeux instantanément, les écarta en grand. Terrorisé, il ne chercha même pas à se débattre. Bielikovski se tourna vers ses hommes, leur fit un signe en direction de la chaise roulante pour qu'ils l'approchent. À distance contre le montant de la porte, Piantkov comprit qu'il ne devait pas bouger. Tout en maintenant sa main sur la bouche de Morland, Bielikovski se pencha pour lui susurrer quelques mots inaudibles par Piantkov :
— Grichkof. Je viens de la part de Grichkof pour vous sortir de là. Pas un mot. Compris ?
Un battement de paupière signifia à Bielikovski que Morland avait compris. Il relâcha la pression tout doucement. Les lèvres de Morland se mirent à trembler, s'apprêtant à dire quelque chose. Bielikovski appuya à nouveau fermement sur ses lèvres pour l'empêcher de parler.
— Chut, lui souffla Bielikovski. Grichkof.
Il vit Morland replier tout doucement les doigts à l'intérieur de sa main droite en maintenant le pouce tendu. Les deux hommes devaient se faire confiance. Bielikovski écarta définitivement sa main et donna l'ordre à ses hommes de transférer Morland sur la chaise roulante.

Emmitouflé dans une couverture, Morland fut descendu au sas de sécurité. Les militaires le portèrent jusqu'au fourgon sanitaire dans lequel deux hommes l'attendaient. Les soldats redescendirent et fermèrent la porte de l'ambulance. Bielikovski glissa la chaise roulante à Piantkov. Les deux hommes rejoignirent le poste de sécurité. Les caporaux se levèrent à leur arrivée. Bielikovski fit de la place sur un bureau, sortit les documents de prise en charge, remplit les blancs, signa et demanda à Piantkov d'en faire autant.

— Voilà, capitaine Piantkov, je vous remets votre copie. Vous la donnerez demain matin au directeur de l'établissement.

— Très bien, Commandant. Je vous remercie.

— Allez, maintenant, faites ouvrir la porte aux véhicules. Et tâchez de ne plus boire de vodka pendant vos heures de garde. Si vos supérieurs l'apprenaient, vous risqueriez votre place.

Piantkov se sentit piteux devant ses hommes. D'un mouvement de tête, il leur donna l'ordre d'ouvrir les portes du sas. Il adressa un salut réglementaire au commandant qui le lui rendit. Bielikovski remit sa capuche et ses lunettes pour se protéger des bourrasques de neige, sortit et grimpa à l'avant du 4x4. Aussitôt, les véhicules démarrèrent et disparurent dans la nuit.

Dans le fourgon, Morland avait été confié à deux hommes en civil. L'un d'eux était médecin et lui fit immédiatement une injection d'héparine, un puissant anticoagulant.

21

L'alerte avait été donnée par Petrovna à sa prise de service de sept heures. Informée par le poste de garde, elle avait compris immédiatement : une évasion, sans aucun doute orchestrée par des *vory* ! Les explications embarrassées du capitaine Piantkov n'avaient que renforcé son exaspération. Comment avait-on pu laisser filer Morland dans la nuit sans l'avertir ? Pourquoi n'avait-il pas appliqué les consignes ? Pourquoi n'avait-il pas effectué un minimum de vérifications en contactant Moscou pour s'assurer de l'authenticité du document ? C'était un faux, il ne pouvait en être autrement, tout comme la prise en charge signée par ces imposteurs. Si Morland avait dû faire l'objet d'un transfert, elle aurait été la première à en être informée. Furieuse, elle avait laissé éclater sa colère, traitant Piantkov de dangereux incompétent. Elle l'avait maudit, s'était emportée en lui promettant une mise aux arrêts. Mais en attendant, il fallait réagir. Cela faisait sept heures que Morland était dans la nature, vu son état de santé, il ne pouvait pas aller bien loin. Il n'était peut-être pas trop tard.

Petrovna repoussa le fax et les documents du transfert dans une pochette, en faisant bien attention de ne pas y laisser ses empreintes, puis elle exigea que Piantkov la conduise dans son bureau. Elle contacta Moscou, sur la ligne sécurisée de l'officier. Il lui fallait réveiller l'autorité, l'appel était justifié, il y avait urgence. Piantkov se tenait sur le pas de la porte dans une posture douloureuse. Il observait l'infirmière avec les yeux d'un chien s'apprêtant à être puni. Qui était-elle finalement ? Un agent du FSB, certainement.

La matrone demanda à l'officier de sortir du bureau. Expulsé dans le couloir, il était accablé par le poids de la culpabilité, se sentait minable. Comment avait-il pu se retrouver dans une telle situation ? Il avait fallu que cela lui tombe dessus, juste ce soir-là ! Plus jamais, il ne toucherait à une bouteille de vodka. La boisson lui avait déjà pris sa femme, c'était désormais son poste et son honneur d'officier qui étaient en jeu.

Petrovna rendit compte de la situation. Elle était aussi consternée que son interlocuteur par les manquements de la sécurité. Un simple fax avait suffi à tromper la vigilance des militaires. C'était tellement grossier, des têtes allaient tomber ! Il fallait réagir très vite. Le plus urgent était d'éviter que Morland puisse sortir du pays. Sa photographie allait être transmise à tous les postes de police transfrontaliers, terrestres, aériens et maritimes. Des barrages seraient établis dans un rayon de cinq cents kilomètres autour du camp. La surface à couvrir était immense mais le réseau routier était restreint. D'autre part, peu de véhicules circulaient en cette période hivernale. On y consacrerait les moyens humains nécessaires et tout le temps qu'il faudrait. Enfin, une équipe de la police militaire d'Irkoutsk allait être envoyée sur place le plus rapidement possible. Avec l'exploitation de la vidéosurveillance, les traces papillaires sur les documents remis, les recherches sur l'émetteur du fax et l'immatriculation des véhicules, les enquêteurs devraient parvenir rapidement à identifier celui s'étant fait passer pour le commandant Bielikovski, des forces spéciales. Nul doute qu'il devait appartenir à un groupe criminel, qu'il avait été commandité pour mener cette opération. Il y avait une taupe à Soumaschesrk, un ennemi intérieur quelque part. Qui était au courant pour Morland ? La question était demeurée en suspens quelques instants avant que Petrovna fasse part de sa suspicion à l'égard d'Evguenia Timatchouk. L'aide-soignante était nouvelle dans le centre, elle s'occupait de l'entretien des chambres, accompagnait les patients lors des promenades. Elle s'était attachée à Morland, s'était même inquiétée pour sa santé. Petrovna expliqua à son interlocuteur les raisons qui l'avaient conduit à demander son renvoi, deux semaines auparavant. Au-delà du non-respect des horaires de promenades, de son irruption dans la chambre du patient un matin avant sa prise de service, elle avait observé une certaine proximité pouvant donner lieu à des confidences de la part de Morland. C'était une piste à explorer. Après son licenciement, elle avait rejoint Novossibirsk, sa ville d'origine. Il fallait absolument la retrouver.

— Et le capitaine Piantkov ?

— Vous le mettez aux arrêts. Il sera interrogé par les enquêteurs, ils fouilleront également sa chambre et ses effets personnels. Par la suite, il passera en conseil de discipline.

— Très bien, Général !

— Je compte sur vous, colonel Petrovna, pour rester discrète sur cette affaire et faire en sorte que la direction du centre ne pose pas trop de questions. J'informerai le ministre en temps utile. Vous savez qu'il suit personnellement le dossier Morland…

— Je l'ignorais, Général.

— Je ne sais pas ce qu'a fait, ou vu, ce Français, mais il figure sur la liste noire.

— Parfois, il vaut mieux ne pas savoir, Général.

Petrovna reposa le téléphone, marqua un temps de réflexion avant d'appeler le capitaine. Elle s'était assise tout naturellement à sa place, se demandait comment il allait réagir. Elle observa, sans y toucher, les documents dans la pochette. L'écriture de Piantkov était toute hésitante, comme s'il avait été pris de tremblements. De quoi avait-il eu peur ? Des forces spéciales ou s'était-il encore une fois laissé aller à la boisson, pourtant interdite sur le site ? Certainement des deux.

Elle appela l'officier. Le capitaine entra aussitôt, la tête basse.

— Approchez, Piantkov. C'est bien votre écriture sur ce document ?

Il se pencha sur le document et confirma d'un hochement de tête.

— Je n'ai pas entendu votre réponse. C'est bien votre écriture ?

— Oui, lâcha-t-il piteusement.

— Comment expliquez-vous que votre écriture soit si vacillante sur ce document de la plus haute importante ? Vous aviez bu, encore une fois ?

Pétri de honte, il ne répondit pas.

— Et c'est parce que vous aviez bu que vous n'avez pas fait appel à la direction lorsque ces supposées forces spéciales se sont présentées ? C'est une faute grave, Capitaine. Par votre comportement inqualifiable, vous avez laissé échapper un patient, mettant ainsi en danger la sécurité intérieure du pays. Je viens d'en référer aux hautes autorités militaires. J'agis désormais sur leurs instructions.

La cause était entendue pour Piantkov. Petrovna n'était pas une simple infirmière, elle devait être membre du FSB.

— Je vais vous demander de bien vouloir me remettre votre arme de service. Je vous place aux arrêts en attendant que la police militaire vous interroge sur les événements de la nuit.

Piantkov prit un coup de massue sur la tête, ferma les yeux par dépit en se tenant la tête à deux mains.

— Vous m'avez compris, Capitaine. Je vous demande de me remettre votre arme et par la suite, vous me suivrez, vous serez mis aux arrêts.

Le capitaine Piantkov mit la main tout doucement sur la crosse de son arme et dévisagea son interlocutrice avec une fixité morbide. Quelque chose d'anormal s'annonçait. *Plus jamais je ne boirai de vodka*, marmonna-t-il. C'était une question d'honneur ! Ses yeux ne cillaient plus. Il avait pris une décision, semblait chercher une force ultime pour la mettre à exécution. Petrovna prit peur, se leva comme une diablesse du bureau pour le contourner afin de se rapprocher du militaire. Elle n'eut pas le temps de lui attraper le bras.

Piantkov sortit son arme, plongea le canon au fond de sa bouche et appuya sur la queue de détente, éclaboussant de tout son sang le colonel Petrovna.

22

Un important dispositif militaire avait été mis en place autour de la région de Soumaschesrk. D'Irkoutsk à Krasnoïarsk, de Bratsk à Kyzyl, un millier d'hommes s'étaient déployés sur les routes, les voies ferrées, les rivières gelées pouvant servir d'axe de communication. Malgré l'immensité des distances sibériennes, la région n'offrait que peu de possibilités de fuite par voie terrestre. Par ailleurs, la tempête de neige interdisait tout décollage. Et de toute façon la photo de Morland était désormais placardée dans tous les aéroports.

Dans cette région, le climat et l'étendue du territoire avaient toujours été l'atout majeur des autorités militaires lorsqu'un prisonnier s'évadait. Parfois, il n'était même pas nécessaire d'envoyer les chiens. Le fugitif revenait de lui-même, tout heureux d'avoir survécu à sa tentative malgré ses membres gelés aux extrémités. On ne s'évadait pas de Sibérie, on y mourait les chaînes aux pieds, jamais en homme libre. La région porterait toujours en elle cette histoire douloureuse, une blessure fantôme pour ceux qui veulent oublier, une plaie béante jamais refermée pour ceux qui se souviennent ou, plus exactement, qui commémorent, comme il est d'usage en Russie. On ne pouvait pas effacer les traces du passé alors que la terre nourricière avait été irriguée par le sang de plusieurs centaines de milliers d'hommes. Les morts remontaient forcément à la surface, comme les cailloux.

Cependant, depuis la mort de Staline et l'abandon des camps de travail il y a cinquante ans, la région s'était développée proportionnellement aux richesses enfouies dans son sous-sol. Sous le sang des hommes gisaient des ressources considérables. Désormais, à défaut d'en partir, on pouvait y vivre en homme libre, tenté d'y construire son bonheur en bénéficiant des progrès technologiques et du confort moderne. La Sibérie s'était humanisée tout en conservant son caractère sauvage. Les choses s'étaient inversées. La région était devenue tout simplement moins hostile. Mais retrouver un homme dans cette immensité nouvellement colonisée paraissait voué à l'échec, surtout s'il bénéficiait de la complicité d'hommes disposant de moyens financiers et matériels importants et d'un réseau clandestin garantissant l'anonymat.

Très rapidement, les hommes de la police militaire étaient parvenus à identifier celui qui s'était fait passer pour le commandant Bielikovski des forces spéciales de la 17e division d'Irkoutsk. Sa photographie extraite de la vidéosurveillance du poste de garde avait révélé une autre identité : Boris Berizovski, un *vory* appartenant à une des plus redoutables confréries sibériennes : *Belaya ledi (La dame blanche)*. Originaire d'Abakan au sud de Krasnoïarsk, ancien des forces spéciales, il avait été recruté par l'organisation criminelle à la fin de la guerre de Tchétchénie. Un transfuge intéressant pour le monde du crime, contre quelques centaines de milliers de dollars et les incontournables « vzyatka », pots-de-vin. S'appuyant sur une formation militaire redoutable, l'homme, qui avait acquis une solide expérience au combat, bénéficiait d'une parfaite connaissance des structures militaires avec, notamment, un réseau appréciable. Son identité avait été confirmée par ses traces papillaires retrouvées sur les documents remis à l'officier de garde. Il n'avait pas été compliqué pour cet homme vivant désormais dans la clandestinité et pouvant donc agir à visage découvert sans redouter le pire, de monter rapidement l'opération conduisant à l'exfiltration de Morland de Soumaschesrk. Il était même étonnant qu'il ait décidé d'employer la manière douce plutôt que de recourir d'emblée aux armes. La ruse pouvait également passer pour une forme de sagesse, y compris dans le monde du crime. Le fourgon sanitaire dérobé la veille dans une garnison d'Irkoutsk avait été retrouvé complètement calciné à une vingtaine de kilomètres du camp, en rase campagne. Dans la carcasse, les enquêteurs avaient retrouvé des morceaux de tissus carbonisés correspondant à des uniformes militaires et à celle du pyjama de Morland. Le commando avait donc changé de tenues et de véhicules.

Faussement plaquée, l'immatriculation du 4x4 n'avait rien donné. Un chef d'entreprise de la région de Balagansk, sur les bords de la rivière Angara, en avait fait les frais. Il avait vu débarquer à son domicile un groupe de militaires qui après l'avoir menotté et plaqué au sol, s'était précipité dans son garage. Le tracking du véhicule n'avait montré aucun déplacement. Une doublette parfaite.

Quant à l'appareil d'où était parti le fax, il était installé à Moscou dans une société de conseil en placements financiers. Sur la vidéosurveillance, on y voyait une femme de ménage se servir de l'appareil à l'heure précise de l'envoi. Elle s'était volatilisée. Les enquêteurs disposaient d'un signalement peu précis en raison de la mauvaise qualité des images enregistrées par les caméras.

Une équipe avait retrouvé Evguenia Timatchouk. Elle avait été interpellée au petit matin à son domicile. Dans un premier temps, on ne lui avait rien dit sur les raisons de son arrestation. On ne lui avait annoncé l'évasion de Morland qu'au bout de vingt-quatre heures avec un minimum de détails. Elle avait réagi comme elle se devait, par la stupeur et l'incompréhension. Elle avait été interrogée pendant deux jours selon les règles russes, intensément. Son sexe lui avait épargné les brimades d'enquêteurs davantage prompts à la brutalité qu'aux caresses. On avait fouillé son appartement, interrogé son entourage, retracé son emploi du temps, exploité les données de son téléphone portable depuis son éviction du camp de Soumaschesrk. Les militaires avaient cru tenir une piste intéressante lorsqu'ils mirent en évidence un aller-retour à Moscou juste après son retour au domicile de sa mère. Elle avait dû justifier, expliquer, circonstancier les moindres faits et gestes devant affronter la défiance paranoïaque et systématique de ces hommes conditionnés à ne jamais se laisser émouvoir par la candeur d'une jeune femme à l'allure innocente. Effectivement, Evguenia Timatchouk s'était rendue à Moscou en train, dès le lendemain de son retour du camp, pour rendre visite à sa tante, malade et hospitalisée dans un dispensaire de Lioubertsy dans la banlieue est de la capitale. Elle avait passé une nuit au domicile de sa tante, en avait profité pour faire le ménage dans l'appartement, lui avait rendu visite à deux reprises en lui apportant quelques effets, une chemise de nuit, un album photographique et une icône. Elle s'était rendue en matinée à la Cathédrale de la Dormition, siège de l'Église orthodoxe russe, en plein cœur du Kremlin, pour prier. Les enquêteurs avaient vérifié les horaires des visites au dispensaire, entendu le voisinage chez lequel l'aide-soignante avait récupéré les clés du domicile de sa tante. Ils avaient même retrouvé sa trace sur la vidéosurveillance à l'arrêt du métro Square de la Révolution puis sur la Place Rouge où elle se dirigeait en direction de la Cathédrale. Son téléphone portable n'avait révélé aucun appel suspect. Pourquoi avait-elle passé toute la matinée au Kremlin ? Evguenia Timatchouk avait répondu la vérité : les visites au dispensaire étant interdites en matinée, elle avait voulu profiter de sa venue à Moscou pour aller se recueillir sur ce lieu chargé d'Histoire.

Les enquêteurs l'avaient interrogée sur Morland, lui demandant de préciser la nature de ses relations avec ce patient. Elle n'avait pas caché son attachement pour ce Français dont elle ne connaissait pourtant pas grand-chose, ni son histoire, ni les raisons de sa présence au camp. Il ne s'était pas confié, il parlait peu. Au fur et à mesure de leurs promenades, elle avait constaté que son état de santé se dégradait, en avait fait part à sa responsable en émettant effectivement des réserves sur l'efficacité du traitement prescrit. Elle avait été impressionnée par sa capacité à endurer le mal en silence, sans jamais se plaindre. Il y avait chez lui une certaine dignité, et surtout une douceur, tant dans les mots que dans les gestes qui l'avait remuée. Les enquêteurs avaient enregistré ses déclarations puis, au bout de deux jours, n'ayant pas de charges précises à son encontre, l'avaient laissée repartir. Dès sa sortie du poste de police, une surveillance avait été mise en place et son téléphone avait été placé sur écoute.

Le ministre de la Sécurité intérieure avait été informé du déroulement de l'enquête, jour après jour. Si, au départ, il s'était montré furieux contre les services de sécurité du camp de Soumaschesrk et avait mis la pression sur les enquêteurs pour retrouver au plus vite le fugitif, il avait fini par admettre qu'il serait difficile de mettre la main sur Morland avec les moyens traditionnels. Le territoire était beaucoup trop vaste, on ne pouvait pas fouiller méticuleusement chaque kilomètre carré d'un espace qui en comportait près d'un million. Il avait fait lever les barrages à l'issue du septième jour, avait renouvelé ses instructions aux postes de frontières, dans les gares et aéroports. Tant que Morland se terrait en Sibérie centrale, il n'était pas dangereux. Il fallait tout faire pour l'empêcher de quitter ce territoire, activer les réseaux de renseignements et laisser faire le temps, il finirait bien par refaire surface quelque part.

À bien y réfléchir, la sécurité du pays n'était pas menacée, même si Morland venait à parler. Il en fallait bien plus pour ébranler le système mis en place.

Le Français n'était, au pire, qu'un grain de poussière. Rien ne pourrait empêcher le bon déroulement des choses pour éradiquer les éléments malfaisants du pays afin de reprendre le contrôle et garantir à l'État une souveraineté retrouvée. Le seul véritable souci du ministre était qu'il n'avait rien dit de l'existence de ce Français au président… Et cet « oubli » pouvait sérieusement nuire à sa carrière, voire à sa vie.

Que fallait-il faire ? Toujours cette même question sans réponse. Dans son spacieux bureau, le ministre pesait le pour et le contre. Il croyait fermement à la nouvelle politique mise en place, aux hommes chargés de la faire appliquer, au renouveau de l'élan patriotique. Le pays était en passe de retrouver sa grandeur et sa primauté sur l'échiquier international. Jusqu'à présent, il y avait mis toute son énergie dans une implication sans faille. Ce témoin gênant n'allait pas, d'un seul coup, tout fissurer et l'écarter de ce prodigieux destin. Tant que Morland restait en Sibérie, il n'était qu'un détail dont on pouvait facilement s'arranger. Les *vory* l'avaient récupéré, c'était un fait. On pouvait néanmoins le négocier en échange d'une restitution de passeport, par exemple. Certains criminels étaient prêts à tout pour voyager. Il suffisait de choisir la bonne personne. Le ministre décrocha son téléphone.

23

Il fallut du temps à Morland pour comprendre. Il avait été transféré dans un lieu secret. Des heures durant, il avait été secoué sur des chemins tortueux en traversant la nuit. Était-ce un mauvais rêve ou une puissante hallucination, plus intense que les précédentes, annonçant la toute fin de son voyage ? Ce fut une impression étrange que de se laisser emporter dans la confusion d'un monde sans consistance, le corps flottant, comme en apesanteur, l'esprit égaré dans le lointain. Il ne résista pas, laissa faire les choses, comme on se laisse entraîner par le courant après avoir lutté sans relâche contre les remous de toute une vie.

Gravitant entre deux mondes, Morland était allongé dans un caisson aux contours flous. Une veilleuse au-dessus de sa tête diffusait une lumière tamisée, plongeant dans la pénombre les autres occupants. À plusieurs reprises, il faillit chavirer, retenu juste à temps par des mains bienveillantes. Deux hommes aux visages effacés semblaient veiller sur lui. Étaient-ils de nouveaux surveillants, de simples convoyeurs ou d'improbables sentinelles ? De temps à autre, des voix nébuleuses produisaient des paroles dissonantes que Morland ne comprenait pas. Elles se voulaient rassurantes : *Vchio karacho (tout va bien)*.

La seule chose dont Morland se souvenait était cette phrase prononcée par l'homme dans sa chambre : *Je viens de la part de Grichkof...* Ce nom avait suffi, cautionnant tout le reste. Grichkof était le sauveur qu'il n'attendait plus.

À plusieurs reprises, il ferma les yeux sans parvenir à dormir. Dans sa tête, le nom de son ami résonnait comme une évidence. Pourquoi l'image du doux visage d'une aide-soignante lui revint-elle subitement en s'associant au nom de Grichkof ? Dans le désordre de son esprit vaporeux, il ne put établir le lien de causalité. Néanmoins, quelque chose de fort les réunissait, faisant naître une idée imprécise, entre soulagement et délivrance. Un vague souvenir lui revenait puis disparaissait aussitôt sans qu'il parvienne à l'éclaircir. Il lui faudrait du temps pour retrouver un peu de lucidité. Morland s'agaça devant son incapacité à fixer ses pensées. Une surprenante euphorie intérieure l'envahit. Lorsqu'il s'agitait un peu trop, se laissant déborder, il entendait cette voix dans l'obscurité battre le rappel : *Vchio karacho*. Et il refermait les yeux, tentant de retrouver un peu de calme par la maîtrise de sa respiration.

Morland fut débarqué avant la levée du jour dans l'arrière-cour d'un bâtiment dont il ne distingua pas grand-chose. Un brancard l'attendait pour faciliter son transfert dans une chambre au rez-de-chaussée. Pendant plusieurs jours, il resta allongé dans cette pièce surchauffée perdue dans le maquis sibérien sous la protection d'hommes armés se relayant sans discontinuer. Un médecin passait deux fois par jour le visiter. Son état demandait de la patience et une bonne alimentation. Progressivement, le traitement ferait effet en fluidifiant sa circulation sanguine. Il recevait deux injections par jour et des médicaments accompagnaient chaque prise de repas. Morland ne comprenait pas tout, il se laissait faire avec une confiance aveugle. Ces hommes agissaient sur instruction de Grichkof, et on prenait enfin soin de lui.

Son état de santé s'améliorant tout doucement, il commença à prendre conscience de son environnement. Sa lucidité ne réapparut pas instantanément, mais par petites touches. D'abord, il vit apparaître les contours de sa chambre, un espace réduit mais chaleureux, décoré de petites photographies de paysages de la région, d'un bureau et d'une chaise en bois, d'une lampe et d'une armoire. Dans un renfoncement il discerna un cabinet de toilette. Il y avait surtout, sur sa droite, une fenêtre sans barreaux.

Ce furent ensuite les visages de ses visiteurs qui prirent de la consistance. Celui du médecin notamment, avec ses yeux bleus et son regard bienveillant, ses cheveux bruns coiffés en arrière, sa bouche aux lèvres fines et ses dents d'une blancheur éclatante. Il y avait aussi les gardes lui apportant ses repas. Ils étaient au nombre de quatre, se relayaient par tranche de six heures, toujours dans le même ordre. Bientôt, il connaîtrait leur prénom, pourrait échanger quelques paroles, avoir une discussion. Enfin, il y avait des mots oubliés qui resurgissaient de sa mémoire. Il les percevait à nouveau, les comprenait de mieux en mieux. La conscience en voie de rétablissement, ils s'articulaient pour donner du sens à ce qu'il vivait, une véritable résurrection.

À l'issue de la première semaine, Morland avait été en mesure de comprendre l'essentiel du bilan médical pratiqué sur lui par ce bien curieux médecin, un homme qui ne portait jamais de blouse blanche mais se présentait toujours avec son stéthoscope autour du cou. L'était-il d'ailleurs, médecin ? Certainement, puisqu'il avait été en mesure d'obtenir des médicaments, de faire pratiquer des analyses de sang et surtout d'améliorer considérablement l'état de santé de Morland en seulement quelques jours.

Avec des mots simples pour faciliter la compréhension, le docteur Jyzni expliqua à Morland qu'il avait été littéralement empoisonné à Soumaschesrk avec des substances toxiques provoquant à plus ou moins long terme la coagulation du sang. La situation désormais sous contrôle, il allait poursuivre le traitement par l'absorption de fibrinolytiques, afin de dissoudre les éventuels caillots. Le toubib poursuivit son compte-rendu : le gonflement des jambes avait diminué, la coloration bleuâtre des œdèmes s'estompait ; autant de signes corroborant une amélioration générale. Il promit à Morland un transfert prochain dans un établissement mieux équipé tenu par un confrère, un homme sûr.

Pour patienter, le docteur Jyzni lui avait apporté des livres. Morland avait souri pour la première fois depuis longtemps en découvrant la pile d'ouvrages déposée sur le bureau. C'était une invitation à quitter le lit, à se lever enfin et à retrouver un peu d'activité.

— C'est Grichkof qui vous a conseillé pour les livres ?

— C'est même lui qui les a choisis. Cela n'a pas été simple de se les procurer, surtout ceux en français mais rien n'est impossible pour nous les Russes, quand on aime.

— Et Grichkof, quand le reverrai-je ?

— Plus tard, monsieur Morland. Plus tard, lorsque votre état de santé le permettra. Pour l'instant c'est beaucoup trop tôt. Et puis, sans être dans la confidence, il me semble qu'il y a encore quelques petites choses à arranger de son côté.

Morland eut envie d'embrasser son confrère. Il se sentit revivre, son cœur s'emballait à nouveau. Tout lui revenait.

— Et l'aide-soignante ? Evguenia Timatchouk ? Je la retrouverai ?

Jyzni marqua son interrogation par un froncement de sourcils : il ne connaissait pas ce nom.

— Je ne connais pas cette personne. Je ne sais pas de qui il s'agit.

— C'est elle qui a prévenu Grichkof. Il ne vous en a pas parlé ?

— Je n'ai jamais rencontré le colonel Grichkof. Je remplis juste mon rôle de médecin. Je ne souhaite pas en savoir davantage. Vous verrez ça par la suite. Moi, mon rôle, c'est de vous soigner. Vous êtes médecin vous-même, vous savez ce que je veux dire.

Un voile de déception se dessina sur le visage de Morland. Il dut se faire une raison.

— Oui, je comprends.

Le Français éprouvait des émotions, il réagissait : c'était encore un signe encourageant pour Jyzni.

— Désormais je ne passerai plus vous voir qu'une fois par jour. Veillez à bien prendre votre traitement. N'hésitez pas à vous lever, à marcher un peu dans votre chambre, à prendre des douches. Si vous avez besoin de quoi que ce soit, vous demandez à l'homme en faction dans le couloir. Bientôt, si tout va bien, vous serez transféré à la campagne et vous pourrez prendre l'air. Par contre, pour l'instant, interdiction de sortir de votre chambre. Vous n'êtes pas tout seul ici, et personne ne doit vous voir.

Morland avait les larmes aux yeux.

— Je ne sais pas quoi vous dire, Docteur. Merci, oui. Merci du fond du cœur.

Le docteur Jyzni n'était pas un homme à se laisser émouvoir par les épanchements d'un patient. Néanmoins, ses yeux laissèrent échapper comme une petite lueur.

Juste après le départ du docteur Jyzni, Morland reprit contact avec la terre ferme, se levant au prix d'un effort conséquent. La démarche hésitante, il progressa en prenant appui sur le rebord de son lit, mit ses jambes en mouvement tout doucement avec cette sensation d'étirement brûlant des muscles oubliés et finit par atteindre le bureau. Il eut l'impression de faire ses premiers pas, manqua de tomber mais se rattrapa à la chaise, tout heureux que personne ne le voit, tellement il lui semblait être ridicule.

Il examina la pile de livres, lut les titres à haute voix en passant chaque ouvrage devant ses yeux avant de les reposer en formant deux piles distinctes, une en langue française, l'autre en russe. Au fur et à mesure que les livres défilaient, ses yeux s'enflammaient, son visage se détendait. Il les avait pratiquement tous lus ; certains plusieurs fois. Il voyait dans chaque titre la patte de Grichkof qui connaissait ses auteurs préférés pour avoir longuement échangé à ce sujet : Tchekhov, Dostoïevski, Boulgakov, Tolstoï, Simenon, Camus, Balzac et Céline.

Il s'attarda sur un des Simenon, *L'Ours en peluche*, le roman qu'il préférait, puis en saisit un autre, *Le petit homme d'Arkhangelsk,* qui lui était inconnu. Il le retourna pour lire la quatrième de couverture : *Il eut le tort de mentir*... Il y avait déjà tout dans cette première phrase. Il le reposa juste au-dessus de *L'exil et le royaume* de Camus dont il caressa la couverture et à côté des *Récits d'un jeune médecin,* de Boulgakov. Outre *Anna Karénine* et *Résurrection* de Tolstoï, Grichkof lui avait fait un cadeau empoisonné : les deux volumes de *Guerre et Paix,* en russe. Il sourit à l'idée qui avait piqué son ami, devenu d'un seul coup bourreau, de le pousser enfin à lire ce monument de la littérature qu'il s'était toujours refusé d'entreprendre en langue française. *Salaud !* pouffa-t-il, en recherchant le regard espiègle de son ami dans le fond de sa mémoire. Il l'avait bien eu !

Morland repensa à chaque roman. Par lequel allait-il commencer ? Le choix était difficile. Mais avoir la possibilité de choisir, n'était-ce pas un signe de sa liberté retrouvée ? Il fut pris de vertige, eut envie de pleurer tellement cette sensation lui fut délicieuse.

L'Étranger était le livre vers lequel il tendait tout naturellement pour l'avoir relu une dizaine de fois, au point d'en connaître des extraits par cœur. S'il connaissait toujours les premières et dernières phrases, d'autres passages semblaient lui avoir échappé. Il lui en restait quelques mots, des bribes en désordre. Seule la certitude qu'il s'agissait du plus grand livre qui lui fut donné de lire demeurait. Morland hésita longuement. Ne valait-il mieux pas recommencer par un ouvrage plus léger en apparence ? *Strip-tease*, une étude de mœurs dans le monde des effeuilleuses de la Côte d'Azur de Simenon, par exemple ? Pourquoi, d'un seul coup, fut-il parcouru par un frisson d'angoisse devant ce titre qui l'attirait pourtant ? Quelque chose de très lointain vint se télescoper avec le titre de l'ouvrage, quelque chose d'enfoui, qu'il pensait avoir oublié. Il lâcha le livre par réflexe, comme s'il lui avait brûlé la main, sans savoir pourquoi. Il n'avait pas encore toute sa tête, cela lui reviendrait peut-être plus tard. Pour ne pas se laisser envahir par cette appréhension inconvenante, il jeta son dévolu sur *Le petit homme d'Arkhangelsk*. La démarche encore hésitante, il rejoignit son lit pas à pas, se hissa sur ce dernier en soulevant ses jambes avec ses mains.

Confortablement installé, Morland ouvrit l'ouvrage et vit apparaître le titre du premier chapitre sans même le lire : *Le départ de Gina*. Ce fut un choc d'une violence inouïe, comme un coup de feu. Sa cage thoracique se bloqua, l'empêchant de respirer. Il étouffa, s'étrangla de l'intérieur, fut pris de panique. *Gina* avait fait ressurgir dans sa mémoire un autre prénom : Éva. Son corps convalescent ne pouvait supporter tout ce que ce mot signifiait de déchirant. Affolé, il se débattit, s'agita puis se calma en acceptant la douleur. Son corps finit par se relâcher, sa cage thoracique par retrouver un peu de souplesse et il put à nouveau respirer, fixant la blancheur du plafond à la recherche du souvenir d'Éva.

24

Pendant quatre semaines, Morland reçut la visite quotidienne du docteur Jyzni. Il fut son seul visiteur. Personne d'autre n'était autorisé à rentrer dans sa chambre à l'exception des hommes chargés de lui apporter ses repas, du linge propre ou le journal du jour, tout en égayant sa journée par un brin de causette. Morland apprit qu'il était dans la chambre de garde du docteur Jyzni, médecin-chef du dispensaire de Tayshet. On lui situa l'endroit sur une carte. Il n'était pas le premier à occuper la chambre de ce praticien résidant dans un appartement situé juste en face de l'établissement. Les *vory* avaient négocié leur droit aux soins contre quelques avantages en nature. Pouvait-on parler de corruption quand il s'agissait de sauver la vie d'êtres humains, quand bien même fussent-ils des criminels ?

Jyzni était un homme réservé. Morland n'était jamais parvenu à entrer véritablement en communication avec lui. Le Russe devait se méfier, se limitant aux actes médicaux. Une seule fois, il l'avait questionné sur la profession de légiste en faisant référence à ses années d'études où il avait eu à pratiquer une autopsie. Il avait donc été briefé sur son patient. Le reste, Morland l'avait imaginé, lui inventant une biographie à partir de détails glanés jour après jour. Ses lectures devaient lui monter à la tête, il voyait en

Jyzni un héritier du docteur Jivago. Morland revenait de loin mais visiblement, il allait beaucoup mieux.

S'appuyant sur son dernier électrocardiogramme et de récentes prises de sang confirmant la nette amélioration de son état de santé, Jyzni émit la possibilité du transfert de son patient dans un lieu plus adapté à son rétablissement final. Mais avant cela, il avait besoin de pratiquer un dernier examen pour être certain qu'il ne courait aucun risque.

En ce début mars, les barrages avaient été levés depuis longtemps mais il fallait cependant faire preuve de la plus grande vigilance. L'expédition fut organisée en pleine nuit. On transporta Morland dans un cabinet d'imagerie médicale en plein cœur de Krasnoïarsk. On avait fait appel au soi-disant commandant Bielikovski des forces spéciales et son équipe. Peu après vingt heures, deux véhicules se présentèrent au dispensaire. Morland embarqua dans un 4x4 noir avec trois membres de l'équipe reliés par radio à la seconde voiture dans laquelle se trouvaient Bielikovski, Jyzni et un chauffeur. Pendant les quatre cents kilomètres séparant Tayshet de Krasnoïarsk, le véhicule de Bielikovski ouvrit la route déneigée à celui de Morland que le chauffeur maintenait cinq kilomètres en arrière. Pour prévenir tout risque de présence policière, le convoi roulait à vive allure, Bielikovski servant de *Tsel (cible)*, prêt à donner l'alerte immédiatement au véhicule suiveur. Ils s'étaient renseignés ; aucun contrôle n'était prévu normalement ce soir-là par les services autoroutiers.

Les hommes étaient silencieux, concentrés sur leur mission. Le compteur indiquait 150 km/h. Curieusement, Morland ne se sentit à aucun moment en danger. Il voyait défiler le grand bandeau noir de la route bordée d'une épaisse couche de blanc dans le halo des phares se perdant rapidement dans l'obscurité du paysage, de longues plaines désertes entrecoupées par la taïga et ses hachures de mélèzes dont on ne distinguait pas les cimes. On voyait apparaître parfois la chape d'un éclairage urbain que l'on effleurait avant de replonger dans la nuit. Pour contrôler l'écart entre les deux véhicules, tous les cinquante kilomètres, la radio crachait la voix de Bielikovski annonçant son passage au niveau d'une borne kilométrique. Deux minutes plus tard, le chef de bord du véhicule de Morland confirmait également le passage à la hauteur de cette borne. La route était principalement fréquentée par des poids lourds que les deux bolides dépassaient rapidement. De temps en temps, un chauffeur arrivant en face oubliait de couper ses pleins phares, des insultes finissant toujours en « tête de bite » fusaient alors dans la pénombre.

À l'approche de Krasnoïarsk, les véhicules quittèrent la M53, réduisirent la distance les séparant pour aborder la périphérie et circulèrent à vue dans la ville à une vitesse plus normale. Le véhicule de Morland s'arrêta à l'angle de deux rues, l'autre s'immobilisa un peu plus loin face à un porche. Lorsque la porte fut ouverte, le véhicule de Morland redémarra pour effectuer les derniers mètres. Bielikovski invita Morland à descendre pour rejoindre Jyzni. Les trois hommes pénétrèrent dans le bâtiment, les deux véhicules quittèrent les lieux pour aller faire le plein.

Il devait être deux heures du matin lorsque Morland se fit communiquer les résultats du scanner qu'il venait de passer dans le bureau du professeur Ougosniov, récompensé par une épaisse enveloppe donnée par le commandant Bielikovski juste avant de repartir. L'imagerie ne faisait pas état de la présence de caillot à proximité des organes vitaux. C'était la bonne nouvelle de la nuit. Cependant, il restait encore quelques petits thrombus dans les membres inférieurs notamment au niveau des cuisses. Avec la poursuite du traitement anticoagulant, ils finiraient par se dissoudre. Par précaution, ce qui était rare chez les Russes, Morland porterait des bas de contention pour prévenir toute récidive.

Ougosniov ne posa aucune question sur l'origine de ce patient bénéficiant d'un traitement de faveur. Bielikovski lui précisa cependant qu'il n'était pas de la famille. Le commandant déclina la proposition d'Ougosniov à la sortie d'une bouteille de vodka d'un placard. Sa mission n'était pas terminée, il lui restait encore du chemin à faire. Jyzni accepta l'offre devant le regard envieux de Morland car la vodka lui était encore interdite pour des raisons médicales évidentes. Les deux médecins trinquèrent au souvenir de leurs années d'université, échangèrent quelques mots sans importance avant de remplir à nouveau leur verre.

À l'écart, Bielikovski expliqua à Morland la suite des réjouissances. Il allait être mis au vert pendant quelques mois dans une datcha sur les bords de l'Ienisseï, non loin de Novoselovo. Cette ville lui était inconnue, Bielikovski lui situa sur une carte. À cet endroit, le fleuve long de plus de quatre mille kilomètres affichait une largeur de cinq kilomètres et en cette période, il s'écoulait sous une épaisse couche de glace pour rejoindre son embouchure dans l'Arctique. Avec un peu de chance, lui précisa Bielikovski, il assisterait à l'instant prodigieux du dégel toujours surprenant par sa soudaineté. Il ne serait pas seul, deux hommes l'accompagneraient pour veiller sur lui et le ravitailler. Il n'avait pas à s'inquiéter, la datcha bénéficiait de tout le confort moderne qu'un « Prince des voleurs » pouvait s'offrir. Il viendrait quelquefois relever ses hommes et en profiterait pour prendre du bon temps dans ce qu'il nomma un havre de paix sauvage. Il n'en fallait pas plus à Morland pour être convaincu. Il osa cependant une question :

— Qui finance tout ça ?

— Ne vous inquiétez pas de ça, docteur Morland. Nous avons nos mécènes…

— C'est Grichkof ?

— Non. Lui, il est en train de s'occuper de votre avenir.

— Quand le reverrai-je ?

— Vous posez beaucoup trop de questions, Docteur. Pour l'instant, c'est encore trop risqué mais dans quelques semaines, tout devrait être arrangé. Faites-nous confiance.

— Je ne sais pas quoi vous dire pour vous remercier.

— Ne dites rien, faites ce qu'on vous dit : c'est tout. Soyez patient. Pour que les choses se fassent, il faut prendre son temps.

Bielikovski se tourna alors vers les médecins :

— Docteur Jyzni, on va devoir y aller.

Sous le porche, Bielikovski appela les deux véhicules en attente dans une rue avoisinante.

Jyzni allait faire la route dans le sens inverse, vers l'est, tandis que Bielikovski et Morland se dirigeraient vers le sud en empruntant cette fois-ci la M 54. Ce furent des adieux à la russe, expédiés mais chaleureux. Morland serra la main de Jyzni avec force. Il avait pris des risques en l'acceptant dans son établissement pendant un mois, en avait pris bien davantage cette nuit en venant jusqu'ici et surtout, lui avait sauvé la vie en le soignant efficacement. Jamais il ne l'oublierait.

Les portes latérales du 4x4 s'ouvrirent, Morland et Bielikovski s'engouffrèrent dans l'habitacle et le véhicule démarra. Quinze minutes plus tard, ils avaient quitté les faubourgs de la ville. C'était de nouveau le noir avec, sur les bas-côtés, une épaisse couche de neige. Ils roulèrent plus doucement qu'en début de nuit.

Vers cinq heures du matin, une main secoua Morland énergiquement. Ils étaient arrivés. Le Français découvrit une imposante bâtisse en rondins de deux étages dont l'entrée venait de s'éclairer. Une grille automatique se refermait derrière eux, un homme descendit quelques marches pour les accueillir. Le tableau de bord du 4x4 indiquait une température de - 22 °C mais Morland n'eut pas le temps de ressentir la morsure du froid. Il sortit du véhicule, grimpa les marches et se précipita à l'intérieur de la datcha.

On le dirigea tout de suite à l'étage pour rejoindre sa chambre. Les yeux encore remplis de sommeil,

Morland n'eut qu'une vision partielle de l'endroit où il se trouvait. Néanmoins, la richesse du mobilier du hall d'entrée, les ornements et la décoration dans le grand escalier en bois laissaient deviner un cadre somptueux. Sa chambre l'était tout autant : un grand lit moelleux l'attendait, une cheminée rayonnait, des miroirs dorés le dévisageaient… un large dressing et une salle de bains en marbre blanc flanquaient la pièce. Morland fut pris de vertige en découvrant ce luxe inattendu. Il se dirigea vers une large baie vitrée et n'entendit pas la porte se refermer derrière lui. Face à lui, dans le noir, il devina au loin le large ruban glacé et tortueux de l'Ienisseï serpentant dans l'immensité. Il regarda un instant son image dans le reflet de la vitre, ne sachant pas s'il devait se réjouir ou pleurer. Chez Morland, ces deux émotions pouvaient se rejoindre dans une sorte de tristesse heureuse.

Il éteignit l'éclairage de la suspension en cristal, laissa la cheminée diffuser la lumière des flammes dans la pièce puis s'effondra sur le lit en étreignant son oreiller tout contre lui, comme un petit enfant comblant une absence, et s'endormit très rapidement.

25

Quelque chose en lui n'en revenait pas d'être là. Morland venait d'ouvrir les yeux, observant chaque détail de cette chambre bleue. Il resta un long moment dans son lit. La pièce était calme et silencieuse. Dans la cheminée, un morceau de braise couvait encore au milieu des cendres. Il ne faisait pas froid, de gros radiateurs en fonte diffusaient une chaleur confortable. Quelle heure était-il ? Combien de temps avait-il dormi ?

Il se leva, se dirigea dans la salle de bains en évitant les miroirs. Un détecteur de mouvement enclencha un néon diffusant une vive lumière sur le marbre blanc des parois. Ébloui, il dut fermer les yeux un instant avant de les rouvrir progressivement le temps que ses pupilles s'adaptent. Dans un meuble, des serviettes épaisses d'un blanc éclatant, des peignoirs moelleux alignés sur des cintres. Sur une étagère, se trouvaient des produits cosmétiques, des flacons de parfum et, au sol, une rangée de babouches en cuir. Embarrassé, Morland scrutait la pièce avec les yeux d'un enfant. Dans la douche, il testa l'odeur de plusieurs shampoings avant d'opter pour une fragrance de pomme puis il plongea sous le jet d'eau chaude.

Emmitouflé dans un peignoir un peu large, Morland regarda son image dans le grand miroir surplombant deux vasques en grès pourvues de robinets en métal doré. Il ne savait pas ce qu'il devait penser de lui-même. Il chercha un instant, avança un peu, puis recula pour trouver la distance acceptable. Il se reconnut malgré sa barbe envahissante, fut étonné de n'être pas trop marqué par ce qu'il venait de vivre. C'était bien lui, toujours innocent et pas encore coupable, bien vivant.

Il se rasa, se lava les dents, les oreilles. Il tailla les ongles, coiffa ses longs cheveux encore humides en se disant qu'il serait temps de les couper. Morland apprécia d'avoir la possibilité de soigner son apparence.

Dans le grand dressing, il fut sidéré par l'abondance de vêtements neufs, de tenues d'intérieur mais également d'ensembles pour affronter le grand froid. Il fit l'inventaire, déconcerté par la quantité et la variété. C'était fastueux, il fit un choix lui paraissant raisonnable ; un pantalon en velours noir et un pull en laine grise. Il mit plus de temps à dénicher des boots à sa pointure.

Avant de quitter sa chambre, il se posta devant la baie vitrée. Le vent hurlait, chargé de puissantes rafales de neige qui réduisaient considérablement la visibilité. Le spectacle était néanmoins absolument étourdissant. On ne distinguait quasiment rien, pas même un début de paysage dans cet amas de poudre blanche en ébullition. Seule une imposante congère était visible sur le balcon dont la courbe était marquée par l'empreinte des montants verticaux de la balustrade. Le contraste était saisissant entre ce déferlement de cristaux glacés à l'extérieur et la quiétude chaleureuse de l'intérieur. On se sentait heureux d'être à l'abri. Le blizzard sibérien pouvait durer plusieurs jours en cette saison, Morland en avait déjà fait l'expérience. Ici, plus qu'ailleurs, la nature commandait les hommes. Il fallait attendre patiemment qu'elle vous laisse la possibilité de la rejoindre dans une accalmie.

L'extérieur lui étant provisoirement défendu, il quitta sa chambre pour s'aventurer dans l'imposante demeure entrevue la veille de son arrivée. En bas de l'escalier, un homme assis sur un fauteuil l'attendait. À la vue de Morland, il se leva, patienta en bas des marches et lui tendit la main à son arrivée.

— Bonjour, Monsieur. Vous avez bien dormi ?

— Oui, très bien.

— Je me présente, je suis Alexeï Maximovitch. Je suis chargé d'assurer votre sécurité et de rendre votre séjour le plus agréable possible. Comme vous le savez, vous allez devoir rester ici plusieurs mois. Mais vous verrez, dans cette datcha, il y a tout le confort pour vous permettre d'attendre le printemps. Je vous ferai visiter les lieux un peu plus tard. Je suppose que vous devez avoir faim. Votre déjeuner vous attend.

— Quelle heure est-il, s'il vous plaît ?

— Quatorze heures trente.

Morland ne pensait pas avoir dormi si longtemps.

— C'est trop tard ? Nous, les Russes, vous savez, on ne mange pas en fonction de l'heure mais quand nous avons faim.

La remarque était juste, Morland sourit intérieurement. L'homme l'invita à le suivre vers la cuisine en traversant une grande pièce. Morland était impressionné par la richesse de la décoration et du mobilier. Une imposante cheminée et un poêle en faïence à l'opposé, deux grands canapés – l'un en cuir, l'autre en tissu brodé aux motifs floraux –, des peaux de bêtes et des tapis d'Orient reposant sur un carrelage en terre cuite huilée, des fauteuils gondole en acajou datant sans aucun doute de l'époque du Tsar, une commode en teck massif, des tableaux accrochés sur des murs recouverts de feutrine verte, une grande bibliothèque, un écran plat aux dimensions démesurées, du matériel Hi-Fi du dernier cri, un plafond serti de moulures en bois et agrémenté de motifs peints : Morland ne savait plus où donner de la tête.

— Impressionnant, n'est-ce pas ?

Morland fit une moue approbative. Il se serait cru dans un musée.

— C'est la maison d'un de nos chefs. Il l'a mise à votre disposition.

De quel chef parlait-il ? Morland en avait une vague idée.

— Effectivement, c'est très joli. C'est même beaucoup… Morland ne trouva pas ses mots.

— Et encore, vous n'avez pas tout vu.

— Il a une grande famille, votre chef…

— Oui, et il a plusieurs maisons… Dans celle-ci, il y a huit chambres avec autant de salles de bains, six à l'étage et deux au rez-de-chaussée. Mais le plus impressionnant, vous verrez, c'est le sous-sol…

La cuisine n'avait rien à envier au salon. Luxe et démesure, tant dans l'ameublement que dans l'électroménager, Morland fut estomaqué. Comment tout cela avait-il pu arriver jusqu'ici ?

Maximovitch ouvrit une porte dérobée, invita Morland à y jeter un œil. Il s'agissait d'un grand cellier, avec des étagères surchargées de boîtes de conserve, sacs de féculents, condiments, produits frais, charcuterie, laitages, poissons séchés. Chose extraordinaire, il y avait même une cave à vin et deux grands congélateurs, comme si le froid extérieur ne suffisait pas.

— Ici, c'est la réserve, notre garde-manger. Comme vous pouvez le constater, on a fait le plein. Pour les produits frais, ne vous inquiétez pas : la relève en apportera tous les quinze jours. Vous n'allez manquer de rien.

Morland n'en croyait pas ses yeux. Après avoir manqué de tout sans véritablement s'en rendre compte, il était soumis à l'excès !

— C'est beaucoup trop pour moi !

— Comment ça, beaucoup trop ? Nous les Russes, nous avons le sens de l'hospitalité, ce ne sera jamais suffisant. Comment vous dites, beaucoup trop ? Au fait, j'ai oublié l'essentiel…

Tout heureux, Alexeï Maximovitch ouvrit un placard dans la cuisine et Morland vit apparaître une vingtaine de bouteilles de vodka.

— C'est juste l'appoint. Il y en a encore une palette dans un garage. On peut tenir un siège ici. Napoléon peut revenir ! Nous, on ne crèvera ni de faim ni de soif. On ne sera pas obligé de battre en retraite en mangeant les cadavres de nos camarades ! Vous avez faim ? Asseyez-vous, je vous ai préparé un bon goulasch avec du riz. Mais d'abord des *pirojkis* à la viande.

— C'est vraiment très gentil à vous.

Morland n'osait pas s'asseoir.

— Vous voulez du vin, monsieur Morland ?

— Non merci, l'alcool ne m'est pas recommandé pour l'instant.

— D'ailleurs, n'oubliez pas de prendre vos médicaments. Le camarade Berizovski a insisté avant de partir : *Surtout qu'il prenne ses médicaments et mette ses bas de contention.* Tenez, tout est dans le gros sac au pied du buffet.

Le nom de Berizovski était inconnu de Morland mais par déduction, il se douta qu'il s'agissait du commandant qui l'avait sorti de l'hôpital. Maximovitch lui tourna le dos pour lui servir une assiette de goulasch maintenu au chaud sur la plaque en vitrocéramique. Morland aperçut un renflement sous le sous-pull, à l'arrière de la hanche droite. L'homme était calibré, le canon dépassait légèrement.

Après le repas, Maximovitch invita Morland à le suivre au sous-sol.

— Ici, voyez-vous, nous sommes coupés du monde. Pas d'Internet, pas de portable, c'est une zone blanche.

L'homme ouvrit une porte qui donnait sur une salle de sport avec des appareils de musculation, cardio-training, des haltères et une quantité impressionnante de disques colorés alignés sur leur support. Dans le fond de la salle, un tatami au vert éclatant était bordé de miroirs muraux. Sur un côté, un sac de frappe cylindrique rouge et noir était fixé au plafond, comme un pendu. Morland enleva ses chaussures, s'approcha du sac. Quelque chose avait attiré son attention. Une bien curieuse photo avait été transférée sur le nylon de l'enveloppe à hauteur d'homme. Toute craquelée, on devinait encore le président de la Fédération de Russie. Des cornes de diable lui avaient été dessinées au marqueur noir. On avait également crevé ses yeux et l'avait affublé d'un sobriquet pouvant être traduit par « petite bite ». Les yeux luisant de fierté, Maximovitch fixa son hôte.

— Vous allez pouvoir vous remettre en forme en boxant cette tête de nœud. Si vous le souhaitez, on pourra passer les gants *Marsiel Sierdane*.

— Cerdan, l'homme aux mains d'argile. Vous connaissez ?

— Oui, j'ai vu ses combats. À l'époque, c'était quand même autre chose que le grand cirque actuel truqué. Sans sa déchirure aux ligaments de l'épaule contre Jacke LaMotta – c'était suite à une glissade au dernier round il me semble – l'Américain n'aurait pas vu la fin du combat. Et puis, vous savez, nous aimons aussi beaucoup Édith Piaf en Russie. Ah, *La vie en rose…*

Morland affichait un regard de sérénité tragique. Il ne se sentit pas la force d'expliquer à Maximovitch comment le destin s'était acharné sur Marcel Cerdan. Une revanche reportée pour une blessure soi-disant contractée à l'entraînement par son adversaire, le choix insufflé par la femme qui l'aimait, de prendre l'avion plutôt que le paquebot pour la rejoindre au plus vite avant cette fameuse revanche à New York au Madison Square Garden et un avion qui n'arrive jamais s'écrasant au-dessus des Açores. La vie pouvait être cruelle pour les gens qui s'aimaient quand le destin en décidait autrement.

— Oui. Parfois, la vie se joue à pas grand-chose. Un petit rien et ça bascule d'un côté ou de l'autre.

Ensuite, tout s'enchaîne… C'est comme au tennis, lorsque la balle touche la bande du filet ; ou au football, quand le ballon touche la barre : ça rentre ou ça sort…

Morland baissa les yeux. Maximovitch vit son regard affecté, essaya de le relancer :

— Bon, en tout cas, c'est quand vous voulez, monsieur Morland… Faudra éliminer tout ce qu'il y a à boire et à manger au-dessus.

Morland releva les yeux, effaça sa tristesse, prit un air rassurant. Il n'était pas un adepte du sport en salle. Il préférait le footing ou les grandes randonnées mais il saurait s'adapter pour passer le temps.

— Pas de problème, on se fera un petit combat, tranquillement. Mais je vous précise tout de suite : je n'ai jamais mis les gants.

Maximovitch sourit, l'invita à ressortir pour rejoindre un autre local.

— Et puis, il y a ça aussi…

Morland eut la surprise de découvrir une cabane en cèdre avec une baie vitrée ouvrant sur un *bania* équipé d'un poêle électrique à pierres de lave et huit banquettes en lattes sur trois niveaux. À l'écart, Maximovitch souleva une bâche pour découvrir un Jacuzzi flambant neuf.

— Ça, c'est pour le contraste, pour améliorer votre circulation sanguine. Chez vous en France, on le remplit d'eau chaude. Nous, on préfère l'eau glacée. Sitôt sorti du *bania*, vous plongez dans l'eau glacée. Vous verrez, c'est saisissant. Mais si vous le souhaitez, on pourra mettre un peu de chauffage.

Morland se demanda ce qui pouvait justifier tout cela. Il était gêné. Pourrait-il se permettre d'utiliser ces équipements sans se sentir redevable ?

— Je ne sais pas quoi dire. Je ne m'attendais pas à être dorloté ainsi. Je pense que je vais faire quelques séances.

— Tant que vous voulez, monsieur Morland. Mais il y a encore une chose qu'il faut que je vous montre…

Au fond du couloir, Maximovitch déverrouilla une porte sécurisée par un gros cadenas. Il chercha l'interrupteur à l'intérieur avec sa main puis enclencha une batterie entière de réglettes. Les néons s'allumèrent en même temps, inondant un immense garage d'une lumière crue. On avait franchi un pas supplémentaire dans la démesure. Le lieu était immense, et outre la palette de bouteilles de vodka à côté d'un groupe électrogène relié à une cuve à diesel et du bois de chauffage stocké sur une longueur estimée par Morland à vingt mètres, il y avait un véhicule tout-terrain, deux motoneiges sur des remorques, un bateau à moteur, un catamaran, des planches à voiles et un aéroglisseur monté sur des boudins pneumatiques pouvant transporter une dizaine d'hommes. Médusé, Morland fit le tour du propriétaire, appuya sur les boudins comme s'il en vérifiait la pression pour se donner un peu de contenance. Les motoneiges de marque Volnaïa étaient impressionnantes. Il n'avait jamais conduit ce type de véhicule. Il les observa avec envie. Il se voyait déjà dans des paysages maculés de blanc, ouvrir une trace en toute liberté, même s'il savait que par grand froid, l'animal était plus fiable que la mécanique. Il l'avait lu dans un bouquin passionnant, dont il ne se rappelait pas le titre : l'Armée russe s'était dotée de troupeaux de rennes pour pallier les désagréments du froid extrême. Il en fit la remarque à Maximovitch qui pesta contre la mécanique russe, toujours capricieuse malgré sa robustesse.

Morland n'avait pas encore tout vu. Les Russes, qu'ils appartiennent au monde du crime ou non, avaient le sens de la distraction mais surtout celui de la sécurité. Lorsqu'ils furent revenus au rez-de-chaussée, Alexeï Maximovitch le convia à jeter encore un œil dans un bureau sous l'escalier de l'entrée ; une pièce close dont l'ouverture était protégée par un code.

— 1971#1971, l'année de votre naissance. J'ai changé la combinaison pour que vous la reteniez plus facilement. Au cas où…

Dans la pièce exiguë, Maximovitch ouvrit une armoire forte. Les vantaux s'écartèrent en découvrant deux râteliers d'armes d'épaule et de poing, cinq Kalachnikovs AK 47 et une dizaine de Glocks 17 avec leurs chargeurs et des gilets pare-balles.

— Voilà ! Vous savez où se situe l'armurerie.

L'homme de main referma et se tourna vers un écran de contrôle qu'il alluma.

— Ça, c'est pour voir arriver le danger. Le propriétaire a fait installer un dispositif de sécurité avec des caméras thermiques. Il y en a douze, installées aux abords de la datcha et à chaque angle de la maison. Elles couvrent un rayon de trois cents mètres environ. Tout est sous alarme et relié à des boîtiers dans toutes les pièces, du sous-sol à l'étage.

Morland écoutait, une fois de plus impressionné par la sophistication du dispositif en pareil endroit.

L'écran projeta un rectangle monochrome d'un bleu céruléen. Maximovitch actionna successivement chaque caméra pour le même résultat : rien que du bleu.

— Voyez-vous, monsieur Morland, en cette période, si une tache jaune orangé apparaît, ce ne sera pas un ours, comme cela arrive fréquemment au printemps ou en été. Normalement, on devrait être tranquille. Mais il fallait que je vous montre le dispositif garantissant votre sécurité pour que vous soyez rassuré.

Morland n'avait pas besoin d'être rassuré. Curieusement, c'est l'effet inverse qui se produisit. Il fallait tenter d'oublier tout cela le plus rapidement possible.

— Une dernière chose encore, Monsieur. Pendant tout votre séjour ici, que ce soit avec moi ou avec mon collègue qui me remplacera, je dois savoir à tout moment où vous êtes. Et bien entendu, si vous sortez, lorsque le temps le permettra, je devrais vous accompagner.

— Pas de problème, je m'y engage.

— Très bien. Bon, maintenant, place aux réjouissances. Ça vous dit un billard ?

— Un billard ?

— Oui. Vous savez, le tapis vert et les boules qu'on rentre dans des trous avec une bite en bois…

Morland éclata de rire.

— En français, on dit une queue.

— Ah ! Le français est une langue riche. Vous avez les moyens et une longue Histoire… Vous avez le sens de la nuance, ça vous arrange… Nous, les Russes, nous sommes plus pragmatiques. On va à l'essentiel… Vous me suivez ?

26

Après avoir passé une semaine enfermé, Morland put enfin sortir à l'air libre. La tempête s'était calmée, faisant place à un paysage grandiose. Lorsqu'il se réveilla en apercevant le bleu limpide du ciel à travers la baie vitrée, il s'habilla le cœur réjoui. Il allait retrouver la force silencieuse de cette nature sauvage dont la beauté ne se donnait pas à tout le monde. Il faillit en oublier son traitement médical.

Comme un petit enfant ayant trop longtemps attendu, il était prêt bien avant l'heure, Maximovitch n'avait pas fini son petit déjeuner pantagruélique. Chaudement vêtu, le Français trépignait d'impatience, faisait les cent pas au rez-de-chaussée, passait d'une pièce à l'autre, revenait inéluctablement dans la cuisine avec la déception non dissimulée de celui qui s'impatiente tel un animal en cage. Son festin enfin terminé, Maximovitch se rendit aux toilettes en emportant un magazine qu'il avait pourtant déjà lu à maintes reprises. *Il le fait exprès*, pensa Morland, dépité, ne se rendant pas compte que l'autre s'amusait de son ridicule.

Un instant, Morland songea à sortir seul, tout en prévenant Maximovitch qu'il n'irait pas loin, juste devant la maison pour jouer avec la neige en l'attendant. Mais il renonça, ne voulant pas trahir la confiance de son garde du corps. Pour patienter, il colla sa tête contre une vitre du salon pour admirer encore et encore le paysage. Les coudes sur le rebord de la fenêtre, ses mains enveloppaient un visage contemplatif, il s'imaginait de l'autre côté, sur la couche de cristaux pailletant la glace comme des débris de verre. Il n'y avait personne pour être le témoin de ce moment si fragile, celui d'un homme renouant avec une tristesse élémentaire, proche de la frustration d'un gosse victime d'une odieuse injustice.

Morland retrouva progressivement le visage de l'adulte raisonnable, capable de gérer ses futiles insatisfactions. Finalement, après tout ce chemin parcouru, l'attente ne fut pas insurmontable. Maximovitch fut enfin prêt. Il avait revêtu une épaisse pelisse doublée en duvet de canard – le meilleur isolant selon lui –, s'était coiffé d'une chapka en zibeline, chaussé de bottes en caoutchouc doublées de fourrure dépassant à l'extérieur. Il regarda les pieds de Morland avec des yeux moqueurs.

— Vous n'allez quand même pas sortir avec ça ?

— Pourquoi ? J'ai mis une grosse paire de chaussettes, je n'aurai pas froid.

— Ça, c'est vous qui le dites. Vos boots ne sont pas imperméables. Vous avez beau avoir mis de grosses chaussettes, si l'humidité rentre, vous aurez les pieds gelés tôt ou tard. Allez, je vous attends. Remontez dans votre chambre et prenez une paire de bottes.

Morland fut piqué dans son orgueil. Engoncé dans ses vêtements chauds, il remonta dans sa chambre sans rien dire, en redescendit au bout de dix minutes le front baigné de sueur causée par son agitation. Maximovitch s'en rendit compte.

— Monsieur Morland, je vais me permettre de vous donner un conseil. On s'habille chaudement pour aller dehors mais à l'intérieur, il fait chaud, donc on se déshabille. Sinon, on transpire, et lorsqu'on sort, l'humidité… C'est comme avec les bottes… Il faut être sec pour affronter le froid. Je suis sûr que vous êtes déjà tout trempé dans le dos… Mais bon, comme on dit chez nous, *il faut être pris pour être appris*. Donc on y va, on sort.

Morland accusa le coup sans broncher. Maximovitch avait raison, il sentait des gouttes perler dans son dos. Il se fit remettre une paire de lunettes de soleil pour se protéger de la réverbération. On pouvait se brûler les yeux en moins d'une heure selon son bienfaiteur.

Le thermomètre affichait une température de moins dix-sept degrés. Morland fut saisi par le froid s'engouffrant dans ses poumons mais ce fut une sensation agréable tellement il avait attendu cet instant. Le ciel était limpide comme de l'eau de source. La couche de neige rendait la marche difficile. Il fallait lever les pieds jusqu'aux genoux, appuyer fermement dans un premier temps pour briser la pellicule de glace en surface et enfoncer le pied dans la poudre qui se tassait progressivement avant de relancer l'autre jambe. Pour un observateur lointain, ils seraient apparus comme deux points noirs promenant un nuage de vapeur qui claudiquaient côte à côte, en laissant derrière eux des empreintes régulières dessinant des pointillés. Légèrement essoufflés après une centaine de mètres, les deux hommes marquèrent une pause. Devant eux, le spectacle était prodigieux. L'Ienisseï figé dans la glace s'étirait langoureusement de toute sa largeur. On devinait dans le lointain la pente inclinée de la rive opposée rejoignant des montagnes de mélèzes chapeautés de blanc. Morland fut saisi d'un vertige en contemplant la grandeur de ce paysage à l'état sauvage. Il y avait quelque chose de pur, d'authentique, loin des hommes, et il avait l'impression d'en faire à nouveau partie. Son regard balayait l'horizon sans pouvoir se fixer véritablement sur un détail tellement il y avait à voir. Son cœur cognait sous sa parka avec des envies d'exploration.

Morland et Maximovitch se trouvaient sur la rive du fleuve ayant la pente la plus douce, à cause de l'épaisseur de la couche de neige, ils devaient redoubler d'effort pour atteindre son cours endormi. Peut-être aurait-il fallu revenir avec des raquettes pour favoriser leur progression sur les trois cents derniers mètres ? D'un regard déterminé, Morland interrogea Maximovitch, lequel comprit qu'il ne pouvait pas refuser de continuer à cheminer dans la neige, jusqu'à poser un pied sur la glace. Le fleuve était devenu une terre inconnue à conquérir pour Morland. Ici et maintenant !

Il leur fallut une trentaine de minutes pour atteindre le fleuve. Derrière eux, leurs empreintes dans la neige formaient une ligne de vie les reliant à leur abri. Des congères s'étaient formées par endroits sur le fleuve, rendant le relief plus accidenté. Sous la glace, le fleuve s'écoulait encore, provoquant des infiltrations et des fissures en profondeur. Durant la semaine, Morland avait entendu des coups de tonnerre correspondant au décrochage de plaques, lesquelles venaient s'entrechoquer, provoquant ce bruit assourdissant. De ces lignes de failles, des blocs entiers de glace étaient expulsés à la surface en se déversant sur les côtés avant que tout soit à nouveau figé par le gel.

Seul, Morland parcourut une cinquantaine de mètres sur cette banquise en quête d'une surface plane sur quelques mètres carrés. Lorsqu'il trouva ce qu'il cherchait, il commença à déblayer la neige. Interloqué, Maximovitch le rejoignit pour connaître ses intentions. Morland mettait du cœur à l'ouvrage, évacuant des grandes brassées de neige d'un puits en formation.

— Vous allez être bloqué par la glace, monsieur Morland. Pour atteindre l'eau, il vous faudrait une tarière. La glace doit faire cinquante centimètres d'épaisseur à cette époque.

Morland ne comprit pas le mot *tarière* en russe, fronça les sourcils pour exprimer son incompréhension. Avec ses mains, Maximovitch mima une grande vrille.

— Je veux juste atteindre la surface de la glace pour y coller mon oreille.

Cette fois-ci, ce fut Maximovitch qui marqua son interrogation, un léger mouvement de recul de la tête tout en plissant les yeux.

— Oui, je veux entendre le fleuve respirer.

Il est fou, pensa Maximovitch, en écarquillant les yeux.

— Un conseil : ne mettez pas votre oreille contre la glace trop longtemps sinon vous allez rester collé. Je n'ai pas envie de vous souffler sur l'oreille, ou pire, de vous pisser dessus pour vous décoller.

Morland atteignit la glace. Débarrassée de sa dernière pellicule de neige, elle était translucide. Il s'amusa à faire migrer une poche d'air en jouant de la pression avec ses pieds, d'un appui sur l'autre. Comparable à du mercure, la poche se démultiplia en une multitude de petites bulles se dispersant tout autour, puis se reforma dès le relâchement. *Un vrai gamin* marmonna Maximovitch.

Le Français s'allongea. Avec ses mains gantées, il forma une caisse de résonance en forme de cône, la plaqua contre la glace et colla son oreille à l'autre extrémité en resserrant ses doigts autour du pavillon. Il ferma les yeux longuement pour se concentrer. Il les rouvrit un instant et les referma en prenant une longue inspiration comme s'il s'apprêtait à plonger sous la glace. Maximovitch ne disait rien, espérait simplement que ce petit jeu n'allait pas durer trop longtemps.

— Alors ? questionna-t-il, lorsque Morland releva la tête, enthousiasmé.

— Ça respire. Il y a du monde là-dessous. Vous devriez essayer.

Morland se releva, l'invita à prendre place. Heureusement qu'ils étaient seuls au monde, cela tournait au ridicule pour le Russe, peu coutumier de ce genre d'expérience. Il consentit à s'allonger sur la glace.

— Il faut bien serrer vos doigts entre eux pour que ça marche, lui recommanda Morland.

Maximovitch inclina la tête, posa son oreille dans l'interstice formé par ses mains.

— Alors ? Vous entendez ?

Il n'entendait rien, aucun craquement, crépitement ou grondement, simplement un bourdonnement régulier.

— Monsieur Morland, c'est la circulation de votre sang dans votre oreille que vous entendez. C'est comme lorsque vous écoutez dans un coquillage. La glace est beaucoup trop épaisse pour entendre ce qu'il se passe dessous.

— Oui, il y a effectivement un bourdonnement ambiant mais derrière, il y a des murmures, la glace vous parle.

— Arrêtez de vous moquer de moi !

— Je ne me moque pas de vous. Insistez, vous allez voir…

— Il n'y a rien à voir et rien à entendre.

— Vous n'avez pas d'imagination, Alexeï Maximovitch. Quel dommage…

— Et vous, vous en avez trop, Monsieur ! Allez, on rentre se mettre au chaud. On fera une sortie demain après-midi à ski de fond. Ça vous dit ?

— Avec plaisir.

Et les deux hommes regagnèrent la datcha en prenant soin de marcher dans leurs traces.

Le soir venu, Morland avait les joues rougies par l'afflux de chaleur faisant suite à une longue exposition au froid. Il avait passé une journée extraordinaire, à l'air libre, retrouvant sa capacité à se laisser émouvoir par la beauté du paysage. Il se sentit heureux en pensant au lendemain. Après le repas, il tenta de lire quelques pages au coin du feu de la grande cheminée du salon mais ses yeux se fermaient et l'emportaient irrémédiablement. Il regagna sa chambre en saluant Maximovitch, scotché devant le grand écran de la télévision, captivé par un film ultra-violent.

Morland ne prit pas la peine de se déshabiller, s'écroula sur son lit de tout son poids. Rompu d'une saine fatigue, il ferma les yeux. Juste avant de s'endormir, il eut cette impression étrange de percevoir son propre ronflement.

27

Morland passa quelques semaines à l'écart du monde avec pour unique compagnie humaine les hommes veillant à sa sécurité. Était-il toujours menacé ? S'il l'avait été, le danger s'éloignait sûrement.

Son état de santé s'améliorant, il avait retrouvé force et vigueur. Pourtant, il demeurait toujours sur la réserve, écourtait la longueur et la fréquence des sorties, freinait ses envies, s'interdisant d'aller plus loin alors que dehors, tout l'appelait à épuiser le champ des possibles en multipliant les expériences. À chaque fois, il sentait que c'était une obligation pour ces hommes bienveillants dont le visage traduisait, parfois, un ennui patient.

Ces dernières semaines, il avait observé un relâchement dans la surveillance exercée par ses deux chaperons sibériens se relayant tous les quinze jours. Peut-être avaient-ils eu connaissance d'éléments nouveaux. Désormais, il lui arrivait de pouvoir partir seul en exploration dans les environs de la datcha. Il en était soulagé. Être accompagné systématiquement était devenu de plus en plus pesant, un écueil à sa liberté retrouvée. Les premières semaines, il avait dû s'en accommoder avec l'insatisfaction de devoir imposer ses choix à des hommes soucieux de répondre favorablement à ses attentes ; une petite contrariété grandissant de jour en jour. Il lui était de plus en plus difficile de leur imposer ses envies.

Morland avait passé quarante années de sa vie à vivre dans le compromis, à se dévoyer en se restreignant systématiquement, sans savoir pourquoi, pour plaire peut-être, au prix de n'être pas lui-même et d'en avoir secrètement honte. Son enfer n'était pas les autres mais l'obligation de vivre avec eux. C'était la raison pour laquelle il avait pris une décision sans appel : fuir les hommes pour ne pas avoir à les haïr. Seule demeurait, désormais, la question vraiment sérieuse pour un homme de sa trempe : parviendrait-il, un jour, à se supporter ? Personne ne l'avait compris mais c'était bien l'objet de sa quête en disparaissant.

Seul, il pouvait jouir sans entrave de son plaisir, comme cette fois où il avait percé la glace pendant deux heures afin de plonger dans la rivière par une température extérieure de moins quinze degrés. Maximovitch l'avait attendu au chaud dans le véhicule tout-terrain en pensant qu'il voulait pratiquer la « pêche blanche ». Il s'était alarmé de le voir se déshabiller subitement, avait exigé qu'il revête une combinaison de plongée et qu'il s'entoure d'une corde sur laquelle il pourrait tirer en cas de problème. Morland n'avait rien voulu savoir : il était déterminé. On ne pouvait pas transiger avec sa liberté lorsqu'il l'avait décidé. Quelques exercices de respiration et il avait plongé.

L'espace d'un instant, il s'était retrouvé immergé, allongé sous la glace, au bord de son propre trou, à regarder la lumière tombant du ciel, déviée par le prisme de l'eau gelée en surface. Ce jour-là, il lui sembla avoir trouvé une vérité pour pouvoir tout supporter : corriger systématiquement la réfraction de sa propre vie. Un style à cultiver…

Le soir, il lui était venu l'envie d'écrire. Mais à qui ? Avec qui partager tout cela ? Morland se sentait écrasé par la beauté de cette solitude. Comment superposer ces lignes distinctes formant le contrepoint d'une vie ? Un jour, il lui faudrait pourtant essayer, pour témoigner.

Pendant ces quelques semaines, entre tempêtes et accalmies, Morland observait les déclinaisons du paysage au rythme du temps, se laissait porter par le charme d'un exotisme extrême en ayant le sentiment d'avoir retrouvé un endroit où être à sa place. Parfois, le ciel mangeait la terre puis tout se découvrait à nouveau, faisant place au profond silence d'un paysage luxuriant.

L'embâcle pointait le bout de son nez dans le maquis sibérien apportant le miracle de la nature ressuscitant au printemps. L'épaisseur de la glace diminuait de jour en jour. Bientôt, on ne pourrait plus s'aventurer sur le fleuve.

On aurait pu croire qu'il ne s'était rien passé jusqu'au jour où Alexeï Maximovitch lui annonça qu'il allait avoir de la visite. *Préparez-vous à déménager* avait-il précisé, avant d'aller se coucher. Morland avait compris.

Le lendemain matin, il se leva de bonne heure. À travers la vitre du salon, il observait les derniers flocons décliner lentement, légers comme à regret, lorsqu'il vit une Mercedes noire aux vitres fumées se présenter devant les grilles de la propriété. Il sortit précipitamment pour accueillir son vieil ami. Grichkof était accompagné de Bielikovski. Sur le perron, une joie fiévreuse envahit Morland, ses mains tremblaient. Grichkof descendit du véhicule. La démarche solennelle, il fit quelques pas en direction de Morland puis s'arrêta en bas des marches pour marquer l'instant des retrouvailles. Il leva les yeux vers son ami. En silence, les deux hommes se jaugèrent du regard. Leurs yeux luisants exprimèrent une admiration réciproque et le bonheur d'être de nouveau face à face. Morland vit apparaître une lueur espiègle dans le regard de Grichkof, sa pudeur virile s'effaça. Il aurait parié sur ses premiers mots :

— Alors, Napoléon ? Tu as survécu ?

Voilà, c'était dit. Les deux hommes tombèrent dans les bras l'un de l'autre. Morland sentit poindre des larmes. Même s'il s'y attendait, il n'en revenait pas. Grichkof était là !

Ils se retrouvèrent autour d'un café avec Maximovitch et Bielikovski. On sentait de la retenue chez Morland et Grichkof dans la discussion, des choses sans importance, mais nécessaires. Semblant tester leur complicité, ils se cherchaient du regard, se parlaient avec les yeux puis reprenaient le cours de la discussion à tour de rôle en lâchant une phrase qui pouvait paraître insignifiante. Ils avaient à parler en tête-à-tête, le moment viendrait un peu plus tard. Morland était en pleine forme. Il ne portait plus ses bas de contention et les avait même brûlés avec joie dans la cheminée. Une petite visite de contrôle solderait la fin de son traitement médical. Il allait pouvoir reprendre une vie totalement normale.

Maximovitch fit part à Grichkof des pérégrinations surprenantes du Français sur les rives de l'Ienisseï. Le colonel sourit, sans être surpris, profita de l'occasion pour mettre fin à ce moment de convivialité. Il proposa une promenade à Morland.

Ils avaient tellement de choses à se dire qu'ils commencèrent par marcher sans échanger le moindre mot, côte à côte, en direction du fleuve. Ils traversèrent une prairie mise à jour par la fonte de la neige. Entre les herbes grasses balayées par une brise venant du sud, on devinait des fleurs sauvages avec leurs boutons verts aux pointes colorées, prêts à exploser. Le fleuve s'était libéré de l'emprise hivernale. Remis en mouvement, il charriait de la glace tourbillonnant en surface avec un bruit continu cristallin.

Ils se dirigèrent vers une grève sur laquelle gisait un vieux tronc, déposé l'année passée à la fin de l'embâcle. Grichkof regarda tout autour de lui, semblant chercher quelque chose dans l'immensité du paysage. Il désigna à Morland l'autre rive, une pente plus abrupte avec des gros blocs de granit entre les rangées de mélèzes.

— Les ours. Ils vont bientôt sortir de leur tanière.

Morland opina sans rien dire.

— Tu as toujours la clochette que je t'avais donnée ?

— Non, bredouilla Morland avec la mine contrite. Elle m'a été pourtant très utile, si tu savais…

— Je m'en doute…

— Je ne sais pas par quoi commencer.

— Moi, non plus.

— J'ai bien cru que j'allais y passer…

— Tu as eu de la chance dans ton malheur.

— Oui, tu peux le dire. Je ne suis pas sûr qu'on pourra me croire.

— Tu reviens de loin, Napoléon Crusoé.

C'était une amorce. Grichkof sortit un paquet de cigarettes, en offrit une à Morland. Il n'avait pas fumé depuis des mois. La dernière fois, c'était sur les bords du lac Baïkal, le jour où il avait découvert les deux corps. Grichkof approcha la flamme de son briquet des lèvres de Morland. Il l'enveloppa entre ses mains en tirant sur le filtre jusqu'à l'incandescence de l'extrémité, lâcha une longue bouffée en observant la fumée se disperser dans l'air. C'était toujours une sensation étrange que de recommencer à fumer, une habitude à retrouver, un mélange de soulagement et de culpabilité. Les deux hommes regardèrent dans le vague, se donnant le temps de la cigarette avant d'engager la conversation.

Par quoi fallait-il commencer ? Morland écrasa son mégot, se lança dans la première partie de son récit, celle qui l'avait conduit jusqu'au Baïkal. Ce fut un long chemin, cette route des Os. Une première fois, il avait cru mourir lorsqu'il s'était retrouvé perdu en pleine nuit dans une tempête de neige, la première de la saison, à trois cents kilomètres de son point de départ à Magadan. Il s'était écarté de la route pour provoquer le hasard. Il avait été servi. Il était parvenu à se construire un abri avec des branchages de sapin dans le renfoncement d'une vieille souche, avait passé deux nuits tapi dans le fond de cette tanière improvisée, puisant dans ses réserves de nourriture avant de pouvoir repartir. Il avait eu terriblement froid bien qu'il ait réussi à allumer un feu. Il s'était fait tellement peur, qu'il avait décidé de ne plus s'écarter de la route lorsque, par miracle, il l'avait à nouveau croisée. Il avait marché pendant plusieurs semaines, avait rencontré parfois des camionneurs ayant pitié de sa folie, le temps d'une nuit, au chaud dans leur cabine. Il était parvenu à atteindre des villages pour se ravitailler et se remettre d'aplomb avant de repartir pour une nouvelle étape. Il avait erré comme il le désirait, pour se mettre à l'épreuve. Il avait beaucoup appris sur lui-même. Non sans mal, il était parvenu à atteindre Yakutsk au début janvier. Il avait survécu au froid extrême, avait éprouvé son instinct de survie au-delà de ce qu'il pouvait imaginer. La route avait fait son effet, le réconciliant avec lui-même. Elle l'avait calmé, pensa Grichkof qui n'en perdait pas une miette !

Par la suite, il avait rejoint le Baïkal au printemps, mais cette fois-ci sans prendre de risque, bien au chaud dans des véhicules le prenant en stop. Sur l'île d'Olkhon, des pêcheurs lui avaient indiqué la présence d'une vieille cabane abandonnée sur les bords du lac à une vingtaine de kilomètres du village. Il avait décidé d'y poser définitivement son sac à dos en restaurant la masure en ruine. Il avait eu le sentiment d'avoir trouvé là, sa place. Il aurait pu y passer toute sa vie, sans jamais se lasser, vivant en osmose avec la nature, loin des hommes, tout en leur rendant parfois service. Morland précisa à Grichkof les raisons pour lesquelles les villageois lui avaient fourni des outils, du matériel de pêche et des graines pour son potager. Il avait soigné à deux ou trois reprises des pêcheurs : une épaule luxée, une méchante entaille à l'aine… Finalement, tout le monde y avait trouvé son compte. Cela aurait pu durer toute la vie, jusqu'au jour où…

Morland marqua une pause. Grichkof l'avait écouté sans rien dire. Il profita de son silence pour lui exprimer son admiration.

— Même un Russe ne serait pas parvenu à faire ce que tu as fait. C'est quand même un truc de dingue ! La Route des os en hiver… Tu es quand même sacrément borné comme mec !

— Oui, c'est vrai. J'étais inconscient. Je le reconnais. Mais tu vois, le pire, c'est que tout cela a failli ne servir à rien. La Route des os, pavée de cadavres de forçats qu'on envoyait pourrir dans l'enfer des camps, je l'ai vécue mais d'une autre façon, plus vraie que nature, bien malgré moi. Et là, ça dépasse l'entendement. J'ai cru devenir fou, rattrapé par l'Histoire… Un truc de malade !

— Oui, je sais. Je suis au courant de certaines choses. Ah ! Tu voulais comprendre le drame de notre grande Histoire, ça t'avait fasciné, hein ? C'était bien le mot que tu avais employé, *fasciné*… Lire des histoires, c'est fascinant. Les vivre, c'est autre chose…

— Oui. La lucidité, tu sais, ça peut parfois devenir terrifiant. Mais ce mot ne veut rien dire au regard de toute cette histoire !

— Quelle histoire ! Hé bien là, tu pourras dire que tu y étais. Dedans, jusqu'au cou !

— Putain ! Mais vous, les Russes, vous êtes…

— Vous êtes… ? Tu veux une cigarette, peut-être ?

— Oui, vas-y. Envoie.

Morland n'était pas en colère, il n'était juste pas en mesure d'exprimer ce qu'il ressentait. Il grilla sa cigarette, sans en profiter, avant de se lancer dans la seconde partie de son récit. Il était fébrile, on sentait une indécision dans sa voix. En revisitant les événements dans sa mémoire, il prenait conscience de leur démesure. On aurait dit qu'il avait la frousse. Il était agité, ses lèvres frémissaient, ses yeux clignaient. Ce fut un douloureux effort de remuer tout ce qu'il savait et avait vu. Il parvint toutefois à résumer tout ce qu'il avait vécu, enduré depuis ce funeste duel.

Quand il évoqua les révélations odieuses de ses tortionnaires sur la mort de sa maîtresse, des larmes jaillirent dans ses yeux. Incapable de les contenir, Morland pleurnichait comme un gamin, rongé par le chagrin. Grichkof détourna son regard par pudeur, pour ne pas être le témoin de cette détresse innommable, la douleur d'un homme contre laquelle on ne peut rien faire. Il l'avait appris, lui aussi, cette cruelle vérité sur le meurtre d'Éva. Il s'était imaginé la stupeur de Morland quand il l'avait découverte. Grichkof chercha dans ses poches un mouchoir qu'il n'avait pas. Le Français reniflait, essuyait ses larmes sur le revers de sa manche. Il se prit la tête à deux mains, une douleur sourde hurla en lui. Il ouvrit la bouche, essaya de parler, sans pouvoir émettre le moindre son, fut pris d'une nouvelle salve de sanglots. Il respira profondément. Il lui fallut du temps.

Les yeux gorgés de sang, il reprit, donnant des détails sur l'inhumanité de Federovitch.

— Tu te rends compte de ce qu'il a fait, ce fumier, pour me faire craquer… Les photos de l'autopsie d'Éva, son corps ouvert sur la table en Inox… Alors là, j'ai craqué. J'ai eu des envies de meurtre, je me suis jeté sur lui. Il s'en souviendra toute sa vie !

— Si ça peut te soulager, je me suis laissé dire que Federovitch était effectivement marqué à vie. Tu lui as effectivement mis son compte.

Morland raconta ensuite sa rencontre avec l'horrible infirmière Petrovna.

— Je dois t'avouer, le coupa Grichkof, que Petrovna n'est pas vraiment infirmière. Elle est membre du FSB, tout comme moi. Elle est colonel.

— Je m'en suis douté mais je t'avoue qu'après le transfo, j'ai perdu pied avec la réalité. Heureusement, il y avait l'aide-soignante, Evguenia. Elle, elle m'a vraiment sauvé la vie. Je suppose que c'est elle qui est venue te dire où je me trouvais. Elle a disparu d'un seul coup, j'espère qu'ils ne lui ont pas fait de mal.

— Tiens, tu te remets à espérer, toi ? Tu as bien dit « espérer », n'est-ce pas ? C'est curieux… Ça doit être l'effet du courant électrique. Si ça se trouve, tu t'es remis à croire en Dieu !

Voyant son ami retrouver de l'entrain, Grichkof s'était moqué de lui. Morland lui décocha un coup de poing sur la poitrine, un coup de poing à l'impact maîtrisé, sur le plat de la main au dernier moment, simplement pour le bousculer. Grichkof faillit partir à la renverse.

— Hé, oh ! Tu frappes ton ami, toi, maintenant ! Curieuse façon de me remercier…

— Je sais ce que tu as fait pour moi. Je ne saurai jamais assez t'en remercier. D'ailleurs, il va falloir que tu m'expliques comment tu as fait. Tu as des choses à m'apprendre. Et puis surtout, qu'est-ce que tu comptes faire de moi ?

— Oui, j'ai effectivement beaucoup de choses à te dire. Ça va prendre un peu de temps, je vais essayer d'être synthétique. Ne pose pas trop de questions. Tu sais, parfois, il vaut mieux ne pas chercher à vouloir tout savoir. Alors contente-toi de ce que je vais te dire, le temps de remonter à la datcha. Le reste, tu auras tout loisir de te l'imaginer, Napoléon ! Tiens, fume une clope et observe le paysage une dernière fois. Avec le vent du sud, c'est le printemps qui explose !

Les deux amis prirent la direction de la datcha d'un pas lent entrecoupé de pauses cigarettes prolongées. Grichkof évoqua succinctement les biographies des deux duellistes et les raisons de leur présence dans la région.

Morland retint Grichkof par le bras pour l'obliger à stopper sa progression :

— Et les archives ? Comment Protenko se les était-il procurées ? Qui avait pu lui fournir ces documents ultra-secrets ? Il fallait être très haut placé pour y avoir accès…

Grichkof ne put s'empêcher de sourire. Le Français posait toujours des questions. Fallait-il tout dire ou lui mentir par omission ?

— Il y a une chose qu'il faut que tu saches. Ensuite, le reste, comme je te l'ai dit, tu l'imagineras. Dans les années quatre-vingt-dix, alors que Nikolaï Protenko œuvrait dans une organisation criminelle basée à Saint-Pétersbourg, il avait été approché par un agent du FSB dans le but de le retourner. Dans son rapport, cet agent n'avait pas fait état d'informations pouvant être utilisées mais il est vraisemblable qu'il y ait eu comme un « petit » arrangement entre eux… Qu'ils soient restés en contact…

— Tu sais qui est cet agent ? Ce qu'il est devenu ?

— À l'époque, son nom de code était Platov… Et oui, je sais ce qu'il est devenu. Je peux te dire qu'avec le poste qu'il occupe aujourd'hui, il n'a aucune difficulté pour accéder aux archives et d'en sortir ce qu'il veut. Le reste, je te laisse l'imaginer.

— C'est un homme qui a fait son chemin… [22]

— Oui, tu peux le dire… Mais la Russie s'en porte beaucoup mieux ! Il nous a sauvés de la décadence. Maintenant, comme on dit chez toi, *on ne fait pas d'omelette sans casser d'œufs*… Allez, avance, j'ai encore deux ou trois choses à te dire.

— Federovitch est cruel, j'en conviens, mais c'est avant tout un homme dévoué au système, et malgré tout, un bon flic ; son enquête l'a démontré. Il a retrouvé deux témoins permettant d'apporter un éclairage sur la chronologie des faits.

Le Russe raconta à son ami l'histoire du jeune Sacha, témoin crucial, bien plus important que Morland.

— Si je comprends bien l'histoire, l'ours est arrivé trop tôt.

— Oui. Tchiornik, le *vory*, la cible, n'était pas encore dans sa villa.

— Et on peut supposer que celui qui avait sorti les archives pour Protenko avait également missionné

---

[22] *L'usage du mot « chemin » n'est pas innocent. En russe, il peut se dire de deux façons différentes, daroga ou pouti, et c'est la deuxième qui a été choisie par Morland.*

Smertine… Platov devenu Karol… un agent du FSB devenu le roi de la Russie…

— Oui, tu supposes bien…

— Mais il y a une chose que je ne comprends pas.

— Laquelle ?

— Ce que je viens faire, moi, dans cette histoire ? Pourquoi ces tueurs sont-ils venus me voir ? Qui leur a dit que j'existais ?

— Federovitch a trouvé la réponse à ta question. Quand Smertine est arrivé au village, il recherchait Protenko. Discrètement, il s'est renseigné auprès des villageois et l'un d'entre eux a évoqué ta présence en lui précisant même que tu étais français. Tu n'étais pas celui qu'il recherchait, mais rien ne se perd dans le renseignement…

— C'est quand même incroyable. La probabilité pour que tout cela arrive…

— Si les hommes étaient raisonnables, le monde le serait aussi…

Morland fronça les sourcils, mit un peu de temps avant de comprendre la dernière phrase de Grichkof.

— La folie des hommes… Et vous, les Russes, comme tout est excessif chez vous…

— Hé, Napoléon… Souviens-toi de ton Histoire… La Bérézina…

Ils avaient fait la moitié du chemin. La suite, toute aussi stupéfiante, paraissait plus compréhensible, *plus logique,* avait même précisé Grichkof. *Une logique russe*, avait renchéri Morland.

Quelques mois après la mise en sécurité de Morland, Grichkof avait rencontré Jelezni, l'ancien chef de la police d'Irkoutsk. Il avait été promu à Moscou, et Federovitch avait pris sa place. Pour s'assurer de leur silence, on les avait fait monter d'un cran dans la hiérarchie ; une façon de corrompre en toute légalité. Grichkof avait appris des choses très intéressantes.

Que Morland connaisse ou non la véritable identité de Karol n'était pas important. Mais il ne fallait pas qu'il puisse parler. Sur décision du ministre de la Sécurité intérieure, il avait donc été envoyé à Soumaschesrk avec pour objectif d'y finir ses jours de façon accélérée. Mais que le ministre de la Sécurité intérieure suive personnellement le dossier, surtout après l'exfiltration de Morland, qu'il s'en inquiète au point de court-circuiter toutes les informations, laissait supposer une faille. Lui de nature si ferme, avait laissé entrevoir un soupçon de panique. Il était devenu d'un seul coup étrangement fébrile, comme s'il avait eu peur pour lui-même.

L'explication était simple. Motivé par la peur que sa compétence soit remise en question ou de décevoir celui qu'il servait avec dévotion, il avait omis d'évoquer l'existence de Morland une fois la mission accomplie. Par la suite, il n'avait pu faire marche arrière, cette dissimulation serait passée pour un manque de loyauté. Redoutant les foudres du président dont il connaissait le traitement implacable dans ce genre de situation, il s'était senti pris au piège. Morland n'existait pas pour le président, il fallait donc qu'il disparaisse. L'omission était devenue avec le temps un mensonge inavouable dont la révélation aurait été perçue comme une trahison.

Morland était estomaqué par ce qu'il venait d'apprendre. On retombait encore une fois dans les travers de l'Histoire. Finalement, rien n'avait changé, le pouvoir russe était une pyramide dans laquelle chacun jouait son rôle dans l'écheveau des manipulations.

— Et pour la petite opération à Soumaschesrk, comment tu as fait ?

— Ne pose pas trop de questions. Comme tout bon flic, j'ai des contacts dans l'autre camp… En échange d'un petit service, on peut faire beaucoup de choses, surtout quand il faut sauver la vie d'un innocent !

— Je suis bien heureux de te l'entendre dire. J'avais l'impression que dans ton pays, ce mot-là n'existait pas.

— Il n'existe pas pour un Russe, mais pour un Français, c'est différent…

— Bon, hé bien, j'y vois un peu plus clair. Mais je t'avoue que cette histoire, ça fout la frousse.

— Vous êtes trop sensibles, vous les Français. Nous, nous avons l'habitude.

— Habitude ou pas, on vit comment après ça ?

— Mais le plus simplement du monde, docteur Morland.

— Docteur ?

— Oui, tu vas reprendre ton activité.

— Comment ça ?

— La médecine, c'est ta porte de sortie. Enfin, si tu l'acceptes. Je ne t'ai pas posé la question, mais qu'est-ce que tu veux faire désormais ?

— Ce que je veux faire ? Qu'est-ce que je peux faire surtout.

— Je suis sérieux. Que veux-tu faire de ta vie, maintenant ?

— Ce que je veux faire de ma vie ? Mais la vivre tout simplement, tranquillement, le plus tranquillement possible. Comme au bord du Baïkal, dans une cabane, loin des hommes. Et surtout, qu'ils m'oublient !

— Tu ne peux passer ta vie à fuir éternellement. Tu mérites mieux que ça. Et puis, il y a des hommes bons, il y a des hommes que tu pourrais aider, en les soignant par exemple. Tu pourrais être utile, donner du sens à ta vie, trouver un équilibre en te posant quelque part.

— Je suppose que tu as déjà une idée bien précise, une idée que tu vas me demander de valider, en me laissant entendre que j'ai le choix…

— On peut voir les choses comme ça.

— Alors vas-y, je t'écoute.

— En fait, c'est extrêmement simple. C'est d'ailleurs ce qui a été le plus simple à obtenir. Je suppose que tu ne veux pas retourner en France ?

— Si je peux l'éviter, effectivement. Je préfère rester ici, chez toi, en Russie.

— Hé bien ça tombe bien ! Voilà ta carte de séjour permanente, signée par le ministre de la Sécurité intérieure en personne !

Morland s'empara du document que Grichkof venait de sortir de sa veste. La carte paraissait authentique ; il y avait même sa photo au-dessus de son identité. Grichkof lui avait vraiment obtenu le fameux sésame !

Avant de regagner la datcha, Grichkof donna à Morland ses dernières explications, le temps d'une cigarette. Fort du levier qu'il avait sur le ministre de la Sécurité intérieure, il avait pu négocier avec lui, directement. Ça s'était passé dans la cathédrale de la Dormition, juste à côté du Kremlin, là où quelques mois auparavant, une jeune aide-soignante avait donné rendez-vous au colonel. Trouvant l'idée géniale, il avait reproduit le même schéma, avait contacté le ministre en lui disant simplement qu'il savait où se trouvait le docteur Morland, que pour en savoir davantage, il l'attendait dans la cathédrale. Et le ministre avait accouru dans l'heure, seul, sans ses gardes du corps. Bien entendu, il ne lui avait pas révélé l'endroit où se trouvait le Français mais lui avait donné des éléments prouvant le sérieux de sa démarche. Cela n'avait pas été difficile de le convaincre : la solution proposée servait principalement ses intérêts et, accessoirement ceux du peuple russe. Le principe était tout simple : puisque Morland savait, la seule façon de l'empêcher de parler était qu'il reste en Russie. En l'autorisant à séjourner librement, on achetait son silence. Morland serait un peu comme un *vory*. Démuni de passeport, il ne pouvait pas sortir du pays. Il n'y avait aucun risque, la vie pouvait continuer comme si de rien n'était.

Le lendemain, Grichkof avait retrouvé le ministre de la Sécurité intérieur dans la cathédrale. Il en était ressorti avec le précieux document. Le clandestin Morland était officiellement régularisé.

Simple !

28

Morland n'avait pas eu à faire ses bagages, il partait en homme libre : les mains vides. Avant de monter à l'arrière de la Mercedes, il jeta un dernier regard sur l'immensité du paysage qu'il avait tout juste commencé à apprivoiser. Il ne verrait pas le printemps faire flamboyer les rives de l'Ienisseï, ni les ours rôder en lisière de forêt. Les grilles se refermèrent sur deux mois d'une vie passée dans l'insouciance, hors du temps et des hommes, une transition entre deux mondes pour une renaissance. Morland revenait de loin, il repartait désormais vers l'inconnu, en toute sérénité.

Ils atteignirent les faubourgs de Krasnoïarsk en milieu d'après-midi. Ce fut la fin du voyage pour Maximovitch et Bielikovski, Morland ne les reverrait plus. Les deux hommes furent déposés dans le centre-ville. Les adieux furent brefs. Là encore, on aurait dit qu'il ne s'était rien passé, chacun reprenant le cours de sa vie. Une drôle de vie.

Désormais, il n'était plus utile de se cacher. Grichkof et Morland dînèrent dans un restaurant avant de prendre la route pour Novossibirsk, à huit cents kilomètres. Pendant le trajet de nuit, sur la M 53, Grichkof expliqua à son ami qu'il n'avait pas à s'inquiéter, Novossibirsk était la destination finale. Un poste de médecin l'attendait dans un dispensaire dans la banlieue sud de la troisième métropole de Russie, à deux mille huit cents kilomètres de Moscou. Cela avait été négocié en haut lieu, le poste était « étrangement » vacant. Sur place, la demande était forte, il serait l'homme de la situation, et il aurait également du personnel médical à former. Il logerait dans un premier temps au sein même du dispensaire mais par la suite, il pourrait louer un appartement puisqu'un salaire lui serait versé chaque mois. Avec des papiers officiels, tout redevenait possible. Grichkof allait se débrouiller pour lui obtenir un permis de conduire car il aurait des patients à visiter, ce qui laissait supposer un véhicule mis à sa disposition.

Les Russes avaient soudainement retrouvé le sens de l'hospitalité…

Pour une fois, Morland ne posa pas trop de questions sur le choix de cette destination. Novossibirsk était le centre géographique de l'immense territoire russe. Il s'adapterait au paysage dans lequel il se trouverait.

Grichkof désigna la ville de Berdsk sur une carte. Aussitôt, Morland retrouva ses yeux d'enfant en découvrant qu'elle se situait sur la rive orientale de l'Ob, l'un des plus longs fleuves du continent asiatique, *du monde* selon Grichkof ! Il y eut débat dans l'habitacle. Selon la source considérée, le fleuve oscillait entre 4 450 et 6 210 kilomètres de long. Pour l'allonger un peu, les Russes lui avaient même concédé une naissance en Chine. Morland titilla la fierté patriotique de son vieil ami, lequel s'agaça légèrement en évoquant, le sourire aux lèvres, les « petits ruisseaux » français. Morland n'étant pas en mesure de rivaliser, il s'inclina avec élégance.

La discussion s'orienta sur d'autres sujets beaucoup plus sérieux, notamment l'action entreprise par le nouvel homme fort de l'État pour redresser le pays afin que la Russie retrouve sa grandeur et impose ses choix sur l'échiquier international. Selon Grichkof, la perestroïka avait ruiné la Russie. Il était temps que quelqu'un remette de l'ordre, quitte à passer pour un dictateur aux yeux de l'Occident. Il fallait être bien prétentieux pour vouloir imposer aux Russes cette fameuse liberté, incompatible avec l'idée qu'ils se faisaient de la nature humaine. Les Américains et les Français n'étaient-ils pas sous le joug despotique de puissants financiers installés par un système se prétendant égalitaire ? Quels que soient les régimes, force était de constater qu'il y avait toujours des hommes imposant leur pouvoir en écrasant les plus faibles. Alors, quand ce système portait le nom de démocratie, cela faisait sourire les Russes.

Morland n'avait pas grand-chose à dire sur le sujet. Il se sentait complètement dépassé. Il évoqua une autre période, celle au cours de laquelle des millions de Russes avaient été envoyés mourir dans les camps de travail. Il n'arrivait toujours pas à comprendre comment des hommes avaient pu exterminer leurs compatriotes, leurs semblables, des voisins, des proches, des collaborateurs, parfois même leur famille. Au nom de quelle idéologie ? Quelle finalité pouvait justifier ce génocide de Russes par des

Russes ? Comment avait-on pu fermer les yeux ? Comment pouvait-on vivre après que ce drame fut révélé au monde entier ? La fascination du Français pour le peuple russe venait de là, de cette incompréhension, de ces questions terrifiantes, sans réponse.

Au beau milieu de la nuit, Grichkof stoppa le véhicule sur le bas-côté de la route, en pleine campagne. Il avait le regard noir, presque méchant. C'était la première fois que Morland le voyait ainsi. Il commença par broder quelques explications, une autre époque, d'autres enjeux, mais se rendit compte qu'il n'avait pas d'argument. Il hésita puis, pour se sortir de l'impasse, il eut cette réflexion brutale :

— Et toi, le Français, comment tu vis avec Vichy et tes anciennes colonies ? Et d'après toi, comment les Allemands font pour vivre avec Hitler ? La liste est longue : l'ex-Yougoslavie, les Argentins, les Arméniens, les Sud-Africains, les Rwandais, les Cambodgiens… Ben, tu vois : nous, c'est pareil avec Staline. On fait avec !

Grichkof redémarra le véhicule. Les deux hommes fixèrent leur attention sur la route, pendant des centaines de kilomètres, dans le silence de la nuit.

Il était dix heures lorsque la Mercedes quitta la M 53 pour contourner Novossibirsk par l'Ouest et prendre la direction du Sud sur une cinquantaine de kilomètres. Morland vit apparaître l'Ob, majestueux, chargé de glace défilante, le long d'une baie dotée d'installations balnéaires en sommeil. À cet endroit, le fleuve ressemblait encore à une mer intérieure. En aval, il rétrécissait considérablement pour passer d'une dizaine de kilomètres à huit cents mètres de large avant de poursuivre sa longue route vers l'Océan Arctique. Ils franchirent un barrage, entrèrent dans Berdsk, ville tirant son nom de l'affluent. On se serait cru dans un port, à l'embouchure d'un fleuve, avec des usines pétrochimiques et des chantiers navals, alors qu'on était en pleine Sibérie occidentale.

Grichkof passa un coup de fil pour annoncer son arrivée une dizaine de minutes plus tard. Morland ouvrait grand les yeux. Bien que satellite de Novossibirsk, la ville était immense, lui précisa Grichkof. Encore une fois, la démesure.

Comme dans toutes les villes, Lénine avait eu le privilège de se voir attribuer la voie la plus imposante, coupant la ville en deux. Au nord, les complexes industriels, au sud, un gigantesque quadrillage pavillonnaire, avec des rues à angles droits. À l'ouest, une bande forestière bordait le large bassin de l'Ob. En raison du climat, les mélèzes avaient remplacé les pins maritimes.

Le véhicule traversa le centre avec sa place de la Victoire et son imposante statue. Il bifurqua dans une petite artère au bout de laquelle un portail ouvrait sur un parc. Au centre, un grand bâtiment gris, le dispensaire.

Grichkof stoppa devant le perron. Une femme, en tenue et coiffe blanches, apparut en haut des marches. Morland la reconnut instantanément. Intimidée, Evguenia Timatchouk prenait la pose, le regard enveloppant, les mains dans le dos, une jambe légèrement repliée. Morland se tourna vers Grichkof qui affichait un large sourire : *Surprise*, murmura-t-il.

Le Français demeura en bas des marches. Evguenia lui souriait avec cette pudeur caractéristique des femmes slaves dont le charme agissait sur lui comme le mélange du marbre froid des églises et des odeurs envoûtantes de l'encens réconfortant. Il se sentit absorbé par les yeux clairs et le visage lisse de poupée russe, légèrement teinté de rose de la jeune femme. Émue, elle ferma les yeux un court instant, prit une inspiration et déclama quelques vers en son honneur, en français :

— *Mon enfant, ma sœur,*
Songe à la douceur,
D'aller là-bas vivre ensemble !
Aimer à loisir,
Aimer et mourir,
Au pays qui te ressemble !
Là, tout n'est qu'ordre et beauté,
Luxe, calme et volupté.

Elle s'en souvenait, les avait appris par cœur, les récitait pour lui, avec cet accent qui faisait battre le cœur de Morland.

À cet instant-là, il lui sembla que son « Mal » des hommes pourrait sommeiller et que tout pouvait recommencer.

Les *vory*

Historiquement les *vory* ont fait leur apparition dans les années vingt. Cette caste de voleurs se distinguait par un code d'honneur très strict (pas de propriété personnelle, pas de famille, pas de violence entre les membres, pas de coopération avec les représentants de l'État). Des tatouages spécifiques différenciaient cette organisation de la plèbe des criminels traditionnels. La caste se revendiquait même de l'aristocratie russe par une éthique bien singulière : le crime n'étant pas un moyen de s'enrichir mais une façon de vivre. Staline, fin stratège, avait vite compris le danger de cet intolérable potentiel d'indépendance. Il avait alors eu l'idée de confier à cette élite très particulière la surveillance des opposants politiques, en échange d'une certaine impunité. Mais chez le dictateur, l'impunité était à la hauteur de la confiance qu'il accordait à ses collaborateurs : pas vraiment définitive. Lorsque le voleur prenait un peu trop d'importance ou lorsqu'il en apprenait trop, il était éliminé.

Sous le contrôle de Moscou, chaque organisation avait son domaine de compétence ; trafics de drogues, d'armes, d'êtres humains, blanchiment, prostitution, extorsion, racket, corruption. Dans chaque structure, une caisse commune était mise en place : l'obshack. Elle servait à rétribuer les petites mains, à développer les activités criminelles de l'association et à aider les prisonniers ou parfois leur famille.

Dans les années quatre-vingt-dix, le grand obshack avait été évalué à plusieurs milliards de dollars.

Si le pouvoir de Staline s'était renforcé au sortir de la Seconde Guerre Mondiale, une première scission s'était produite chez les voleurs au sortir de la guerre. Certains *vory*, malgré le code d'honneur, avaient failli. Enrôlés sous la menace du peloton d'exécution, ils avaient rejoint l'Armée Rouge. Un violent conflit opposa les deux camps entraînant de nombreuses éliminations, ce qui eut pour effet d'affaiblir le système. Cette fragilité donna naissance à un nouveau type de criminels, considérant l'honneur comme une notion obsolète. Un renversement s'opéra ; désormais le crime devint un moyen de s'enrichir.

Le crime organisé morcelé, il fut plus difficile pour le pouvoir d'en exercer le contrôle. Une longue période agitée s'ensuivit au cours de laquelle, par le jeu des alliances entre « voleurs », l'accroissement de la corruption et le pillage de l'économie centralisée, émergea un monde clandestin avec des usines, une économie et des ventes de biens frappés par la pénurie. Ne pouvant endiguer la montée en puissance de cette économie souterraine, le pouvoir tenta d'en cacher l'existence au reste du monde. Bien entendu, entretenu par la paranoïa étatique du pouvoir russe, on y voyait la patte américaine, ce bon vieil ennemi si utile à légitimer le pouvoir. La subversion américaine était parvenue à corrompre davantage les « voleurs », on redoutait la propagation au peuple tout entier. Il fallait donc l'occuper, lui faire peur de façon à se resserrer autour des valeurs patriotiques. Cela ne dura qu'un temps ; celui de la Guerre Froide. Mais le mal était à l'intérieur, il couvait depuis longtemps. Avec la détente, il se révéla au monde entier. Le système était à bout de souffle, se fissurait : on ne parvenait plus à colmater les brèches. Les voleurs s'y engouffraient pour développer et élargir leurs activités dans le domaine financier. Les gouverneurs de l'ombre avaient pris les rênes du pouvoir et pillaient le pays. La Russie était au bord de l'effondrement. Comme un symbole, en trois ans, trois présidents venaient de mourir en activité. À l'arrivée de Gorbatchev, l'URSS était en train de perdre la compétition face à l'Occident. Le processus de bureaucratisation mis en place par Staline poussé à l'extrême avait conduit à un terrible affaiblissement de l'État ouvrier et l'émergence d'une caste de dirigeants. Les hauts dignitaires, complètement détachés des travailleurs, s'étaient appropriés l'ensemble des leviers de l'État et de l'économie. L'URSS était devenue une coquille vide. L'absence de démocratie avait annihilé toute capacité individuelle à la création, un frein pour le développement technologique. C'était un cercle vicieux, un véritable échec à la hauteur de l'espoir qu'avait suscité la grande idéologie communiste. Et en 1986 intervint la catastrophe de Tchernobyl : drame humain, technologique, environnemental, financier. Le système avait explosé en même temps que la centrale, mettant la planète en danger.

Sous l'influence américaine, les Russes tentèrent de sauver le système en utilisant des remèdes contraires aux principes léninistes. Une bascule violente pour tout un peuple, à l'exception des « voleurs » familiarisés depuis longtemps avec l'économie du libre-échange. Les terres furent restituées aux paysans, des autorisations délivrées aux particuliers pour la création d'entreprises. On responsabilisa le personnel des anciennes entreprises d'État, on diminua le rôle du Parti et on instaura la *Glasnost, (transparence)* et liberté de parole. Nouvel échec car les autorités russes, encore attachées aux valeurs communistes, ne firent les réformes qu'à moitié. Les structures économiques n'avaient pas été créées, il manquait les outils et surtout, rien n'avait été fait au niveau de la législation capitaliste. C'était un *no man's land*. Aucune législation sur la propriété individuelle, sur les entreprises, les faillites, les contrats, les banques, le travail, les propriétés foncières. Les *vory* en profitèrent. Le partage à la chute du régime soviétique ne fut pas convivial. Ne tenant plus debout que grâce à la béquille financière américaine, la Russie fut plongée dans le chaos ; la pénurie s'aggrava. Crises politique et économique, le pouvoir central dut faire face à des forces nationalistes opportunistes sous la coupe des mafieux. Dans le Caucase, en Ukraine, en Tchétchénie, on était au bord du démantèlement.

Pendant ce temps, les « voleurs » prospérèrent en tirant le maximum de bénéfices de cette anarchie généralisée. En raison du dysfonctionnement du système bancaire, ils s'emparèrent de secteurs-clés de l'économie et de la finance avec une rapidité surprenante. Au départ, ils injectèrent de l'argent sale dans les holdings légitimes tout en plaçant leurs hommes dans les organes de direction et prirent le contrôle des principaux groupes bancaires. Par ailleurs, les actionnaires devant reverser 80 % de leurs profits à l'administration, les entreprises ne déclaraient que 20 % de leur production mais les « voleurs », ayant infiltré l'entreprise afin d'évaluer le vrai volume, menaçaient les patrons de les dénoncer. Avec des méthodes de dissuasion brutales, les patrons comprenaient leur intérêt à reverser 50 % de leurs dividendes aux *vory*. Le racket généralisé s'imposa. Et lorsque certains patrons plus audacieux créaient des entreprises illégales pour échapper à la pression fiscale, une autre pression plus violente leur tombait dessus, celle exercée par les « voleurs ». Pour continuer à vivre dans l'illégalité, les patrons devaient payer aux « voleurs » le krysha.[23] Tout comme le racket, ce « partenariat imposé » se généralisa. Au départ, s'il s'agissait de protection physique ou d'un moyen pour recouvrer les dettes, les « voleurs dans la loi » comprirent rapidement leur intérêt d'introduire un des leurs au sein des sociétés comme « vérificateur » puis dans le conseil de direction. En s'appuyant sur de solides réseaux et faisant la part belle à la corruption, ils jouaient les médiateurs entre les entreprises et l'État pour l'obtention d'autorisations, de licences, de recommandations ou exemptions.

C'était le monde à l'envers. Les *vory v zakone* avaient supplanté l'État dans ses fonctions de contrôle, protection, régulation et ils négociaient avec lui pour des intérêts illégaux.

---

[23] *Impôt contre protection, krysha signifie « toit » en russe.*

À l'orée des années quatre-vingt-quinze, la Mafia russe avait fait fuir de nombreux investisseurs étrangers. Elle était parvenue à mettre la main sur des secteurs entiers tels que l'extraction de pétrole, les minerais précieux, la distribution et le négoce des matières premières. Elle poursuivait ses activités traditionnelles dans le trafic de drogue et la prostitution, le commerce des armes. Elle commandait 70 % du secteur privé, soit plus de 48 000 entreprises et 1 500 établissements publics. Elle concentrait 40 % de la richesse nationale. Devenue maître dans le blanchiment, elle contrôlait 60 % des 3 000 banques russes dont les plus importantes, ce qui générait une évasion monétaire évaluée à 100 milliards de dollars depuis l'effondrement du régime.

Dans cette ascension vertigineuse, le système finit enfin par se stabiliser. Après une période sanglante de règlements de comptes entre « voleurs » pour la prise du pouvoir, le monde du crime russe se hiérarchisa. Il comportait de nombreuses organisations avec des strates, allant des petites mains aux têtes couronnées, ces dernières ayant pour objectif final de basculer dans l'autre monde, celui de la légalité, pour une vie plus sereine. Mais dans l'ombre, des hommes s'activaient. Si autrefois, le monde du crime se tenait à l'écart de la dualité Parti Communiste-Ministère de l'Intérieur, le Parti unique avait disparu et les *vory* faisaient désormais seuls face aux forces de la Sécurité Intérieure. Il restait encore dans ce pays une majorité de patriotes fervents de la Grande Russie. Tous n'étaient pas corrompus ou n'avaient pas rejoint la toile des « voleurs ». Sous l'impulsion d'hommes déterminés, des réformes structurelles avaient été mises en place pour restaurer un équilibre favorable au maintien de l'unité nationale. Puisque les têtes couronnées voulaient vivre dans la sérénité, on allait pouvoir négocier avec elles. Des liens avaient toujours existé entre la Mafia et les Services Secrets. Du temps de l'URSS, le KGB contrôlait les gangsters et faisait remonter les informations. À l'issue de la période d'incertitude, lorsque le FSB prit le relais du KGB, leurs objectifs étaient devenus très proches. Le FSB encouragea les *vory* à sponsoriser des mouvements d'opposition dans les républiques satellites pour garantir la main de fer de Moscou en échange d'une loi d'amnistie générale et des réductions de peine. Un tournant historique eut lieu en 1994 lorsque le FSB offrit aux têtes couronnées des passeports que leurs casiers judiciaires interdisaient de posséder. Ainsi, ils pouvaient désormais s'expatrier, fuir le territoire russe où planait toujours sur leurs têtes un contrat d'exécution les obligeant à vivre dans la clandestinité et entourés d'une garde rapprochée. Bien entendu, ce ne fut pas gratuit mais en échange de basses besognes, de renseignements, parfois aussi sous la menace d'incarcération, voire d'élimination physique. Car en Russie plus qu'ailleurs, quand la loi était impuissante, il fallait toujours trouver une autre régulation, plus radicale. Le résultat, quels que soient les moyens ! Dans cette nébuleuse, on vit apparaître le fantasme d'un ordre de l'Aigle blanc, des tueurs d'État dont le job était de débarrasser définitivement la société des plus dangereux criminels. Si les *vory* étaient convaincus de leur existence, dans les hautes sphères de l'État, on avait toujours démenti en qualifiant cette idée de *soumasbradnaïa (de farfelue)*.

Le « complot » des Blouses blanches

Au sortir de la Deuxième Guerre mondiale, Staline, effondré physiquement suite à une crise cardiaque, cherchait un nouvel ennemi intérieur pour renforcer la légitimité de son pouvoir. Persuadé qu'une guerre éclaterait avec les Américains au cours des années soixante, il avait vu d'un mauvais œil le soutien d'une certaine élite de la société russe, d'origine juive, en faveur de l'État d'Israël nouvellement créé et soutenu par les Américains. Fin stratège, pouvant tirer davantage profit de ses ennemis que de ses amis, Staline avait donc élaboré un plan, une machination montée de toutes pièces pour éliminer cette élite, comme par le passé au cours des Grandes Purges. Des médecins russes, tous d'origine juive, donc de mèche avec les Américains dans la logique du dictateur, avaient été accusés d'avoir assassiné de hauts dignitaires russes en les empoisonnant avec la complicité de responsables de la Nomenklatura. S'appuyant sur de faux témoignages, des dénonciations calomnieuses, des aveux extirpés, la longue histoire russe d'assassinats de dirigeants politiques par l'usage meurtrier de la médecine et sa parfaite maîtrise du système entièrement soumis à sa volonté, Staline avait construit patiemment le complot des Blouses Blanches, son diamant à plusieurs faces. Ce soi-disant complot reposait sur trois pôles : une attaque politico-militaire sur le Kremlin grâce à la complicité de responsables de la Nomenklatura, l'assassinat de hauts dirigeants par des médecins Juifs et la menace américaines, matérialisée par la création d'une nation juive, une nation d'espions pour Staline. La propagande antijuive se mit en marche, des listes furent établies, des arrestations massives mises en œuvre, des camps construits en Sibérie et des ordres de déportation signés. En 1952, de nouvelles purges eurent lieu. 42 000 membres du KGB et des dizaines de milliers de juifs furent envoyés aux confins du pays pour faire place nette. On leur imposait le silence d'une façon ou d'une autre. Le monde ne s'en était jamais véritablement rendu compte mais Staline avait mis en place une nouvelle version de la « solution finale » au profit de son ambition personnelle : le maintien de son pouvoir unique, total, complètement refermé sur lui-même. Heureusement, la nature humaine et sa capacité à penser rationnellement avaient prévalu. Affaibli par plusieurs années d'athérosclérose et des crises cardiaques répetées, Staline était suivi médicalement. Voulant éviter une guerre certaine avec les Américains et l'usage vraisemblable de la bombe atomique, des proches du pouvoir l'avaient aidé à mourir dans la nuit du 1er au 2 mars 1953, dans la pure tradition russe du flou artistique entourant la mort de leur dirigeant. De récents témoignages faisaient état d'un possible empoisonnement à la warfarine, médicament contenant une substance active également utilisée pour éliminer les rongeurs. Staline, tué comme un rat par ses proches pour sauver le monde, la fin de l'histoire était aussi terrifiante que son contenu.

AUX ÉDITIONS LAJOUANIE

ROMAN POLICIER MAIS PAS QUE…

Du passé faisons table rase, de Malik Agagna / (Poche)
Les oubliés, de Malik Agagna
Crystal Meth, de Malik Agagna
7 milliards de jurés ? de Frédéric Bertin-Denis
Matador, de Frédéric Bertin-Denis
Wahala, de Thierry Bonneau
L'Expatrié, de Thierry Bonneau
À mort le chat ! de Jérémy Bouquin
Sois belle et t'es toi ! de Jérémy Bouquin
Chasseurs d'esprit, de Isabelle Bourdial
Coups de Folie, de Dominique Bourgeon
Des Missives bien sulfureuses, de Dominique Bourgeon / (Poche)
Lettres mortes, Cécile Calland
Ouvre les yeux ! de Éric Chavet
La Sirène du jardin Massey, de Jean-Luc Cochet
Replay, de Jean-Luc Cochet
Je serai le dernier homme… de David Coulon
La Rascasse avant la bouillabaisse, de Gilles Del Pappas
Poubelle's Girls, de Jeanne Desaubry
On n'enterre jamais le passé, de Nicolas Duplessier
Comme des mouches, de Frédéric Ernotte & Pierre Gaulon
Rafale, de Marc Falvo
Banlieue Est, de Jean-Baptiste Ferrero
Au nom du père, de Jean-Baptiste Ferrero / (Poche)
Le Pacte, de Didier Fohr
Un temps de chien ! de Pascal Jahouel
Sous-pression, de Pascal Jahouel
Dur à cuire ! de Pascal Jahouel / (Poche)
Punk Friction, de Jess Kaan / (Poche)
En Chasse ! de Jess Kaan
Métastases, de Jess Kaan
Un charmant petit village, de Jean-Michel Lecocq / (Poche)
La caresse des orties, de Jean-Michel Lecocq / (Poche)
Disparitions, de Jean-Michel Lecocq / (Poche)
Trier les morts, de Jean-Michel Lecocq
Le roman oublié, de Jean-Michel Lecocq
Les deux pieds dedans, de François Legay
Grands boulevards, de François Legay / (Poche)
C'est moi qu'il veut ! de Daniel Martinange
Dernière escale, de Sandra Martineau / (Poche)

Au-dessus des horizons verticaux, de Olivier Maurel
Fallait pas… de Olivier Maurel
Trouble, de Stéphanie de Mecquenem
Radiations, de Paul Merault :
– (**Lauréat du Prix du Quai des Orfèvres 2019**)
Cavale hongroise, de Waldeck Moreau
Une clinique si accueillante, de Waldeck Moreau
Le rouge n'est pas qu'une couleur, de Chris Nerwiss
Lacrima Corsica, de Stéphane Oks – (**Prix de l'Évêché, 2021**) / (Poche)
L'hiver finit toujours par arriver, de Stéphane Oks
Mortelle canicule, de Jean-François Pasques :
–(**Lauréat du Prix du Quai des Orfèvres 2023**)
▶ ***Le seul témoin,*** de Jean-François Pasques / (Poche)
Je m'appelle Requiem et je t'… de Stanislas Petrosky
Dieu pardonne, lui pas ! de Stanislas Petrosky
Le Diable s'habille en licorne, de Stanislas Petrosky
Plusdeprobleme.com, de Fabrice Pichon
Retours amers, de Fabrice Pichon
Protocoles Fatals, de Fabrice Pichon
Greg Brandt, *Nuits nantaises 70's,* de Carl Pineau
L'Arménien, *Nuits nantaises 80's,* de Carl Pineau :
– (**Prix du Cercle anonyme de la littérature, 2017**)
Le Sicilien, *Nuits nantaises 90's,* de Carl Pineau :
– (**Prix du polar découverte, Les petits mots des libraires, 2020**)
Le Nantais, *Nuits nantaises 2000,* de Carl Pineau
Pour quelques millions ! de Carl Pineau
Les 9 jours du cafard, de Jean François Pré / (Poche) :
– (**Prix du polar normand, 2020**)
Épisto, de Jean-François Pré
Mansour, de Jean-François Pré
Qu'un sang bien pur abreuve nos salons, de Jean-François Pré
Tu joues, tu meurs ! de Yannick Provost
Il ne rentre pas ce soir… de Yannick Provost
Lynwood Miller, de Sandrine Roy
Lynwood Miller II, *Pas de printemps pour Éli,* de Sandrine Roy
Lynwood Miller III, *Rivalités,* de Sandrine Roy
Lynwood Miller IV, *Le mur d'Hadrien,* de Sandrine Roy
Mitragyna, de Alain Siméon & Sandrine Zorn
La Fresque, de Alain Siméon & Sandrine Zorn
La Poule borgne, de Claude Soloy
20 manières de se débarrasser des limaces, de Jan Thirion
No problemo, de Emmanuel Varle
En cavale, de Emmanuel Varle / (Poche)
En main propre ! de Jérôme Zolma

ROMAN PAS POLICIER MAIS PRESQUE ...

Mare nostrum, de Olivier Arnaud
Jackpot ! de Stéphane Boudy
Une nuit sans fin, de Éric Chavet
Ne sautez pas ! de Frédéric Ernotte
Le prodigieux détective, C.H. de Burgh – (**Prix Grandcamp-Maisy, 2022**) ; –(**Prix Lumière - Les Mines Noires, 2023**)
L'injustice des hommes, de André Fortin
Le squelette de Rimbaud, de Jean-Michel Lecocq
Le don d'Hélène, de Gérard Pussey
La drolatique histoire de Gilbert Petit-Rivaud, de Frédéric Révérend
Travailler tue ! de Yvan Robin / (Poche)
L'appétit de la destruction, de Yvan Robin
La Fauve, de Yvan Robin

ROMAN JUDICIAIRE MAIS PAS QUE ...

72 Heures, de Philippe Bilger / (Poche)

ROMAN EUPHORISANT MAIS PAS QUE ...

Les passagers perdus, de Stéphane Bellat
Dehors la vieille ! de Géraldine Dubois

ROMAN QUI FAIT FRÉMIR MAIS PAS SEULEMENT

Les Lucioles, de Jan Thirion *(Junior, de 10 à 110 ans)*

NOUVELLES

22 v'là les flics, ouvrage collectif. Préface d'Olivier Marchal / (Poche)

LAJOUANIE POCHE

ROMAN POLICIER MAIS PAS QUE …

Du passé faisons table rase, de Malik Agagna
Des missives bien sulfureuses, de Dominique Bourgeon
Au nom du père, de Jean-Baptiste Ferrero
Dur à cuire ! de Pascal Jahouel
Punk Friction, de Jess Kaan
Un charmant petit village, de Jean-Michel Lecocq
La caresse des orties, de Jean-Michel Lecocq
Disparitions, de Jean-Michel Lecocq
Grands boulevards, de François Legay
Dernière escale, de Sandra Martineau
Lacrima Corsica, de Stéphane Oks – (**Prix de l'Évêché, 2021**)
Le seul témoin, de Jean-François Pasques :
–(**Lauréat du Prix du Quai des Orfèvres 2023**)
Les 9 jours du cafard, de Jean-François Pré :
– (**Prix du polar normand, 2020**)
En cavale, de Emmanuel Varle

ROMAN PAS POLICIER MAIS PRESQUE …

Travailler tue ! de Yvan Robin

ROMAN JUDICIAIRE MAIS PAS QUE …

72 Heures, de Philippe Bilger

NOUVELLES

22 v'là les flics, ouvrage collectif. Préface d'Olivier Marchal

MORTELLE CANICULE

de

JEAN-FRANÇOIS PASQUES

Été 2003. La canicule fait rage dans Paris. Des températures supérieures à 40°C sont atteintes. La surmortalité explose, on réquisitionne un hangar réfrigéré à Rungis afin d'y entreposer les dépouilles. Plus de quinze mille décès seront attribués à cette vague de chaleur.
Le commandant Delestran est chargé d'accueillir la fraîchement diplômée Victoire Beaumont. Il emmène la jeune lieutenant à l'Institut médico-légal de Paris, où les légistes sont littéralement débordés par la situation sanitaire. Là, alors qu'un médecin entrouvre un sac à corps, l'officier renifle une odeur caractéristique. Il en est certain : la jeune femme dont le corps sans vie vient d'arriver à la morgue n'est pas morte d'un coup de chaleur.

Jean-François Pasques nous invite à suivre une enquête comme si on y était, et même mieux que si on y était. On se documente, on apprend, on découvre, on se passionne ! *Mortelle canicule* est une formidable plongée au cœur de la police judiciaire et de la médecine légale. On dirait du Simenon, c'est dire !

LaJouanie

Achevé d'imprimer en juin 2023

www.editionslajouanie.com